ハヤカワ文庫JA
〈JA1315〉

星を墜とすボクに降る、ましろの雨

藍内友紀

早川書房
8126

カバーイラスト・挿絵／パルプピロシ

目次

星を墜とすボクに降る、ましろの雨

ブリーフィング　星の眼

〈0〉

青臭く尖った芝に肘を刺されながら這《は》い蹲《つくば》ったボクは、玩具の〈ライフル〉に頬をつけてスコープを覗き込む。

玩具、といっても地球の戦場では現役で活躍しているライフル銃とお揃いだから、結構重たい。玩具と呼ぶのはこの〈ライフル〉が、地球で人間の頭を飛ばしているものと違って銃弾を吐き出さないからだ。

その代りボクの〈ライフル〉には先端技術が詰まっている。たくさんケーブルが生えている。ケーブルのうち二本はボクの耳を覆うヘッドフォンに、五本は右手に嵌《は》めたグローブに、残りは全部、頭上にかぶさる巨大な〈トニトゥルス〉につながっている。

〈トニトゥルス《雷》〉とは、その名に相応しく、無骨な三脚に座った巨大な砲門から超高密度の指向性高エネルギーを放つ兵器だ。人間なんか容易《たやす》く蒸発させてしまえる。

何しろボクらが狙うのは、星だ。ボクたちは星を撃つ。星たちはボクが知るどんなものよりも、美しい。ボクらは他の何よりも、美しい星たちを愛している。

青白く発光するボクの、機械の眼が〈ライフル〉のスコープレンズにぼんやりと反射していた。脈拍に連動して眼球とつながった脳内チップが、忙《せわ》しない射撃演算を開始する。眼球が、視界に影響を与えないレベルでレンズを収縮拡散させている。それを、脳の表層をくすぐる振動で捉える。瞼が熱い。

スコープの向こうに据えるのは、底なしの闇を煮詰めた宇宙の夜だ。暗視モードに入ったボクの眼には、その漆黒すら暗緑色に発光しているように映る。

予告なく、無数の白い点が現れた。宇宙を走る、星々だ。一拍遅れて、それを囲む薄緑色の目標ボックスが多重になって彷徨《さまよ》う。

『来たぞ』とヘッドフォンから神条《かみじょう》の低い声がした。

わかってるよ、と伝えるために指先で〈ライフル〉の安全装置を解除する。連動して〈トニトゥルス〉も発撃準備に入ったはずだ。ボクに付随する機材の全てをモニタしている神条には、それだけでじゅうぶんな返答になる。

早く、早く、早くと祈るように呟く。

ボクの脳波を拾うヘッドフォンとトリガーに寄り添う右手のグローブ、そしてボクらの照準を従順に〈トニトゥルス〉へ伝達してくれる〈ライフル〉。ついでに〈ライフル〉を支える三脚と、そこから地中に広がる平衡センサ。その全部を複雑につないだケーブルの中を電気信号が駆け巡り、〈トニトゥルス〉を臨戦態勢に入れる。

コォーと甲高く、重力調整に怯える廃屋みたいな遠吠えが頭上から降ってきた。左右に並んだ仲間の〈トニトゥルス〉も吠える。冷却水が、早く仕事をさせろ、とせがむ声だ。

スコープの中で目標ボックスにも囲んでもらえない小さな星たちが次々と消えていく。ボクらに逢うこともなく燃え尽きてしまったものや、近隣惑星に浮かぶ自動迎撃艦隊のＡＩに狙撃されて瓦解したもの、その余波で軌道を変えたものなどが、どんどん狙撃対象から除外されていく。

ややあって、目標ボックスの重なりが視認できるくらいになった。

ボクが撃てる星の数が減っていくさまを見るのは悔しいし、なによりも寂しい。

早く、早く、と急《せ》く心を抑え切れなくて、トリガーに添えた指をばたつかせる。ご馳走を前にした子供みたいだ、と我ながら呆れる。もっともボクはまだ、仲間以外の人間たちからは子供と呼ばれる年齢だ。

『あと十秒』とまた神条の、笑いを含んだ声がした。きっとグローブがボクの駄々をデータとして届けたのだろう。

唾を飲み込んで、呼吸を落として、星が射程に入るのを待つ。狩りをする狼みたいにワクワクする。とはいっても、狼なんて生き物はとっくに地球上から姿を消しているらしいから、本物の狼がどんな気分で獲物を狩っていたのかなんて知らない。子供のころ、初等教育で視たホログラム映像の狼の、きらきらとした瞳を思う。

目標ボックスが赤く瞬いた。ロック・オン。

ゆっくりと、でも撃ち漏らさない程度には素早くトリガーを引いた。

ドッと一瞬だけ頭上に爆薬が直撃したみたいな光と音が炸裂する。〈トニトゥルス〉の吐いた光が、氷のドレスを纏《まと》った星を貫いた。

きちんと星を破壊、あるいは軌道を逸《そ》らせるほどに加熱できたか、なんて確認しない。どうせ気象技官たちがコンピュータを通して観測している。よしんば火力不足で星の脅威を取り除けていなかったとしても、仲間の誰かが仕留めてくれる。

立て続けに射程に入ってきた星を撃つ、撃つ、撃つ。

目標ボックスの隣に小さく示された星を構成する素材を読み取り、星の形状から砕きやすい個所を推測し、狙い、脳波によって〈トニトゥルス〉の出力を調節する。一撃で仕留めてあげることこそ、星への最大の敬意だ。

ボクは無心に星を観測し、撃ち、殺し、愛する。

不意に、トリガーが空振った。ちらりと見上げた先で、圧倒的な質量を誇る〈トニトゥルス〉が逆上《のぼ》せた息を吐いていた。音は聞こえない。動きで悟る。いつだってコイツはスムーズに撃たせてくれない。怠け者め。ボクはスムーズに撃ちたいのに。

すぐにスコープの中の星たちに意識を戻す。彼らは、自由だ。ボクらに墜とされるために、あらゆる生き物の上に落ちるために、縦横無尽に降り注ぐ。

トリガーに弾力が戻る。狙っていた星はボクじゃない誰かに砕かれて消えていた。舌打ちをしたけれど、狙う必要なんてないんじゃないかってくらいに星たちは踊っている。轟音があちこちから響いて鼓膜が音を拒んでいる。思考も吹き飛んで解けていく。この時間が好きだ。余計なことは何も考えない、考える必要だってない。星に集中する。

ボクはただ、星を殺す。

冷却水のないボクの眼球が鈍く痛んだ。終わったら神条にメンテを頼もう、と思ったことだって、次の一撃で掻き消える。

ボクらが守る地球に降り注ぐものは結構たくさんある。紫外線、赤外線、放射線、その他にも目に見えない様々な、有害だったり無害だったりする光線。透明だったり茶色だったり黒かったりする雨。ときどき、もっと低いところから絶滅しかけの鳥なんかも墜ちてくるらしい。

そして夜空に鮮烈に走る、『星』たち。壊れた人工衛星だったり死んでしまった惑星探査船だったり、もちろん何光年も先から飛来する隕石たちだって、地球に惹かれて降る。

夜間シフトに入っているボクらが見る星々は、その正体に関係なくみんな美しく、苛烈に輝いている。

だから星は夜にしか降らないんじゃないか、というのがボクたち夜間組の共通見解だ。昼の明るさの中からじゃ星の美しさは見られないときく。ならば星たちは地球が夜になるのまで隠れて俟《ま》っている、と考えるのが妥当だろう。だって星たちはボクらに撃たれるために翔《か》けて来たんだ。長旅の最後は美しくありたいものだろう。

美しい星に、青く輝く水を湛えた惑星に、抱き留められて死にたい。

他でもない、それこそがボクらの願いでもある。ボクらと星は、同じ最期を願っている。

それこそが、ボクと星が同じイキモノである、証明だ。

ボクたち〈スナイパー〉は星を愛している。星の美しさに、惹かれている。星たちがボクらに撃たれながらも地球の青さを愛でるのと同じように、ボクらの最期は苛烈に燃える星とともにあればいい。きっと〈スナイパー〉の誰もが、そう願っている。


ボクは月と地球との間を周回する全天開放型軌道庭園《ヌスクァム・アレナ》に住んでいる。『ヌスクァム・アレナ』とは、『どこにも存在しない砂』という意味らしいけれど、もちろんそんな発音しづらい正式名称で呼ぶ奴なんかいない。みんな軌道庭園《アレナ》と省略する。

宇宙に浮かぶ軌道庭園の堅牢な外殻は、内側の快適な居住空間をしっかりと守ってくれている。そしてボクらが這い蹲る擬似大地は、その外殻の表層に——宇宙に晒《さら》された状態で、存在する。『どこにも存在しない』とはよくいったものだ。なにしろこの軌道庭園以外に、そんな離れ業を成し得た人工物は存在しない。

もともとここは宇宙空間農耕の可能性を探るために建造された巨大な実験施設だ。その名残として、擬似大地が存在する外殻表層は今でも『耕地《アジエル》』と表記されている。

けれどボクにいわせれば、この擬似大地《アジェル》は耕地などではなく、戦場だ。

ボクらは存在するはずのない耕地に身を伏せ、地球の兵士とお揃いの〈ライフル〉を構えて星々を狙い、巨神の矢めいた〈トニトゥルス〉で宇宙を翔けて来る星たちを撃ち墜とす。

ボクらは対流星用に脳の一部と両の眼球に機械化を施された〈スナイパー〉だ。

だからボクらの青い、虹彩だけが白く輝く機械の瞳は『星の眼』と呼ばれている。

第一段階　雨が抱く熱

〈1〉

〈トニトゥルス〉は沈黙したけれど、耳の底ではまだ轟音が燻《くすぶ》っている。ヘッドフォンを首に下ろしているのに、仲間たちがやたらと大声で話しているのはそのせいだ。

「今日の定期健診、どうだった？」とか「やぶ医者ばかりだから、健診のあとは成績が落ちる」とか「二つも撃ち漏らした」とか、どれもこれも星に関係する話題ばかりだったけれど、ボクはどの会話にも加わらず掃除された空を見上げる。

〈トニトゥルス〉が食いつくした電力が施設に戻るまでの数分間、何かトラブルがあれば十数分になったりもするけれど、遥か遠くの宇宙で粛々と自らの軌道を周ることに専念している星々を見られるのは、ボクたち夜間組〈スナイパー〉の特権だ。炎や氷で着飾ってボクらに迫る星々ほどではないけれど、好ましいと感じる。

〈トニトゥルス〉の整備工や〈スナイパー〉以外の人間たちは一日を軌道庭園《アレナ》を形成する外殻の内側、十二層に積み重なった閉鎖空間で過ごす。空といえば各階層の天井に映し出された映像しか知らない連中ばかりだ。

皮肉なことに星を墜とす仕事に就いている者だけが、軌道庭園の表層に移植された地球の大地——擬似大地《アジェル》から本物の星空を見ることができる。

ぽっと周囲が明るくなって、空から星々が拭い去られた。ボクらの背後、平べったい箱に突貫工事で窓をくっつけたような建物が眩い電光を点《とも》している。気象技官や整備工たちが控える司令棟だ。ボクらは簡単に「施設」と呼んでいる。

光を背負って表情を隠した神条が、灰色の作業服のポケットに両手を突っ込んで歩いてきた。機械仕掛けのボクの瞳孔がすぐさま対応して、逆光の中から彼の顔を拾う。

「眼は？」と口の動きだけで神条が訊く。本当は声を出していたのかもしれないけど、まだ〈トニトゥルス〉の残響がこだまするボクの耳では聞き取れなかった。

「あんまり良くないよ」グローブを外しながら答える。「調節音がギリギリうるさいし、熱をもつんだ。いい加減、新しい眼に換装するべきなのかな？」

「必要ないって言ってるだろ、信用しろ。あんまりひどい不調が出るようなら後で整備してやるから、外せ」

神条は顔をしかめると、銃器オイルの匂いのする角張った指でボクに触れる。彼の視線は〈トニトゥルス〉の群れに向けられている。そのくせ繊細な機械を相手にするときに似た力加減で、ボクの瞼を揉むのだ。人間より少し硬い眼球が押し込まれて、神経をくすぐられているようなむず痒さを覚える。〈トニトゥルス〉の冷却水と同じで、彼の指先は星を殺して逆上せるボクを醒ましてくれる。

神条が〈トニトゥルス〉よりも先にボクに手を伸ばすのは、別にボクが大事だからってわけじゃない。〈トニトゥルス〉もボク自身も星を砕くための備品で、神条にとっての優先順位はあまり変わらない。ただ、ボクのほうが早く冷えるってだけだ。

整備工である彼はボクよりも、怠けながらも星を砕く熱の塊が好きなのだ。ボクだってたぶん、神条よりも自身の存在を燃やしながら降ってくる星たちのほうが好きだ。

急に二基隣の〈トニトゥルス〉が騒がしくなった。整備工たちが集まっている。

「担架！」と叫んだ誰かの声で、ボクは事態を悟る。だからって野次馬になったりはしない。〈スナイパー〉が耐用限界を迎えることは、珍しくもない。

仕事を終えた〈スナイパー〉たちに逆流して、白衣を着た技官たちが駆けてくる。その中の一人が、橙色の担架を抱えていた。

二基隣の〈トニトゥルス〉の足元で、細身の男が硬そうな担架に転がされるのが見えた。ヘッドフォンとケーブルに拘束されたままの頭が、ボクへと向く。瞬きを忘れた眼が、ぼんやりと青く発光していた。

担架が持ち上げられるのに合わせて、男からヘッドフォンが外れる。

男の眼から光が消えた。文字通り、ヘッドフォンから供給されていた微弱電流を断たれた男の眼は、生命活動を放棄した男の後を追ってシャットダウンされる。

神条が、そして周りの整備工たちが、胸に手を当てた。死者への礼儀だ。最期の瞬間まで星を撃ち続けた〈スナイパー〉に対する敬意が、芝生を伝播する。

〈スナイパー〉たちは誰一人、哀悼の意を示さなかった。羨ましい、と呟く程度で、雑談を交わしながら帰っていく。仲間の死なんてものは、擬似大地に敷かれた芝の葉程度にありふれた出来事だ。

ボクだって例外じゃない。

整備主任に命じられた神条が使用者を喪った〈トニトゥルス〉を慰めに行くのを横目に、施設へ戻る。

優秀な彼は、ボクよりずっと忙しい。

建物に入ってラウンジの窓際にあるカウンター席に座った。耐爆ガラス製の大きな窓からは、芝生に整然と並んだ二十五基の〈トニトゥルス〉の雄姿が見渡せる。加えて、ここには眼の調整ボックスがある。本格的な調整は無理だけど、〈トニトゥルス〉から放出される電磁波や低周波によるちょっとした不具合ならば、このボックスで事足りた。だから仕事上がりの〈スナイパー〉たちはよく、ここに座って時間を過ごす。

でも、今はボク一人だった。ボクの班はもう勤務を終えて帰ってしまったし、次の班はブリーフィングの真っ最中だ。星にかかわれない時間を無為に過ごすなんて、〈スナイパー〉のすることじゃないから必然的に、ラウンジには誰も残らない。

スニーカーの先で、カウンターの下にある調整ボックスから伸びる太いケーブルを引き寄せた。漏斗型のアダプタを右眼に当てて左眼だけで、施設から漏れる電光に煽られる〈トニトゥルス〉と整備工たちを眺める。

三脚に寝そべった〈トニトゥルス〉に登って、懐中電灯やヘッドライトの明かりを頼りに細部の作業に没頭する神条の横顔は嫌いじゃない。キュキュと回転数を上げる調整ボックスに眼を任せている間眺めている程度には、好きだ。

目元に皺みたいなクマがあって、それが彼を三十代後半に見せている。一度それを言ったら物凄く嫌そうな顔をしていたから、二十代なんだろう。〈スナイパー〉の基準ではもう死が近いとされる歳だけど、機械の眼を持たない整備工の間では若いほうに分類されるはずだ。実際、彼は他の整備工よりも――疲れ切った目元以外は、という注釈がつくけれど――瑞々しい。

対するボクは十八歳の誕生日を前に、夜間組の最年長になったわけだ。

そういえば神条が登っているのはボクのじゃない。ボクより二歳下の、千里《ちさと》って女が使っているものだ。

同性同士の気安さからか、いつもはやたらと話し掛けてくる千里に、今夜はまだ会っていなかった。最終段階まで声をかけられなかったことなんて数えるくらいだったから、気付いたとたんに首筋がざわつく。ひょっとしたら、今日の午後に行われた定期健診で問題が見つかったのかもしれない。自分には関係のないことだからすっかり忘れていた。

狙撃前に彼女の不在に気づかなくてよかった、と心底思う。イレギュラーな事態っていうのは、意識できないレベルで狙撃に影響を与えるのだ。

彼女の出勤はともかく、ボクの〈トニトゥルス〉が後回しにされているのはあまりいい気分じゃなかった。

「なんだ、霧原《きりはら》」と背中から濁声《だみごえ》に呼ばれて、耐爆ガラス越しの神条から視線を剝がす。左眼だけの歪んだ視界の中に、背広姿の水野が立っていた。〈スナイパー〉たちの適当な私服と整備工たちの作業着、あとは技官が羽織る白衣がせいぜいの擬似大地にあって、背広はひどい違和感をもたらしている。

「眼の調子が悪いのか?」

「大丈夫です」

ボクは立ち上がらずに答えて視線を〈トニトゥルス〉の群れに戻す。会話終了、という合図だ。

水野は〈スナイパー〉を統括する部長だから直属の上司にあたるけれど、ボクをはじめとする〈スナイパー〉たちは彼をまったく敬っていない。そのことに、水野自身も薄々気がついているはずだ。

水野においてボクらの上司らしいところといえば、襟に光る所属を示すバッヂくらいだろう。輝く星の一粒と、それを穿《うが》つ〈トニトゥルス〉の閃光が彫りこまれたものだ。

生憎と、星を撃つ専門職たる〈スナイパー《ボクたち》〉には、そんな洒落《しゃれ》たバッヂは支給されていない。ボクらがそのマークに触れるのは〈ライフル〉の銃底、玩具である証《あかし》として刻印されたそれだけだ。

水野はわざわざボクのすぐ隣の椅子を引いた。胸が悪くなる煙草の臭いが押し寄せた。神条曰く、水野が吸っている煙草は神条と同じ銘柄だ。それなのに水野にはひどい不快感がつきまとう。神条がときどき漂わせているのは上品で仄《ほの》かに甘い香りなのに、どこでどう間違えばこうなるんだろう。

水野とは反対側の尻に体重を移して、眉間に寄った皺を隠すために芝の葉が付いたジーンズの膝頭を見た。左眼が不機嫌な熱を帯びて嫌々ピントを合わせてくれる。ギリギリと調節音が脳に響いた。

「君の分だけ健診表が出ていなかったが」

受けていないんだから当たり前だ。だいたい何年も、それこそ水野がボクの上司になってから一度だって提出したことなんてない。つまりこれは水野なりの嫌味だ、と判断して黙殺することにした。

「霧原」水野は妙に沈痛な声音だ。「ヒナギクが、亡くなったよ」

ついさっき、彼の命が潰えるのを見たところだから報告してもらう必要なんてない。

ああ、そうか、とボクはようやく理解する。水野のこの重苦しい調子は、部下が一人いなくなったことに対する憂鬱の発露なのだ。それが、いろんなことに気を回さなきゃいけない上司ってものの義務だ。

「残念だ」

ボクは太腿についていた芝の切れ端を弾く。それが、水野への返事だった。

「彼は健診で引退勧告を受けていた。今日が最後の任務になるはずだったんだ。霧原、やはり整備工などに眼を任せるべきじゃない。いい加減、ちゃんと資格を持った技官に診てもらうべきだ」

「成績が落ちていましたか？」

「そういうことじゃない」

「なら問題はないと思いますが？」

「霧原、成績の問題ではないんだよ。ヒナギクのようにはなりたくないだろう？」

形の定まらない苛立ちが湧いた。頬の辺りに力を入れて睨み上げる。〈スナイパー〉じゃない水野が、ボクらのなにを知っているというんだ。

ヒナギクとは、名前をどう綴るのかは知らないけれど、少なくとも水野よりはボクのほうが親しかった。水野より多く言葉を交わした。ボクより数日だけ年上の少年。彼の望みを、いや、〈スナイパー〉全員の希求を、ボクは理解している。共有している。

——死の瞬間まで、星を撃っていたい。

水野はボクの視線に含まれる感情の一切を受け止めないように最大の努力をしているのか、鼻先にある虚空に低く言った。

「霧原。神条君に診てもらうといい」

「は？」

取り繕う余地もなく声が出た。だって水野は神条を君付けで呼んだりしない。他の整備工には敬称を付けているから個人的に彼を快く思っていないのかもしれない。それもボクたちが水野を嫌う理由の一つだ。

〈スナイパー〉は優秀な整備工を、星の次くらいに愛している。

水野の四角い顔の横に、白衣の女が立っていた。その襟に、所属を示すバッヂは見当たらない。長い前髪の下にある卵色の、傷一つない額が印象的な女だった。

〈スナイパー〉じゃない証だ。

ボクたちの額には、機械仕掛けの眼をつないだ痕がある。耳の上から両眉の上を通って反対側の耳の上まで一直線に走る傷痕だ。ボクのように狙撃に邪魔にならない長さに切りそろえた前髪の下から剝き出しにしている奴が大半だけど、中にはわざわざ髪を伸ばして隠している仲間もいる。千里なんかがそうだ。

でも総じて、〈スナイパー〉たちはこの傷を勲章みたいなものだと認識している。

女は、調整ボックスとケーブルでつながれたボクの右眼と、機械仕掛けの青い左眼と、ついでに額を舐めるように見てから「はじめまして」と手を差し出した。オレンジ色に塗られた唇の両端が見えない糸で絞られたように上がっている。

「神条よ」

彼女が何をしたくて手を出しているのかも、どう思われたくて笑顔を作っているのかもわからなかったから、ボクは手も表情も動かさずに黙って頷いた。

「じゃあ、あとは二人で」と水野はなんの説明もせず、一人でそそくさとラウンジから出て行く。あれは、この女についての説明を求められることが怖くて逃げたんだろう。

「亡くなった彼と、友達だったの？」女は水野を見送りもせず、ボクに問う。「残念だわ」

「友達じゃないし、残念でもないよ」

「……そんな風に言うものじゃないわ、霧原」

「同い年だったから、他の奴より喋る機会が多かっただけだよ。友達じゃない。ただの仲間だ。それに彼は幸せだった。星を撃ちながら死ねるなんて、理想的な最期じゃないか。星が美しく見えるっていうのは、美しい星を撃てるっていうのは、ボクらにとって何よりも、それこそ生きることと以上に大事なことだ」

「あなたは引退勧告が怖くて定期健診をサボってるの？　ここ三年、ずっと記録がないわ」

「わかるだろ？　ヒナギクが死んだなら、ボクに残された時間も多くない。健診なんかで眼の調子を崩されたくないんだ。少しでも長く、ベストな状態で撃っていたい」

無遠慮に近付いてきた女の細く尖った指を、反射的に避けた。椅子の脚が床と喧嘩する声がラウンジに響く。

彼女は、天然だとわかる焦げ茶色の瞳を大きく瞬かせて首を傾げた。どうして避けられたのかわからないみたいだ。

神条以外の奴に眼を触らせるのは怖い。あの大きな〈トニトゥルス〉の部品に慣れている整備工たちは揃って乱暴だ。でも整備工は、白衣を着ただろうか？

「どうしたの？　大丈夫よ、診せて。ベストな状態でいたいんでしょう？　それとも、上司に報告できないような専属医でもいる？」

「……神条」

「神条？」

女は頓狂に訊き返すと耐爆ガラス越しの擬似大地、夜の暗がりに揺らめく懐中電灯の群れへ顔を向けた。でも視線が泳いでいる。彼を見つけられていない。彼女の眼はボクとは違う、天然のものだ。一度も外したことのない、彼女が生まれたときから所有している人間らしい眼球だ。

ややあって、女は諦めたように首を振ってボクに眼を戻した。

「神条って、整備課の、神条シヅカ？　彼は、医師でも技師でもないでしょう？」

「だから？」

「だから……機械を調整する仕事に就いている彼に、あなたの眼は任せられない」

「どうして？」

「どうしてって……あなたの眼は確かに機械だけど、『星の眼』を着けているあなたは、人間でしょう？」

「星の眼、ね」

短く息を漏らして呟く。

ボクの仲間は、神条たち整備工も含めて、ボクらの眼を『星の眼』とは呼ばない。そう呼ぶのは部外者だけだ。

ピピッと右眼の調整を終えたことをアラームが知らせてくれた。アダプタを左眼につけかえる。世界から隔離されていた右眼が大急ぎでピントを合わせる音が、さっきよりいくぶん小さく頭に響いた。

『神条』って名前は一般的なんだろうか？　と思ったけれど、もう彼女には興味がなかったから、右眼を神条に向けた。

近距離視野から、中距離探索へ。一秒もかからず、ボクの右眼はボクの〈トニトゥルス〉に登る神条を見つける。右眼のレンズが収縮するのを、額の傷の下で感知する。ズーム・インをかけると砲身の熱に慌てる彼の表情まではっきりと見えた。

ほら、ボクの眼は好調だ。

「そんな顔もできるのね」

立ち去ったと思い込んでいた女の声が真横からした。驚いたことを知られないように平静を装って、隣の椅子を見る。

虹彩が光ることも動くべき多層レンズもない天然の茶色い眼が、ボクを映していた。

仕方なく訊いてやる。

「そんな顔って？」

「笑っていたわ」

「笑うのは、ダメ？」

「いいえ、いいことよ。精神の安定を図る反応だわ」

「精神の安定、ね。あんたは医者？」

「ここに来たのは医師としてではないけれど、医師の免許も持っているわ。『星の眼』の技師としての資格だってあるの。だから、あなた自身も、あなたの眼も、診られるわ」

まだその話題だったのか、と呆れた。

「調整ボックスでじゅうぶんだよ」

「調整ボックスが調整するのは『星の眼』だけよ。あなたを診ることはできないわ」

「ボクを病人にしたい？　先生」語尾を上げてやった。

「いいえ、違うわ」予想したよりも強い口調が返ってきた。「わたしは、あなたたち〈スナイパー〉の……整備、そう整備をするために来たの。わたしは整備工よ。彼と違うのは」彼女は耐爆ガラスの向こうにそびえる〈トニトゥルス〉と蠢く整備工たちの背中を一瞥した。

「彼らは機械を診るけど、わたしは人間を診るの」

「あんたは神条じゃない」

「……神条、ハヤトよ」

「どうでもいいよ。神条以外に眼を触らせる気はない。これはボクの眼だし、ボクの仕事は星を撃つことで、あんたに媚びることまでは入ってない。あんたの仕事は〈スナイパー〉の整備だっけ？　でも、残念だけど、ボクにかんしていえば間に合ってる。他を当たって」

手を振って追い払う動作をしてから、鈍間《のろま》な調整ボックスを窺う。無表情な箱は相変わらずの回転数で、淡々と働いていた。

これ以上の議論は無意味だと悟ったのか、彼女はため息をひとつだけ残して椅子から降りた。カツカツと聞き慣れない靴音を連れてラウンジを後にする。

　これでようやく落ち着いて、ボクの〈トニトゥルス〉を整備する神条の顔を眺めることができる。

　それから数十分程で神条は施設に戻ってきた。オイルで黒くなった手袋を外して作業着のポケットに突っ込みながら、彼は片頬を歪めて笑う。

「調整ボックスの仕事っぷりは？」

「及第点」用無しになったケーブルを調整ボックスに蹴り戻す。「もう平気だよ。君、今日はもう終業？」

「ん？」

「給料日だから」

「ああ」彼は思い出したように頷いた。「お前の眼が快調なうえ、お前がこれ以上星を撃たないってなら俺の仕事はない」

「撃たせてもらえないよ。もう次の班の勤務時間だ」ボクは笑う。「飲みに行こう」

　着替えたボクらは連れ立ってエレベータに乗り込むと、二階のボタンを押す。擬似大地を有する軌道庭園《アレナ》の外殻層は『Ａ《アジェル》』と表記されている。そこから下層に地下二階、三階と、全部で十二層の密閉された居住区画が積み重なっているのだ。

　軌道庭園の分厚い防護パネルによってボクと星たちとはしばしの間、別たれる。

ある夜、片田舎の町が一つ消えた。それが全ての始まりだった。町があった場所に残されていたのは三つの連なったクレーターのみで、六万人を超える住人は蒸発してしまったのか腕一本すら回収できなかったという。同時刻に発生した爆風は、人々を焼き建物を破壊しながら瞬く間に千二百キロメートル先まで到達した。当時の情勢から隣国の新型爆弾だとの噂がまことしやかに囁き交わされ、一時は戦争目前までいったらしい。

それなのに憤怒に燃える人々にもたらされたのは、町に降り注いだのは爆弾ではなく隕石だった、という拍子抜けもいいところの調査結果だった。

たかだか直径七十メートル少々の鉱物の塊が町を亡ぼし、国すら亡ぼしかけたのだ。

当初、人間たちはこぞって地下シェルターに逃げ込んだ。隠れている間に流星が去ってくれることを願ったのだ。けれど流星群は止まず、あまつさえ惑星を簡単に砕いてしまえる質量を有するものがいくつも地球を目指していることが判明した。

焦った人間たちは人間同士の争いを休止し、流星群に対抗すべく協力体制を敷いた。全地球規模で対策法案が練られ、合同研究チームがいくつも発足し、情報が共有され、人道より流星の破壊や軌道の変更が優先されるようになった。

地球の衛星軌道に配置された無人迎撃艦隊や、宇宙エレベータの頂上を結ぶレーザー網、指向性高エネルギー兵器たる〈トニトゥルス〉や機械の眼をもつ〈スナイパー〉や、その他諸々がすさまじいスピードで開発されたのが三十年くらい前になる。ボクらが住む軌道庭園《アレナ》にいたっては、ようやく宇宙空間に地球の大地を再現し様々な実験に取り掛かろうという段階だったにもかかわらず急遽、〈トニトゥルス〉に貴重な全天開放型の擬似大地《アジェル》を明け渡す羽目になったのだ。『耕地《アジェル》』なんて未練がましく呼ばれたところで、もはや呑気に農耕に励んでいる場合じゃないというわけだ。

もっとも、ボクはおろか神条すら生まれていないころの話だから、全部初等教育で使っていた教科書の受け売りだ。

人類の母星たる地球が壊れるかもしれない危機なのだから全世界が一丸となって立ち向かおう、っていうのが人間たちの建前だった。そのくせいったん星への迎撃態勢が整いだした途端に国家間の戦争だの競争だのが復活した。その一端が、ボクたち〈対流星スナイパー〉の在りようだ。

ボクの脳や体は国の所有物で、ボクの眼は企業の最先端技術が詰め込まれた商品で、ボクが身を寄せる軌道庭園は数ヶ国によって運営されている。星を撃つ〈トニトゥルス〉や玩具の〈ライフル〉の細かい造りは国家機密扱いで、整備工にだって詳しくは知らされていないのだという。

星が降り続ける今なお他国を牽制し合っているのだから、人間たちの流星に対する真剣度はちょっと疑わしい。ライバル国に星が直撃してくれればいいとすら思っているのかもしれない。だから、どこかの国が不利益をこうむらないように、どこの国に対しても平等に星を排除するように、〈対流星スナイパー〉の多くは宇宙に配置されているのだろう。

そんなバカなことをしなくたって、ボクらは星を撃ち漏らしたりしない。国同士の諍《いさか》いにも地球の安否にも興味はない。もっといえば、ボクたち〈スナイパー〉の微妙な立場だの構造だのにも興味がない。

だって星を撃つことには関係ないことだ。

ボクらは星さえ撃てれば生きていける。美しい星を見られるならば何も要らない。いささか欲張るなら、毎日のベッドと給料日のビール。

〈スナイパー〉っていうのは、そういう生き物だ。

〈2〉

擬似大地《アジェル》を後にしたエレベータは、やけに長い時間をかけて地下二階を目指す。巨大な〈トニトゥルス〉を制御するためのコンピュータと電源が隠されているせいだとも、宇宙空間を望む全天開放型の擬似大地が吹き飛んだ場合に軌道庭園の内部を守るための分厚い隔壁があるせいだとも噂されている。

二階フロアは地球の空を模した低い天井が藍色の照明を点けていた。地球のタイムテーブルに合わせて、各フロアの天井は色を移ろわせている。夜を強調するためか、小さな電灯で星々までもが再現されていた。もっとも本物の星空を見た後じゃ、造り物には何も感じない。

なによりも宇宙生まれ宇宙育ちのボクは、地球の空を知らない。

エレベータホールから三ブロック先にあるいつものバーは、いつもと同様に空いていた。マスターはボクらの来る時間が悪いからだと言うけれど、歓楽街として運用されている二階フロアには仕事を終えた商売女たちの笑い声が響いている。でもこの店のボックス席は半分も埋まっていない。

ボクらはいつもの席に座る。カウンター席の端っこ、神条が奥でボクがその隣だ。いつもと同じビールとピザを注文する。毎月給料日に来ているボクたちをマスターは覚えていて、「グラスかジョッキか」なんて野暮なことは訊いてこない。

ジョッキを突き合わせて乾杯して、一息に半分くらい流し込む。苦い泡が舌と喉の奥で弾ける。腹に流れ込むビールの温度を追って思わず肩を竦《すく》めていると、神条も同じ動きをしていた。天然の黒い瞳に薄く涙まで浮かべている。

「仕事の後のビールってのは、なんでこんなにウマいんだろうな」

「後は帰って寝るだけ、って解放感がスパイスなんだよ、きっと」

「お前の奢りだってのも大きい」

「そっちが本音？　君、他の整備工より給料高いんだろ？　こんな食事を奢られたくらいで大げさだよ」

「こんなってなんだ」とのマスターの低い威嚇に二人して肩を竦めて、ボクらは大人しく食事と雑談に専念する。

溶けて泡立ったチーズを伸ばしながらピザを頬張り、ジョッキに汗をかいているくせにあまり冷えていないビールを呷《あお》り、他愛もない話をして笑い合う。

店に入ってきた二人連れの商売女が神条を見て目を細めるのが、視界の端に引っかかった。でも隣に座るボクに気付くと、慌てて視線を伏せる。鼻を刺す香水の臭いばかりが未練がましく神条に忍び寄ってくる。

ボクの額に走る傷痕はボクが国の備品である印で、ボクの瞳は薄暗い店内でだって機械仕掛けだと知れる鮮やかな青だ。その二つを見て声を掛けてくる奴なんか、擬似大地以外じゃいない。みんな遠巻きに横目で窺うか、ボクらを存在しないものとして無視するかの二者択一だ。

別に〈スナイパー〉が差別されているってわけじゃない。誰だって未知の生物に遭遇したら好奇心と恐怖心との間で揺れ動くものだろう。

だからいつもボクがこっち側――他の客と神条とを隔てる位置に座るんだ。

不意に肩を掴まれた。ゆっくりと、商売女たちに見せつける速度で、神条が屈みこんでくる。嗅ぎ慣れた煙草の匂いと彼の黒髪がボクの傷痕に触れた。

そしてボクの唇に。

押し当てられた唇がひどく、呼吸すら苦しくなるくらい優しい。機械にしか優しくできないはずの男なのに、キスをするときの神条は優しい。ひょっとしたらボクは眼以外の部分も機械でできているんじゃないか、と思う。この瞬間だけは。

誤解のないように弁明するなら、神条もボクもお互いを好きだからキスをするわけじゃない。彼がボクの眼を完璧に整備するための、契約みたいなものだ。提案者である神条にいわせると『信頼の証』らしい。無防備に彼の体温を享受する程度には、ボクは優秀な整備工を信頼しているし、好いてもいる。〈スナイパー〉とは、星を撃つために必要なものの全てを愛するようにできているのだから。

給料日のこのバーの、この席でだけボクらは友達でも恋人でもないくせにお互いのジョッキと唇を触れ合わせる。

薄く視線を寄越していた神条が笑った。

喉の奥が熱くなる。その意味が解らなくて、ボクは目を閉じる。

瞼の裏、漆黒の底に、光を失ったヒナギクの青い眼球が沈んでいく幻影を見る。それもすぐに、きれいな額と長い前髪の女へと変貌した。神条と同じ苗字の、女だ。

唇をなぞる神条の乾いた熱だけが、確かだった。

ウィン、とボクの機械の眼が幻影たちを追い出して、疼く。

人工の空が紛い物の朝日で発光し始めたのを合図に、ボクらは連れ立ってバーを出た。調整ボックスにかけた眼は嫌がることなく明ける夜を映している。

エレベータに乗り込んでボクは六階、神条は八階のボタンを押した。ゆっくりと落ちていく箱の中では何も言わない。暗黙の了解ってやつだ。

内臓が持ち上げられる衝撃とともにエレベータがボクを吐き出すための口を開けた。

「じゃあね」と軽い挨拶をして箱を出る。ボクらはもう、目も合わさずに朝焼けを演出する町と沈む箱とに別れる、はずだったのに、肘をつかまれた。ぎょっとして振り返る。

神条が、痛みに耐えているように眉を寄せていた。

ボクの眼が彼との距離に戸惑って、レンズを絞ったり開いたりする。稼働音が頭痛めいた不快感を生じさせる。せっかく調子がよかったのに。

エレベータの二重扉が焦れて閉まり始めてから、彼は慌ててボクを放した。

ほっと息を吐く。

それなのに、神条の腕はどんどん細くなる隙間をくぐって再び伸びてきた。銃器オイルの染みた冷たい指がボクの額に、国の備品である証に、触れる。

一瞬の空白。本当は触れてなかったんじゃないかと思う程の時間で、彼は手を引いた。

ゴゥンと重たい音を立てたエレベータが神条を連れ去る。

今まで何回も何十回も給料日のたびに二人でバーに行ったし、最初の数回を除けばそのたびにキスもした。でもバーを出たら、手をつないだことすらなかった。

どうして今さら？　今日のボクは何かしただろうか？　ひょっとして彼はボクの整備工を辞める？　いや、ボクが異動になるのかもしれない。水野が神条と同じ苗字の女を紹介してきたのは布石か？　神条を失ったボクは、ボクの眼は、〈スナイパー〉を続けていけるのだろうか。

いろいろな妄想が浮かんでは消える。無性に怖くて、そのくせ何が怖いのかも定かにはわからない。

寒かった。

低い空を見上げる。白、今日は曇りだ。軌道庭園の内側にあるのは晴れか曇りだけで、雨を知りたければ擬似大地に出るしかない。あそこは人間たちが持ち得る叡智の全てを注いで宇宙に再現した、地球の大地だ。毎朝の日光も雨も、風すらも再現されている。

雨を浴びたいと思った。

唐突に、雷鳴が轟いた。文字通り飛び上がる。地下にあるはずのない音だ。音源を探す眼が、激しい心拍に合わせてギリギリと鳴る。

正体はすぐに知れた。エレベータホールの売店が電動シャッターを上げている。日常の音なのに、どうして驚いたりしたんだろう。

「ああ」雑多な商品の奥で、老女がボクを認めて笑った。「そういや、今日はあんたが来る日だったね」

老女は皺の中に埋まった小さな目をさらに埋没させながら、ラックの一番上にある紙新聞を取ってくれた。骨の目立つ細い腕は、星を撃つために浮かぶ軌道庭園には相応しくない。きっと彼女はここがまだ地球環境を再現するための実験に用いられていた時代に移住し、そのまま地球へ戻り損ねてしまったのだろう。

ボクは給料日翌日の朝刊だけを買うことにしている。老女とは月に一日きりの付き合いだ。疎遠な客を、それでも老女は覚えてくれているらしい。

ポケットから摑み出した小銭で支払いをして、挨拶も交わさずアパートが密集している区域に足を向けた。薄っぺらい外観のアパートがみっしりと詰まっている。

ボクはV棟の十二階に部屋を与えられていた。軌道庭園内側の階層表示とは逆でアパートの階数は下の方が若い。つまりボクの部屋は、人工の空に触れるんじゃないかって高さにある。だからって試したことはない。ボクらが手を伸ばしたいと感じるのは、星々とつながる空だけだ。

錆びたエレベータは十階にいたから、トレーニングをかねて階段を駆け上がる。狙撃というのは存外体力が必要な仕事なのだ。少しの息切れと無理やり三半規管を振ったような酔心地を覚えるころには十二階に到着している。

呼吸を整えつつ汗を吸ったジャケットから鍵を取り出したとき、廊下に立っている女に気が付いた。ボクの部屋の前だ。タイトスカートから伸びた脚は少し開かれていて〈トニトゥルス〉を支える三脚めいていた。ボクの内で燻っていたアルコールが霧散する。

白衣を脱いだ女の、今一番思い出したくない名前を、思い出した。神条、と親切に呼んでやったりはしない。

昔、水野が「地下六階に住んでいるのは〈スナイパー〉ばかりだ」と言っていた。確かめたことはないけれど、正しい情報だろう。だって〈スナイパー〉は表札なんか出さない。ここに住んで四年になるけれど、一度だって表札の出ている部屋を見たことはなかった。

つまり彼女がそこに立っているということは、彼女がボクにかんする資料をボクに無断で見たことの証明に他ならない。

「悪趣味だよ」

「未成年が朝帰りなんて、そっちのほうが悪趣味だわ」

勝手に調べて勝手に来たくせに随分な言い種だ。

「ボクの班はいつもこうだよ。夜間組の勤務時間は一八〇〇時から翌〇二〇〇時。四交代で二十四時間星を撃ち続ける〈スナイパー〉の勤務形態なんて、当たり前に知ってるだろ？」

「もう五時半よ。他の子たちはとっくに帰っていたわ」

「他の奴の部屋にも行ったの？」

「ええ、あなたが最後」彼女は壁から背を離すと、少しだけ眼を見開いた。「酔ってるの？」

「素面《しらふ》だよ。階段を使ったから、回っただけ」

「飲んでたの？　未成年でしょ」

「〈スナイパー〉は成人として扱われる。飲酒も喫煙も法律で認められてるよ」

「あなた、まさか煙草も」

「何しに来たの？」ボクは彼女の言葉を強引にぶち切って、彼女の鼻先に鍵をぶら下げた。

「入らなきゃ帰らないって顔だ」

「……ええ、そうね。家庭訪問よ」

彼女はボクから鍵を奪いながら言った。バカみたいに真剣な顔で。

瞬き一つ分の間だけ、機械と格闘する神条の横顔がよぎった。舌打ちと嘆息を落とす。

彼女はそれを自分に対するものだと誤解したらしい。「仕事なのよ」なんて言い訳めいたことを呟いて鍵を回す。

錆びた蝶番《ちょうつがい》を軋ませて湿った冷たい部屋が口を開けた。このちっぽけな眠るためだけに存在する部屋のどこにどんな『家庭』が見えるのか、ボクが教えてもらいたいくらいだ。そもそも『家庭』っていうのは、星を撃つのにどうかかわるというんだ？

走るとか踏ん張るって行為とは無縁だろうとわかる華奢な靴を脱いだ彼女に続いて、ボクも砂と芝の切れ端がついたスニーカーを脱ぐ。二足とも元の色は同じ白のはずなのに、若々しい子供と生きることにくたびれた老人みたいにくすみ方が違った。

一口コンロのついた小さなキッチンとユニットバスが向き合った短い廊下の奥、剝き出しのコンクリート壁に囲まれた正方形の空間が、ボクの部屋の本体だ。同居人は床に直接置いたベッドマットと隅で蹲《うずくま》るテレビと何を入れればいいのかわからないラックの、三つだけ。この部屋を与えられたときから居座っていたものだから、先住者と呼ぶべきかもしれない。

女神条は首を廻らせるまでもなく観察できる小さな部屋を数十秒もかけて、それこそテレビの裏まで覗きこんで、チェックしていた。そんなところ、ボクにだってどうなっているかわからない。『家庭』ってやつが隠されているとでも思ったんだろうか？　だとしたら相当間抜けな話だ。

ボクは彼女の存在を無視して、床に新聞を広げる。四つん這いになって、真上から最後のページを覗き込む。

先月の成績優秀者が千番まで、無数の細かい文字になって並んでいた。一万人とも二万人ともいわれている〈スナイパー〉のうちの千人だから、一ポイント差で何百番も順位が変わる。かなりシビアな世界だ。

ボクの眼は星のために作られたものだから、近距離で動かない文字を拾うことには向かない。視点移動を失敗すると、読み取る前に別の文字にピントが流れてしまう。

一番から順に名前を拾っていると不意に肩をつかまれた。新聞に集中していたから反射神経が体を動かした。振り払った反動で床を転がって、ベッドマットまで逃げる。

「……どうしたの？」

女神条が屈みこんで手を伸ばしたままの姿勢で、目を瞬かせた。眉をひそめながら笑って首を傾げる、なんてムダに高度な表情まで作っている。

「驚かせたのなら、ごめんなさい。真剣だったから、かわりに読んであげようかと思って。〈スナイパー〉は本が読めないんでしょう？」

読めないわけじゃないし、あんたは他人《ひと》が真剣に読んでいるものを取り上げるのか、とは言わなかった。彼女につかまれた肩が冷たくて皮肉を言うどころじゃない。バーで神条が触れた肩だ。得体の知れない女の手の感触が、神条の名残を消し去ろうとしている。激しい嫌悪感が冷気となって骨に沁みていく。

別に潔癖症でもないのに、今日のボクはおかしい。神条の奇行のせいで、あらゆる変化に対して過敏になっている。

広げた新聞には未練があったけど、女神条に触られた肩に走る寒気に耐えられずバスルームに逃げ込んだ。服を脱ぎ捨ててシャワーコックを捻る。首を竦めるくらい激しい雨が降ってきた。肩の不快な感触が紛れる。

　前に雨を浴びたのはいつだっけ？　擬似大地の上にへばりついている大気層はとても不安定で、大気の比重は地球より重たいらしい。だから〈トニトゥルス〉の高エネルギーや磁気嵐、太陽風などに乱されるとすぐに水蒸気を雲や雨に変えてしまうのだ、と神条が教えてくれた。急ごしらえで農耕地から星の迎撃用戦場へ転用された弊害だという。

　あのときは環境維持装置のトラブルと重なって、茶色く濁った雨が注がれていた。

　そうでなくとも薄っぺらい大気層の下、分厚い雲に遮られて目標が視認できないから、雨は〈スナイパー〉の天敵だ。でも、ボクは嫌いじゃない。墜とされる星たちのために、宇宙と軌道庭園の擬似大地とが干渉し合って流す涙だ。

　ひょっとしたら宇宙は〈スナイパー〉と星との逢瀬に嫉妬しているのかもしれない。


　シャワーから出たら女神条が消えていればいいのに、という淡い期待は廊下に出た途端に打ち砕かれた。逃げる前のボクと同じ姿勢で新聞を読んでいる彼女が居た。スカートから覗く膝裏が、星を受け止めた地球の表面みたいだ。どうせなら今、星の破片でも降ってきて彼女を仕留めてくれればいいのに、と不謹慎なことを思う。もっともそれには〈スナイパー〉の誰かが星を撃ち損じてくれる必要がある。でもきっと、誰もそんな失礼なことはしない。全身全霊でもって、星をきちんと撃ってあげる。それが愛するってことだから。

「あなた、七百四十九位よ」顔を上げずに彼女が言った。「優秀ね」

たいてい、ボクの名前は七百番から九百番くらいの間にある。もっとも、それを見つけて教えてくれるのはいつも神条だ。ボクはボクの順位に興味がない。

「どいて」

「嬉しくないの？」彼女は素直に立ち上がると、今度は勝手にベッドマットに座った。

「別に」テレビをつけながら応じる。「順位が欲しくてやってるわけじゃないよ」

ついでにいえば、順位によって給与が変わるわけでもない。ボクたち〈スナイパー〉の給与は平等に、一律だ。

さっきの続きを探して、名前拾いを再開する。丁寧に一文字だって零《こぼ》さないようにゆっくりと眼を動かす。

「なら、どうして順位表を見ているの？　誰かを探してる？」

ボクは答えない。無視しているわけじゃなくて、文字の処理と眼の制御に必死で聴覚から入ってくる情報を拾い切れていないだけだ。テレビとは違って、双方向通信を求める声は集中できなくなるから黙っていて欲しい。

「言ってくれれば、協力できるかもしれないわ」

七十番目の『八月一日』はなんて読むんだろう？　先月は見た記憶がないから波のある奴か新人だ、そう思った端から忘れる。求めている名前じゃないならボクには無価値だ。

「ねえ、霧原」

九十七番目を読んだときに呼ばれて、仕方なく顔を上げた。本当は百番まで読みたかったけど、残りの三人はパーフェクトの成績じゃなかったから未練はない。

あの人はミスなんてしない。名前がないってことは仕事に出てないってことだ。名前を見なくなって何年だろう。ひょっとしたら、もう――。

「悩みはないの？　相談に乗るわ」

何を言われたのか理解できなくて、首を傾げる。彼女の言葉が新聞と同じ細かい文字で吐き出されてくるような錯覚さえする。

『……政府は予算の削減案として地球、〈星の庭〉双方に展開されている対流星狙撃手の削減、および各惑星の衛星軌道上への無人迎撃艇の増派を検討すると発表しました。一部の議員からは安全性を懸念する声が上がっていますが……』

テレビの内容のほうが素早く頭に入ってきたので、そっちへ視線をやる。『星の庭』というのは、この軌道庭園《アレーナ》の愛称らしい。『星の眼』だの『星の庭』だのと、部外者たちはやたらと『星』を冠した別称をつけたがる。不思議な生き物だ。

ニュースキャスターも部外者らしく、真面目な顔で奇妙なことを読み上げていた。画面の下に白く細長いテロップが流れていた。動く文字は簡単に追える。

〈先週から降り続いている流星は今日から明日にかけて最も多くなると予想されます。午後六時以降は地表へ出ることが禁止されます。現在、流星注意報レベル7が発令中。気象局〉

テレビは軌道庭園専用ではなく地球主体の共有チャンネルなので、注意報はあてにならない。そもそも〈スナイパー《ボクたち》〉は地球に被害が出るレベルの星を見逃さない。地球に注がれるのはボクらに撃たれて瓦解した星の破片だ。大気圏で燃え尽きるまでの数秒間、地球からは空を横切る光の筋が観測できる程度のサイズでしかない。注意報なんてせいぜい、流れ星を見るために夜更かししてはいけません、程度の意味合いでしかない。

でも星が多いってことは確からしい。

「霧原」とまた呼ばれた。

そういえば、テレビに眼を向ける前に彼女が何か言っていた気がする。ベッドマットに視線を戻すと、焦点距離の変化を受けた眼がキュンと鳴った。

「なんでも相談してちょうだい。わたしはそのためにいるのよ」

「ボクのため、って言いたいの？」

「そうよ。何かわたしにできることがあれば、言って欲しい」

「あるよ」テレビを消して彼女の前に立つ。「出てって。ボクはこれから寝るんだ」

彼女は不意打ちを食らった猫みたいに大きく目を見開いてから、瞼を落とした。

細く息を吐いて立ち上がったその顔に、神条が重なった。別れ際に神条が変な行動をとったせいだ。舌打ちをする。

「わかったわ、今日は帰ってあげる。でも何かあれば、話して」

今の舌打ちは彼女に対するものじゃなかったんだけど、まあいい。これで眠れる。いつもの生活リズムを取り戻せる。神条の奇行はともかく、女神条のことはすっぱり忘れて星を撃つことだけに集中する日常へ還ろう。

彼女が短い廊下を抜けるのを見送りもせず、ベッドマットに倒れ込んだ。扉が開閉する重たい音を眠りの縁で聞く。疲労感がボクを包みこむ。下がった体温が心地好い。仕事を終えて冷却水に身を任せる〈トニトゥルス〉と同じだ。ボクはボクの電源を落とす。

〈3〉

いつも通り、一七〇〇時には擬似大地へつながるエレベータに乗り込んだ。ボクの足の下、隔壁で区切られた下層では終業を待ちわびた人たちが帰り支度に勤しんでいるころだろう。もっともボクはここより下の、いわゆる〈スナイパー〉以外の人間たちが住む世界には下りたことがない。この軌道庭園は星を撃つために存在しているのだから、ボクの足元に住む人たちも二十四時間、誰かが起きて働いているのかもしれない。〈スナイパー〉は早朝、午前、午後、そしてボクが配属されている夜間の四組に分かれて絶えず星を撃っている。

エレベータを降りて、更衣室の脇で出勤カードをタイムリーダーに食べさせる。更衣室といっても這い蹲って星を撃てればいいわけだから、すべきことといえばジャケットを脱ぐくらいだ。

ロッカーから取り出したヘッドフォンを首にかけてコードが生えたグローブを手にラウンジに出たところで、作業着と私服が入り乱れる中を泳ぐ背広を見つけた。一際そぐわない格好だから、すぐにわかる。面倒だな、と思ったけど回避運動をとる前にその背広——水野がボクに気が付いた。

「早いな、霧原」大きな口を横に裂いたような顔で彼は言う。たぶん笑っているんだろう。

「助かるよ」

ボクが早いわけじゃなくて、水野が始業前にラウンジにいることがイレギュラーなんだ。彼は両腕を緩く広げて、凄く親しい友人に近付く足取りで寄ってくる。

ボクはそっと呼吸の回数を減らす。神条と同じ銘柄なのに胸やけがする彼の煙草の臭いは嗅ぎたくなかった。

「神条君とはどうだ?」

ぎりぎり臭いが届かない距離で立ち止まった水野が掌《てのひら》を見せた。

彼の言う神条がどっちの神条なのかはすぐにわかったけれど、どんな回答を期待されているのかわからなかった。黙って顎を引く。

「神条ハヤト君だよ」

どっちの神条も名前を知らないから、その言葉には意味がない。いや、どっちの名前も聞いたことがあるような気もしたけれど覚えていないんだから同じことだ。

「わざわざ地球から来てくれたんだ。彼女は優秀なドクターだから、君の眼の不調もすぐに良くなるよ。『星の眼』に関する研究で論文を書いたそうだからね、彼女の開発した新しい眼を試してみるといい」

水野はときどき理解のできない言葉を使う。ロンブンっていうのは普通の人には書けないものなんだろうか？　だいたい、〈スナイパー〉を統括する立場の人間が『星の眼』なんて部外者の言葉を使うのも情けない。だから彼は尊敬されないんだ。

「必要ありません。眼は良好です」

「そういう報告は受けていないよ」

誰からの報告だろう。神条じゃないことだけは確かだから、あの女かもしれない。やっぱり要注意人物だ。

「神条君の査定を受けるんだ。これは業務命令だよ、霧原。心配することはない、彼女は研究員養成機関を主席で卒業した優秀な人材だ。『星の眼』の研究主任もしているからね、きっと君ともうまくやれる。結果を楽しみにしているよ」

水野は言いたいことを言い切って満足したみたいで、ボクの返事を待つことなくラウンジの隅にぽつんと設置された小さなオフィスに入って行った。彼に与えられた彼だけのオフィスだ。〈スナイパー〉や整備工や技官たちと同じ空間に彼を放たないための檻だ、とボクらは理解している。

初等教育しか受けていないボクには、彼女の成績や地位がボクとの関係にどうつながるのかはわからなかったけれど、わかったこともあった。女神条、改めハヤトがボクの部屋に来た理由だ。

きっと神条がバー以外の場所でボクに触れたことにも関係しているんだろう。

ニュースキャスターが言っていた言葉を思い出す。

国は何もわかってない。きっとボクはそっち側なんだ。

――〈スナイパー〉が削減される。〈スナイパー〉を減らすなんて、バカげている。地球からずっと遠い惑星たちの衛星軌道上に配置されている無人艦隊や、そこに搭載されている自動迎撃システムは完璧じゃない。地球から星々を狙う〈トニトゥルス〉は分厚い大気層によってエネルギー量が激減する。無人艦隊が撃ち漏らし、地球からの火力でも足りないほどの星を最後に仕留められる可能性が、月と地球の間にいるボクらだ。

もし星が地球を亡ぼすならば、ボクを撃ち貫いてからにしてほしい。

手の中でグローブが軋んだ。指の動きを〈トニトゥルス〉に伝えるためのケーブルが複雑に絡んでいる。首にかけたヘッドフォンから垂れ下がっているケーブルや、玩具の〈ライフル〉たち。ピントを合わせるたびに音を立てるボクの眼や一文字に額に刻まれた傷痕だって全部、ボクという存在の全てが、星のために存在する。

地球を守れと命じられている。地球の生命がどうなろうと知ったことじゃないけれど、地球からの観測情報を失えば、ボクらは星を撃てなくなる。それはボクの存在理由が消失するということだ。国だって、地球を星に砕かれてしまえば存続できない。ボクらは互いに支え合っている。それなのにどうして国はボクらを『要らない』なんて言うんだろう。

「霧原?」

神条が、ボクを呼ぶ声が聞こえた。でも姿が見えない。視界が黒とも白ともつかない明滅に潰れている。嗅ぎ慣れた優しい煙草の香りだけがした。昨日の夜、別れ際に彼はボクの額に触れた。〈スナイパー〉の証である傷痕に。

あれはボクがまだ〈スナイパー〉であることを確認する行動だったのだろうか。やっぱりボクはもう、職を奪われる時期にきているのだろうか？　ヒナギクがそうであったように、ボクにも耐用限界が迫っている。その自覚が、ある。

「霧原っ！」

ぱん、と軽い破裂音がして、世界が戻ってきた。

いつものラウンジだ。耐爆ガラスの嵌《はま》った大きな窓越しに、仕事を待つ〈トニトゥルス〉たちが整列しているのが見える。身を屈めてボクを覗き込んでいる神条の目元に、やっぱりクマがあるのも見える。ボクの頬に触れる手前で躊躇したのか半端な距離で留まった彼の手も、彼を彩る銃器オイルも、さっきまで潰れていた視界が嘘のように鮮やかに捉えられる。

「大丈夫か？　顔色悪いぞ」

水野と話していたときには立っていたはずなのに、今のボクは調整ボックスのあるカウンター席に座っていた。どうやって移動したのか覚えていない。左の頬がじんわりと熱を帯びていた。神条に平手で打たれたのだ、とようやく理解する。

答えないボクをどう思ったのか、神条は短く息を吐いてラウンジを出て行ってしまった。

水野に報告が行くだろうか。勤務から外されたらどうしよう。星に逢えないまま医療機関へ収容されるくらいなら、今、この軌道庭園に星が直撃してほしいとすら願う。

ボクは星を撃ちながら、叶うならば星に撃たれて、最期を迎えたいのに。

次々と言葉が浮かぶくせに、一言だって喉を通らない。神条を追いかけることも水野への言い訳も思いつかなかった。冷たい汗がこめかみに浮いてくる。

風のない施設が息苦しくて、外に出た。

芝を踏むボクのスニーカーは薄茶色くくたびれている。ハヤトの靴とは全然違う、大地に這う者の色だ。湿った風が運ぶ土の匂いは雨が降る前兆だろう。

整備工たちを乗せた〈トニトゥルス〉は不服そうだった。射撃軸上では一面の雲が、星をとりまく炎に似た彩度で移ろっている。午前、午後の組が撃ち込んだ高エネルギーの影響が残っている証拠だ。ボクらが放つエネルギーにも影響が出るかもしれない。

地球環境を再現するにしても、ここまで完璧にしなくてもよかっただろうに、と〈スナイパー〉の誰もが不満を抱いている。

整備工たちの邪魔にならないように、〈トニトゥルス〉の堅牢な三脚に凭《もた》れて座った。三脚の少し先には〈ライフル〉を固定するための小さな三脚が寂しそうに生えている。ボクらの照準を正しく計測する端末が、芝の下に隠されているのだ。そこに座るべき〈ライフル〉本体はといえばボクの足先に横たわり、ケーブルの束を靴に寄り添わせてくれている。神条は〈トニトゥルス〉だけでなく、こちらも整備してくれる。

もしボクが削減されたら、と考えてみる。たぶん神条は困らない。次に来る奴の癖を把握するのに手間取るかもしれないけど、優秀な彼は早々に順応するだろう。

彼は次に来る奴とも、バーに行くだろうか？

湿った草を踏む音に顔を上げる。神条と目が合った。さっきまで手ぶらだったのに、今は茶色い紙袋を持っていた。

「なんでラウンジに居ない。居ろって言っただろ」

言われた記憶はなかったけれど、彼があまりにも不機嫌そうだったから斜め三十五度くらいに首を傾げて頷く。

神条は咀嚼し損ねた食べ物を無理やり飲み下したような顔をして、「まあ、いい」と全然よくなさそうな呻きを上げた。

「お前、飯食ってきたか？　低血糖だろ、それ」

そういえば、最後の食事は彼と行ったバーで食べたピザだった。

「食え」と彼は紙袋からミネラルウォーターと固形食品のパッケージを取り出した。

ボクは慌てて財布を探す。更衣室に脱ぎ捨てたジャケットのポケットだ。

「ごめん、後で払う」

「別に要らん。これくらい、大人しく奢られろ」

彼はもうボクには興味がないみたいで、芝の上に放り出されていた〈ライフル〉を膝の上に置いて調節し始めた。

「うん」と素直に頷く。「ありがと。ここで食べてもいい？」

期待していなかったのに「ああ」と返事があった。

「見張ってないとお前、危なっかしい」

ボクは顔を伏せて唇を歪める。ほら、ハヤトなんか居なくてもボクの整備は神条がしてくれる。

パッケージを歯で破いて、クラッカーを何十枚も圧縮したみたいな固形食品を齧る。

「そういや」とボクが半分くらい食べたところで神条が言った。彼が相変わらず手元ばかりを見ているせいで、他の整備工たちの喧騒に紛れて聞き逃してしまいそうだ。

「お前、七百四十九位だったぞ」

〈スナイパー〉の成績順位だ。

「知ってる」

「へえ、珍しいな」神条は〈ライフル〉をいじっていた手を止めて顔を上げる。「なんで？」

彼の、虹彩の光らない天然の眼が、ボクの機械の瞳を真正面から見据えた。その強さに、わけもなく後ろめたい気持ちになった。

「違うよ」

彼の視線を正確に捉えて、そこに含まれる疑問を即座に否定した。ボクの恩人が、ボクを〈スナイパー〉にしてくれた大先輩が——森田ヒカルが、そんな下位にいるわけもない。

森田ヒカルは、全ての〈スナイパー〉が憧れ目標とする完璧な存在だ。そのずば抜けた撃破数と成功率は部外者にも知れ渡っている。森田ヒカルの狙撃データを基にした眼までが開発されている。

ボクが装着している眼こそが、他ならぬ森田式の眼だった。だからこそボクは、この眼を新型に換装したくないのだ。

そんなボクの情熱とは対照的に、神条は「そうか」と素っ気なく呟いて〈ライフル〉に視線を戻した。『なんで？』には答えていなかったけれど、もう彼の意識はボクにない。

神条は、ボクの恩人の話になるといつも面白くなさそうにする。そのくせ、成績表に彼の名を探すのはやめろ、とも言わない。虹の終りを探す子供の旅に付き合わされる猫みたいに、ひどく冷めている。見つかりっこないのに、って顔だ。

食事を終えてミネラルウォーターを呷っていると、〈ライフル〉が差し出された。玩具であることを主張するように、銃口が神条自身の胸に向けられている。

「〇・〇三度、左に振ってみた」

「逸れてたの？」

「心持ち」神条は右手の人差し指を曲げ伸ばしした。トリガーを引く動きだ。「お前、関節引っかけるクセあったか？」

「まさか。素人じゃあるまいし」

トリガーとは指の腹で引くものだ、ということは〈スナイパー〉としての教育以前、初等教育の段階で教え込まれることだ。地球の戦場で人を撃っていたスナイパーが直々に、指導してくれた。地球の戦場を生き抜いた凄腕のスナイパーたちは老いたり再起不能な傷を負ったりして第一線から退くと、たいてい星を撃つボクらを育てる仕事に就くのだという。

自分の手で家族を守れなくなったのだから、次は家族が住む地球を守ってくれる〈スナイパー〉に自分の技術を継いでもらいたい、と語った老兵の柔和な微笑みをよく覚えている。地球の戦場に生きる彼らは生身の眼と脳を持つ、人間だ。彼らは愛する人間を守るために、人間を撃っている。

だから機械の眼と脳を得たボクらも、愛する星を撃つ。

ボクの指が正しくトリガーを捉えているのなら、原因は別にあるってことになる。芝の上でくたばっていたグローブを嵌めて指を動かしてみたけど、異常はわからない。

神条はツールボックスから板状の機械を取り出して、グローブのケーブルをつなぐ。

構えてみろ、と言われるままに腹這いになって〈ライフル〉を覗き込む。条件反射で呼吸が腹式になった。雲ばかりの空を射撃軸上に置く。胸の奥に草の香りが広がった。当初の目的通り、この擬似大地が耕地として用いられていたとしても、きっと同じ空と匂いがあっただろう。

「ちょっと振れてるな」

「〈ライフル〉の回路？　それとも三脚の計測？」

「いや、グローブのプログラムか回路か……開けてみないとわからない。とりあえず」神条は安全靴の先で〈ライフル〉を示す。「こっちじゃないし三脚でもない。グローブ、終わったらデスクに置いといてくれ。直しとく」

「今日の狙撃への影響は？」

「調整したから大丈夫だろう。もし、おかしかったら休憩時間に言え」

「わかった」

「じゃあ、後で」

「うん、後で」

神条の足音を聞きながら、もし星を撃ち漏らしたら、と考える。

ボクと神条が言った『後』なんてものは、永遠に来ないかもしれない。


ブリーフィングルームで、八時間で九回――第九段階まで働くのは久し振りだ――なんて過密スケジュールを告げられているころ、雨が降り出した。仲間の何人かが耐爆ガラスを濡らすそれに舌打ちをしたけど、ボクはどこかほっとしていた。

施設を出てボクの〈トニトゥルス〉の陰で雨宿りをする。もう少し激しく降れば、擬似大地と同等にボクを濡らしてくれるはずだ。雲を生み雨を降らせる装置は、地球の天候よろしく整備工たちにも手に負えない代物らしい。

施設の照明が短く二度、点滅した。

ヘッドフォンを耳に当てる。回線のつながっていないスピーカが、こもった沈黙でボクの不安を潰してくれた。ケーブルの束をグローブと〈ライフル〉、そして〈トニトゥルス〉にも接続する。

腹這いになると、柔らかく頭を垂れた芝がボクの体を受け止めてくれた。土と湿った草の香りが肺を満たす。遅れて、焼けた機械の匂いがした。

〈トニトゥルス〉の影が夜に紛れた。施設の電力が落とされたんだ。擬似大地にある電力のほとんどが、星を穿つために費やされる。

漆黒の世界に対応しようと、ボクの眼が軋む。ギギッと回転数を上げる機械の音、レンズが絞られては弛緩する振動、視神経を駆ける微弱電流、その全てを額に刻まれた傷で感じる。

暗緑色の明暗で視界が整うのを待って、スコープを覗き込んだ。レンズに反射したボクの瞳が、青白く発光している。

スコープで切り取られた丸い世界いっぱいに広がる雲で、星たちが見えない。ボクらに見つからないように、空に頼んで姿を隠してもらったんだろう。ボクらだって〈トニトゥルス〉の陰に隠れて彼らを狙っているんだからお互い様だ。

『来たぞ』と神条の低い声がヘッドフォンから聞こえた。

〈ライフル〉の安全装置を外して、〈トニトゥルス〉を起こす。冷却水がそわそわと仕事を待ちわびる甲高い音が、あちこちから上がる。

一瞬で、数えきれないほどの目標ボックスが表れた。射程外のデータだし、雨の影響があるから信用できない。いつもなら目視で調節するところだけれど、一面の雲じゃそれも叶わない。

『修正値を送る』と神条の声がした。

すぐにヘッドフォンが受信したデータを微弱電流に変換し、ボクの脳に直接情報を送ってくれる。ジジッと漏電みたいな音とともに視界がブレて、すぐに治まる。

再び目標ボックスの嵐が表れる。気象技官たちが補正したデータだ。薄緑色の重なりが、少しずつ解けていく。

『あと十秒』

ボクは見えない星を狙ってトリガーに指をかける。三秒だけ、瞼を下ろした。いつもの、鮮烈に自分の存在を燃やして翔ける星たちの姿を思い描く。

目を開ける。呼吸はゆっくりと、眠りに就く寸前に似た腹式だ。ボクは擬似大地へと融け出し、滲みこみ、存在を宇宙へ同化させる。

目標ボックスが赤く輝いた瞬間を逃さずに、トリガーを引いた。

ドッと空気が焼ける閃光と、轟音が炸裂する。〈トニトゥルス〉が吐き出す光の弾丸が、星へと走る。

次の目標ボックスが赤くフラッシュした。ロック・オン、といってもコンピュータが他の〈スナイパー〉たちと目標がかぶらないように『これを撃て』と示しているだけだから、ボクはボクの眼と勘を信じて照準しなきゃならない。
○・三秒で狙いをつけてトリガーを引く。ヘッドフォンで保護された鼓膜が音を拒絶する。〈ライフル〉が肩を圧する感覚も、強く打ち始めた雨に流れていく。ボクは〈トニトゥルス〉と擬似大地《アジェル》、そして星が翔けまわる宇宙と、一つになる。
本当にそうなればいい、とどこかで思いながら、でもそうなれば二度と神条とバーには行けないな、とも考える。

ボクは、神条と交わした『後で』って言葉のためにトリガーを引き続ける。

〈トニトゥルス〉のような冷却水を備えていないボクの眼が、熱く脈動している。額の傷がじりじりと痛む。けれどそんなことは気にもならない。スコープの中で泳ぐ目標ボックスだけを追ってトリガーを引く。

ふっと空振った。まただ。〈トニトゥルス〉を振り仰ぐ。また、鉄の塊が熱にのぼせて怠けていた。

〈トニトゥルス〉の砲身に触れた雨粒が湯気になって立ち昇る。それを確認して、すぐに視線をスコープの中に戻した。

星を隠す雲と目標ボックスだけの世界が広がっている。

もし本当にボクが〈スナイパー〉として削減されるなら、星が撃てなくなるくらいなら、ボクは躊躇なく迫りくる星の一つを見逃すだろう。この軌道庭園ごと、ボクは星に撃たれる。そうすれば、みんな道連れになるけれど、少なくともボクの願望は叶えられる。

ボクは最期まで星を撃ち続けていたい。星を撃って、星に撃たれて、星と溶け合って、死にたい。だってそれが、愛するってことだろう。

結局、一つの星だって見逃すことなく撃ち尽くした。

きれいに掃除したはずの空は、けれどスコープ越しではない視界では、高エネルギーでぶつ切れになった雲の滓《かす》が散らばっていて全然きれいじゃなかった。こんな空が墓場だなんて、星たちだって不本意だろう。

どうせ一時間もせず次の段階に入るんだから、と施設には戻らずに水で弛んだ芝に寝転がる。ヘッドフォンのコードが首に絡まりそうだったから、それだけは〈トニトゥルス〉の下に投げておく。

三脚から外した〈ライフル〉を抱いて、濡れた擬似大地に頰を預けた。

冷やす必要なんて微塵もなかったけれど、〈ライフル〉をボクごと雨に晒す。雨粒に打たれて、擬似大地に溶け出す夢に酔う。

それなのに、予想していなかった熱が肩に触れた。せっかくの心地良い夢を味わい損ねたボクは、緩慢に瞼を持ち上げる。

神条の、不機嫌顔がとても近くにあった。目元のクマの下に皺が寄っている。彼の髪先を伝った雨が、ボクの唇の端から入り込んで舌を撫でた。

「バカ、何やってんだ。早く戻れ。風邪ひくぞ」

「老けて見えるよ、その顔」

「うっさい」彼は眉間にも皺を作った。「風邪ひく前に、中入れ」

「どうせ、また濡れるんだから」

ここでいいと答えると、神条はため息をついて屈めていた体を起こした。そのまま〈トニトゥルス〉を支える三脚に足をかけて、登っていく。濡れて滑りやすいはずなのに器用なものだ。きっと整備工の靴底にはボクらには見えない吸盤が装備されているんだろう。

熱を帯びていたボクの眼が雨粒で冷やされていく。じわりと神経が解《ほぐ》れる感覚に息を吐いた。怠け者の〈トニトゥルス〉も同じ感覚を味わっているのかもしれない。でも撃っている最中は、やめてほしい。

ごろごろと自堕落に芝の上を転がって〈トニトゥルス〉の傘から出る。体を打つ雨粒が直接感じられた。リズミカルで心地いい。思いのほかシャツが肩にべったりと絡みついてきた。次の狙撃に入る前に急いで着替えに戻るべきかもしれない。六階のアパートまで戻っていたら第二段階の狙撃に遅刻してしまうから、地下四階のマーケットで着替えを買うべきだろうか。

施設の照明がぼんやりと曇天を照らしていた。鋭い雨粒がボクの眼球を狙ってきたけれど、そんな柔らかい銃弾じゃあボクの機械の眼はびくともしない。冷却水代りだ。眼尻から伝った滴が耳に入って音が遠くなったけれど、まだ発砲の残響がしていたからそれもいい。

雨音をくぐって、重たい金属がぶつかり合う音も聞こえる。その中のどれかは神条がボクの〈トニトゥルス〉を撫でる音だ。

着替えに戻るのも億劫で、程良く冷えた眼を閉ざして音に集中することにした。〈トニトゥルス〉がいつもの冷却水と空からの冷却水で冷やされる音、砲身の熱に苦労しながら微調整をかける整備工たちの話し声、そして濡れた大地を不器用に歩く人の気配がいくつもしている。どれもが星を撃ち、愛するための音だ。

不意に、雨粒が途切れた。

目を開けると、ウィン、とピントを合わせる機械音が一秒だけ。施設の照明と雨とで白く煙った視界に、バカみたいに咲き乱れた花が円形を作っていた。まるで、さあ撃って、と墜ちてくる星が纏う炎みたいだ。

あまりにそぐわない色彩にボクの眼がギュンと竦む。

「風邪ひくわよ」

鉛色の水溜りを避けて立つハヤトが、ボクを見下ろしていた。豪奢なのか悪趣味なのか判断しにくい花柄の傘が、彼女の顔色をくすませている。ハヤトは神条と似たようなことを言いながら、彼は持っていなかった自分が濡れないための傘をボクに傾けた。

そんなことをしてもらってもボクはすでに大地と同じくらい水を吸っていたし、傘の端から寄り集まって大きくなった雫が不規則に腹を叩いてくるから気持ちが悪い。でも、それを口にしないくらいの礼節は持っていた。

玩具の〈ライフル〉を抱いたまま上半身を起こす。派手な花はまだボクの上で咲いていた。

「ありがとう」って言うべきかな？　と二秒も考えたけど、結局黙ってハヤトを見上げるだけにした。

「入らないの？」とハヤトは、狙撃段階を終えて電力を取り戻した施設を振り返る。光に縁取られた彼女の肩は濡れて、灰色に沈んでいた。

「寒くない？　今日はいつもより地表の設定温度が低く感じるわね。雨のせいかしら」

地表、とはこの擬似大地のことだろうか。ここを地表と表現する人間を、ボクは彼女以外に知らない。やっぱりハヤトは、部外者だ。

「……別に。寒いなら、あんたが入ってればいいだろ」

「わたしは今、出てきたところよ」彼女のオレンジ色の唇は、ボクの眼に馴染む速さで回転する。「あなたは入らないの？　他のみんなは熱いシャワーを浴びて次に備えるって言ってるわ。雨が好きなの？」

彼女は質問をするくせに、答えが返ってこなくても勝手に話を進められるらしい。

「わたしも雨は嫌いじゃないわ。傘が使えるもの。これ、わざわざ地球から持ってきたのよ、どう？　傘が必要な生活なんて、ここじゃ地表に出られる立場の人たちだけの特権でしょう」

さらりと複数形にされたけど、黙っていた。ボクが傘なんて持っていないことは昨日、いや時間的には今朝、部屋にきたんだから知っているんじゃないのか。それとも家庭訪問ってやつは持ち物じゃなくてボクには見えない何かを探すものなんだろうか？

「霧原っ！」

唐突に降ってきた叫び声で、反射的にぬかるんだ地面を蹴った。半秒前までボクが座っていた場所に神条が落ちてくる。彼の安全靴に踏み抜かれた泥が芸術的な軌跡を描いて散った。

タイミング的にはかなり際どかった。でもまあ、ボクと彼の間にある阿吽《あうん》の呼吸ってやつだ。阿吽が何かは知らないけれど。

「きゃっ！」なんて今まで聞いたこともない高い悲鳴が聞こえた。ハヤトだ。半分泥に沈んだ靴から伸びる華奢な足に、小さな黒い点がいくつも飛んでいた。

「ちょっと、何するのよ！　このスカート、気に入ってるのに」

「バカかお前、こんな日のこんなトコに、そんな格好してくんな」

神条は濡れて束になった髪をかき上げて、物騒な顔をした。その眼光でハヤトの文句を封じてからボクを見る。もっともボクには彼の機嫌がさほど悪くないことがわかる。眉が寄っているのは雨が目に入ることを嫌がっているからだ。

「眼は？」

「悪くないよ」神条とは違ってボクの眼は、冷却水代りの雨に濡れたほうが調子がいい。

「えっと……知り合い、なの？」

彼は嫌そうな、本当に心底答えたくないって顔でぼそりと言った。

「元、ヨメ」

「元じゃないわよ」

ヨメをどう漢字変換すればいいのかわからないボクの頭越しに、ハヤトが胸を反らす。

「まだ届を出してないもの」

「なんでだ！　もう三年だぞ。出せ、とっとと、今日にでも出せ」

「無理よ、紛失したの」彼女はどこか自慢気に顎を上げる。「あなたと違って、わたしは忙しいのよ。それに、コッチの職場でも『神条』って名前が浸透しちゃってるから、このままでもいいかなって」

「いいわけあるか」

「不都合でもあるの？　誰にも夫婦だなんて言ってないわ」

「元、だ！　それに、今こいつにっ」

不自然な呼吸で言葉を切った神条が、ボクを見下ろした。俯《うつむ》いた先にたまたまボクの顔があっただけなのかもしれない。

それでもボクは、聞かれたくない話なんだ、と直感する。少し考えてから「着替えてくるよ」と宣言して彼の無言の希望を叶えてあげることにした。

「ああ」だか「おお」だか微妙な発音で頷いた神条から、ボクは半歩だけ後退《あとじさ》る。

神条は不穏に歪んだ顔をボクから背け、オイルと雨が重たそうに滴る軍手をはめたままの手だけを伸ばしてくる。

抱えていた〈ライフル〉をその腕に預けて、ボクは踵を返す。

神条たちを振り返らないように、二人の声を聞かないように、最大の注意を払いながら建物に入った。

つるんとした床が、ボクの濡れた靴底に悲鳴を上げる。外で這い蹲っていたボクらの水滴をさんざん浴びたラウンジの床はひどく不機嫌そうだった。

クリップボードに挟まれた書類を大事そうに抱えた女性技官が、とばっちりを受けて盛大に転ぶ。〈スナイパー〉は、ボクを含めて誰一人として興味を示さなかった。そのかわり彼女の周りにいた整備工たちが手を貸してあげていたから問題ない。彼女だって星のためだけに存在するボクらの手を向けられるより、たとえ銃器オイルが染みついていたって人間のために存在する手を差し伸べられるほうがいいに決まっている。

ボクの中で、ヨメって音がようやく『嫁』って意味を持ちはじめた。嫁？　家族？　『家庭』ってものを構成する部品だ。

家庭訪問よ、と告げて部屋に押し入ってきたハヤトの、いやに真剣な顔が脳裏をよぎる。家庭なんてものはボクの部屋にも人生にも存在しない。なのに、どうしてハヤトはそんなものを求めたんだろう？　彼女はボクの部屋でその破片でも見つけたのだろうか？　だとしたら、それはどんな形をしているのだろう？

顔の半分だけで雨の夜を振り返る。ハヤトと神条が並んでいるところを見たくなかったから、施設の電光に艶めく泥色の足跡だけを睨む。

なんとなく、神条は機械しか愛せない男だと思っていた。ボクが星を愛するように、彼も機械を愛しているのだと思っていた。

でも神条は、ボクとは違う。人間に分類される生き物だった。

そんな簡単なことに気がついて、裏切られたような気分になっているボク自身が一番忌々しい。

星のために作られた眼が痛んだ。もう冷えているのにどうしてだろう？　こんな調子だからボクは削減されるのか、と妙に納得して、なぜか笑いたい気分になった。大声で笑ってやろうとしたのに、ボクの喉からは嗚咽じみた細い吐息が逃げただけだった。

グローブから滴る雨の残りがなくなったころ、ボクらはまた雨の中に追い出された。

短く二回点滅した施設の照明に急かされて、駆け足で〈トニトゥルス〉の下に戻る。放り出したままだったヘッドフォンと隣に置かれていた〈ライフル〉のケーブルとをセットする。耳朶《じだ》の奥に空気が閉じ込められる気配にほっとした途端、肩をつかまれた。ぎょっと振り返る。狙撃開始間際に〈スナイパー〉以外の人間が外にいるはずがない。

神条が、何かを怒鳴っていた。防音機能のあるヘッドフォンに阻まれて聞こえない。

彼は焦れた様子でボクのヘッドフォンを鷲摑みにして、少しだけ浮かせた。髪を一筋一緒につかまれてちょっと痛かったけれど、ボクの手はすでにグローブとケーブルに埋まっていたから任せるしかない。

雨に濡れて黒ずんだ作業着がオイルの匂いと混ざって、彼の煙草の香りを消していた。

「何、どうしたの？　耳潰れるよ」

「出力を五パーセントほど上げた！」彼はボクの耳元で怒鳴った。ヘッドフォンを外されているボクの鼓膜には痛いくらいだ。「照射角のブレがマシになってるはずだ」

たった一段階分のデータで雨の影響を計算してくれたというわけだ。優秀な整備工がいると心強い。

無言で頷くと、神条も大きく頷き返してヘッドフォンをボクの耳に戻した。二度、肩を叩かれる。がんばれとか、しっかりやれって意味だ。

笑って見せたけれど、施設の照明が消えると同時くらいだったから彼に伝わったかどうかはわからない。

『来ます。準備してください』と少し焦った感じの男の声がした。通信系統は整備工の担当だから神条の後輩なのかもしれない。

芝の上に這い蹲って安全装置を外すと、コォーと冷却水が咆え猛《たけ》る。今日は雨に仕事をとられて拗《す》ねているんだろう。大地を洗う雨音だって聞こえなくなる。

神条がちゃんと施設に戻れたかなんて気にしなかった。もう興味がない。

だって、星が来る。

第九段階までだったはずの仕事は、第十段階にまでなった。〈トニトゥルス〉の稼働限界ギリギリの回数だ。雨が冷却水を助けていなかったら焼きつきを起こしていたかもしれない。

ボクは最後まで服を着替えなかったから、雨の降らないラウンジに戻ったときにはそれなりに汚い格好だった。すれ違う技官たちは自分たちの白衣を守るためか、そろってボクの通り道を開けてくれる。ヘッドフォンをロッカーに入れ、けれどジャケットはとらずにグローブだけを持って再びラウンジへと戻った。神条が調整してくれていたおかげで狙撃に影響はなかったけれど、彼が「直す」と言ってくれたのだからグローブは彼に任せるべきだろう。

水野のオフィスの前を抜けて、奥へと続く廊下を進む。

基本的に〈スナイパー〉は軌道庭園の下層へ沈むエレベータと更衣室、ラウンジを抜けて擬似大地へ、ついでに売店で食事を買う、以外のルートを歩くことは滅多にない。ボクがこの廊下を迷わず歩けるのは、神条が教えてくれたからだ。

節電のためなのか三つに一つしか電灯が入っていない廊下の一番奥が、整備工たちの部屋だった。そのまま銃器の部品やオイルが備蓄してある倉庫まで行ける構造になっているから、人と機械の臭いが混ざった不思議な空間になっている。部屋中に積み上げられた段ボールの割に、どのデスクもきれいだった。元々席に着いてどうこうする仕事じゃないから、彼らにデスクを与えているほうがおかしいんだと思う。

神条のデスクはすぐにわかった。だって、彼だけは分厚い専門書を山積みにしている。勉強熱心なのか単なる情報マニアなのか。神条のことだからきっと後者だろう。

濡れたグローブを本の上に載せるのは気が引けたから、安っぽい椅子の背に引っかけておく。乱暴に動いたつもりはなかったのに、本がちょっとした雪崩を起こして隣のデスクにまではみ出した。でも、そっちには何も載っていないんだから使用者だって気にしないだろう。

早々に部屋を出る。水が溜まった靴の中で指先が泳いだ。ぎゅぽぎゅぽと、ボクの歩調に合わせて間抜けな音が廊下に押し出される。

エレベータに乗り込んで六階のボタンを押す。小さな箱は、なぜかとても寒かった。仕事中毒の空調設備が加減を忘れているのか、ボクが濡れているせいなのかは判然としない。どちらにしろ早く着替えたほうがよさそうだ。

ふわりと脳が浮き上がる感覚がして、星たちとは比べ物にならない鈍重さでボクの体は落ちる。それもすぐに鈍った、と感じたときには止まっている。

ずいぶん潜った気がしたのに、表示は二階だった。面倒そうに扉が開く。

背広姿の男が二階フロアに広がる歓楽街からエレベータに逃げ込もうとして、たたらを踏んだ。

ボクに驚いたのだろう。半歩引いて場所を空けてやると、男は気まずそうに顔をしかめながら乗り込んできた。

「何階ですか？」なんてバカなことは訊かない。彼だって勝手に十二階のボタンを押してそのまま箱の角に身を寄せる。ふつうの反応だ。

ゆっくりと口を閉ざしたエレベータが動きだす。三階、四階。

「あの……」と彼が振り返ったので、本当に驚いた。幻聴かと思ったくらいだ。これまでも誰かと乗り合わせたことはあったけれど、声をかけられたことなんか一度だってなかった。

ボクは濡れた髪を撫でつけていたから、虹彩が白く輝く青い眼も政府の備品だって印が刻まれた額もはっきりと見えているはずだ。

それなのに彼は神条と同じ虹彩の光らない、人間の眼で、ボクを見て言った。

「上は雨ですか？」

「…………どうして？」

「どうして？」男は笑ったようだ。「あなたが濡れているからですよ、寒そうだ」

「違う」エレベータは寝惚けた速度で五階を通り過ぎる。「どうしてボクに話しかけたの？ボクが〈スナイパー〉だって、わかるはずだ」

「子供にだってわかります」

「ならどうして？」

「あなたに話しかけては、いけませんか？」

「ふつうは、話しかけない」

「ふつうの〈スナイパー〉なら、僕を無視しますよ」

ゴゥン、と誰かに殴られたような大きな音がした。エレベータが六階に着いた衝撃だ。嗅ぎ飽きたコンクリート壁の匂いが流れ込む。

そして、男の笑い声が響く。

「ああ、でも、僕も〈スナイパー〉だから、仲間、ですね」

「嘘だっ」声が震えているのを自覚する。「だって」

だって、おかしいじゃないか。男の眼は神条と同じ色をしている。男の額には皺があるけれど傷痕なんかない。ボクの眼とは、額とは、なにもかも。

「……違う」

喘ぎになった。ちゃんと声になっていたのかも定かじゃない。

「ええ、そうですね。正しくは、過去形です。僕は〈スナイパー〉だった。あなたと同じ、十七世代だ」

十七世代、眼のヴァージョンのことだ。ボクが装備するのと同じ型の眼を嵌めていたのなら、どうしてこの男の眼は今、こんな色になっているんだ。〈スナイパー〉の証が刻まれているはずの額だって――。

「いずれ、あなたも」男の人差し指が、傷痕のない額を見せつける。「こうなる」

「……そんなはず、ない」

「どうして？」

「だって……」

だって、なんだ？　その続きが舌の上で転がって出ていかない。まるでボク自身がその続きを知らないみたいだ。

「だって？」男が平淡な抑揚で、ボクの言葉の続きを紡ぐ。「だって、『ボクらは星のために造られた』から？」

喉が引きつって、空気が逃げていく。たぶん喉が渇いているんだ。早くあのちっぽけな部屋に帰って水を飲まないと干からびてしまう。

そうだ、帰らないと。

ふらりと足を踏み出した。閉まりかけていたエレベータの口をこじ開けて、転がり出る。再び閉まり始めた扉の隙間で細っていく箱の中を、ボクは振り返らなかった。怖くて、振り返れなかった。

「また、いつか」

男の声が聞こえた気がした。モーターの唸りを聞き間違えただけだろう。

また？　ボクは足早にアパートの間を抜けながらぞっとする。

冗談じゃない、二度と会いたくない。

アパートの階段を一段飛ばしに駆け上がって部屋の前に辿り着いたとき、途方に暮れた。

ジャケットを更衣室に置いてきてしまった。鍵もあそこだ。取りに戻るにはエレベータに乗らなきゃならない。でも乗りたくない。あの男のいた空間にもう一度戻るなんて、怖くてできない。

たった一枚の薄っぺらい鉄板の向こうにボクの空間があるのに、たった一つの金属片がないだけでボクは立ち尽くす。

カカン、とご機嫌に階段を鳴らして上がってきた男がボクを一瞥した。青い機械の、ボクと同じ眼だ。額にも一文字の傷痕がある。四階にあるマーケットの袋を提げていたから買い物帰りだろう。

「どうした?」男が訊く。

「鍵を、上に忘れた」

「ふうん」

男は自分の部屋の鍵を開けて消えていく。外の世界をボクごと拒絶する音を立てて、ドアと鍵が閉まった。

〈スナイパー〉なら当然の行動だ。ボクだって彼の立場なら、そうする。だって星には関係のないことだ。

そう『造られた』だって? バカらしい。ボクらは星を愛しているだけだ。誰かにそうされと命令されたわけでも、まして造られたわけでもない、はずだ。星を愛するのは、〈スナイパー〉の本能なのだから。

だって地球の戦場で人間を撃つスナイパーは、人間を愛しているからこそ、人間を撃っているんだ。彼らが人間を愛するのは、そう造られたからじゃない。ならボクらだって、星を愛しているからこそ、星を撃っているのだ。

それなのにどうして、星を撃つ〈スナイパー〉だけが造られた存在だと考えるんだろう。

こめかみを伝う雨の残滓を拳で拭う。何も考えたくない、最低の気分だった。今ならハヤトの家庭訪問だって歓迎できる。神条と築いた家庭について語ってくれれば、あんな男のふざけた言葉だって忘れられるかもしれないのに、たいていの人にとってそうであるように、必要なときに望むものはない。

もしこんなにずぶ濡れになっていなければ、このままここで眠って全てを忘れてしまってもよかった。

でも今日は寒い。環境装置の設定云々じゃなくて単純に、ボクが濡れそぼっているせいでそう感じるのかもしれないけれど、寒すぎて眠れもしないだろう。

仕方なく階段を下りる。さっきは必死で駆けた道をできるだけゆっくりと戻った。

エレベータの呼び出しボタンに伸ばした指が、情けなく震えていた。初めて〈ライフル〉に触れたときみたいだ。

勤勉に各階層を往き来するエレベータのモーター音に、さっきの男が否応なく浮かぶ。

まるで幽霊だった。本物の幽霊なんて見たことはないし、具体的にはどんなものなのかも知らないけど、たぶんあれが幽霊って奴なんだ。だって〈スナイパー〉じゃなくなった〈スナイパー〉なんて、存在するはずがない。〈スナイパー〉じゃないボクなんて、星が降らない世界で錆びていく〈トニトゥルス〉みたいなものだ。そんなもの、必要ない。役立たずだ。星を撃てないなら、星を愛せないなら、生きている価値が、ない。

仲間の死顔がよぎった。肉体の活動が停止してもなお、ヘッドフォンから供給される微弱電流によって息づいていた、白い虹彩と青い瞳孔を思う。

同じ眼が、ここにある。ボクの生命活動が停止したとしても、星を愛している間は輝き続けてくれる眼だ。

ボクは指先で強く瞼を押さえる。星を撃ちながら死んだ仲間を、心底羨む。ボクもあんな最期を迎えたい。あれ以外の最期なんて、要らない。

同意を示してか、眼が重たい痛みを発した。

「っ……」

不意打ちに喉を鳴らす。額の傷が、眼が熱い。オーバーワークをさせたときの疼きだ。今日の過密スケジュールのつけが回ってきた。

膝をつく。エレベータの扉に痛む額と眼を擦り付ける。硬質な冷たさが、皮膚を侵して神経に触れた。

咄嗟《とっさ》に誰かの名前が零れた。気のせいかもしれない。だってボクは縋《すが》れる相手を知らない。神条は整備工であって、幽霊に怯えたボクが縋っていい相手じゃない。呼べる名前なんか、一つだって持っていない。

額を抱えて倒れ込む。頬や肘に食い込んだコンクリートの凹凸だけが妙に優しい。ゴゥン、とどこかで奈落の開く音がした。きっと幽霊の世界の扉が開く音だ。

〈4〉

ボクは星だった。

ぽつん、と漆黒の宇宙に取り残されたボクは遠くに、たぶん人間の一生を何万人分つなげたって辿りつけないくらいの遠くに、青く輝く惑星を見つけて歓喜していた。

あの星と一緒になれたら、なんて幸せだろう。あの星をボクの一部にしたなら、どれほど昂揚するだろう。

ボクは孤独を捨てて、その青い星に会いに行こうと決めた。ボクを縛るだけで構ってくれない母星を捨てて、邪魔な衛星たちを押し退けて、ボクは走り出す。

しばらくすると次々に星たちが集まってきて、みんながあの星を目指して競い合った。誰もが、これが命を削る旅だと気付いていたけれど、誰も諦めたりしなかった。

その惑星の美しさは、命を賭けるに足る魅力を持っていたから。

一度の瞬きで、その惑星は目の前に現れた。夢って便利だ、と思ったボクはこれが夢であることを自覚している。

眩い青さを前に、ようやく憧れ続けた星と一つになれるのだ、と感動に震えたとき、一緒に旅をしてきた仲間が深紅に染まって崩れた。

何が起こったのかわからなくて周りを見回す。

青い星のすぐ傍に、緑の芝の塊が浮かんでいた。気紛れに大地を掌ですくい取って宇宙に抛《ほう》りだしたように小さくて、脆《もろ》そうだ。

ど、っと光の矢が飛んできた。芝の塊から、いくつもの光が放たれる。仲間の何人かはそれに砕かれて、何人かは身体の半分を失って、それでも青い星に近付こうとしていた。

ボクだって例外じゃない。近くの惑星の重力を借りて加速して、一直線に青い星へと走る。身体のどこかが炎を噴いたけど、気にも留めなかった。

また、光が来た。芝の大地から放たれた閃光がはっきりと見えた。青い星自身に拒まれたわけじゃないことに、少し安堵する。

仲間はどんどん減って、今じゃボクの周りには三人しかいなかった。でも、青い蒼い星はもう眼の前だ。もう誰もボクらを止められない。ようやく一緒になれる。この腕に抱いて、一緒に崩れ去ってしまえる。

そう思ったのに。

光に包まれた。ボクは青い星を抱く質量を、失う。絶望を覚えてもいいはずなのに、ボクは嬉しかった。

だって最後の光は青い星から伸ばされた。青い星は、ボクの最期を抱きしめてくれた。それはボクが、青い星に愛されたってことに他ならない。

目を開けるとレンズが収縮する音がした。白一色だった世界がゆっくりと形を結んでいく。見えたのは青い惑星でもスコープ越しの暗緑色の空でもなく、青白いボコボコとした天井だった。擬似大地の土で部屋を作ったのを誤魔化すために白く塗ったんじゃないかと思うくらいに粗い模様だ。

ボクの部屋じゃないってことはわかった。あそこはもっと無表情だ。

寝返りを打ってから、肌が捉えるシーツの感触に気が付く。服を着ていないことはどうでもいい。誰がボクを運んだのか。ここが誰の部屋なのかってことが、一番の問題だった。

激しい雨音がしている。擬似大地の施設だろうか？　水野に眼の不調が知られて、医療施設に収容されてしまったのかもしれない。いや、それよりも。

もしあの男の部屋だったら、と考えてぞくりと肩が震えた。ここがあの幽霊の部屋で、ボクはもう〈スナイパー〉じゃないと言われたら、どうしたらいいんだろう。

寒くもないのに歯が鳴った。顎に力を入れて怖気を殺す。

きん、と耳鳴りがする。おかしくなりそうだ。雨が止んでいた。人の気配が遠くのほうで揺れている。

ふっと湯気と石鹼の匂いがした。雨だと思ったのはシャワーの音だったらしい。

そして嗅ぎ慣れた、煙草の匂い。

どっと力が抜けて、背中に汗が噴き出した。

両腕を突っ張って体を起こすと、ボクは行儀よくベッドの上に載せられたベッドマットにいた。壁の一面が本棚になっている。初めて見る部屋だった。

当然だ。ボクは彼のプライベートな空間に入ったことなんてない。

生命工学倫理だの電子工学理論だの、何が書かれているのか想像すらできない題名の、分厚かったり薄っぺらかったりする本が床に積まれていた。飽和状態で紙切れをいくつもはみ出させている本棚に拒否されて仕方なく床に寝かされているんだろう。ボクの部屋の暇そうなラックと違って、この部屋の本棚は苦労が多そうだ。

「なんで」神条の低い、物凄く不機嫌な声がした。「このタイミングで起きるか、お前は」

頭からタオルをかぶっているから表情は窺えない。ジャージのズボンを穿いただけって格好に、ちょっと驚いた。作業着の印象が強いから、正直に言えばボクは彼の私服だって咄嗟には思い出せない。

神条は本の山を漁って、探り当てたTシャツをかぶる。ボクからは本しか見えないけれど、その陰に服が隠してあるらしい。

「何にビビッたかってぇと」神条は珍しく、砕けた口調だ。「お前がエレベータホールに転がってたことよりも、乗り合わせたヨシオカがお前を完全に無視したことだ」

ヨシオカって誰だろう？　でもまあ、六階で降りたなら〈スナイパー〉だ。

「……ありがとう」

一秒くらい迷って、とりあえず口にしてみた。この状況に相応しい言葉なのかは、わからない。ただ、何か答えなきゃと思っただけだ。

「ああ？」彼はタオルを頭から首に落とした。跳ね上がった眉の下で目元に皺が寄っている。

「何が？」

「拾ってくれて」

「あれを捨てとくのは、人としてどうかと思うぞ」

〈スナイパー〉だからね、とは言わなかった。〈スナイパー〉が星を撃つこと以外に興味を示さないことは、神条だってわかっているはずだから。かわりに別のことを訊く。

「なんで君の部屋なの？　ここ、君の部屋だよね？」

「女の部屋に入れってか」

てっきり『部屋を知らない』と言われると思っていたから、本気で驚いた。彼はボクの部屋の場所を知っていたっけ？　と考えた直後には思い出した。〈トニトゥルス〉や〈ライフル〉にトラブルが出た場合には連絡してもらえるよう、彼と出会った当初にボクにかんするデータの全てを渡していた。

「言っとくが」神条はボクとは逆方向に視線を逃がしながら、怒っているような声で言う。

「服を脱がしたのは、お前が雑巾以下に汚れてたからだ」

意味がわからなくて首を傾げる。

「だから、お前に何かしたりは……」

「ああ」ようやく理解して、笑った。「なんだ、そんなこと。わかってるよ」

ボクにとっては、彼がボクを女だと認識していたことのほうが驚きだった。

少し緊張する。

神条は目元の皺をさらに深くしてボクを睨んで、重力に負けたみたいにベッドの端に腰を下ろした。優秀なスプリングのせいでボクまで弾む。

彼の襟足から、ボクとお揃いの石鹼が香った。地下四階のマーケットで売られている十個パックの安物だ。そしてボクとは違う、神条の濡れた肌の匂いが潜んでいる。

神条から重たい銃器オイルの香りを嗅ぐことはあっても、こんなに甘ったるい匂いは初めてだった。ボクらの関係には似合わない、完全にプライベートな空気だ。

今なら訊けるかもしれない、と思った。できるだけ自然に「ねえ」と喉を震わせる。

「ボクは、削減されるの？」

神条の動きが止まった。疚《やま》しいところがあったわけじゃなく、単に内容が理解できなかったらしい。「は？」と間抜けな声を上げて振り返った彼は「サクゲン？」と微妙な発音で繰り返す。

「ボクは」とテレビが話していたことを思い出しながら、言い直す。「〈スナイパー〉として使い物にならないから、国の予算削減の対象になってる？」

「ああ、そういう意味か」

神条はタオルで首を拭って、ため息を吐く。

彼のTシャツの背が湿って、色が濃くなっていた。きっと触れたら熱を感じられる。でも触れない。触れたいとも思わない。だって彼はボクの整備工だ。ボクは彼の整備の腕を愛しているけれど、ボクらが触れ合うのは給料日のあのバーでだけと決まっている。

「俺がそんなネタつかんでるわけないだろう。整備工だぞ？」

「じゃあ、なんでボクに触ったの？　昨日、エレベータの前で、バーを出た後」

彼は顔の半分だけで振り返る。あのときと同じように、頬が歪んでいる。ボクに話させない、話したくない、何かを隠しているのだと知れる表情だった。

彼の反応が怖くなって、訊いたことを後悔した。皺になったシーツを睨む。ギュンと眼球が振動した。

「……そこからか」

「どこから？」

神条は自分の首から外したタオルをボクの頭にかぶせて乱暴にかき回した。

「まあいい、こっちも端《はな》から期待はしてない。風呂に湯張っといたから体温めてこい」

「神条」ボクは逃げる彼を呼ぶ。「期待って？」

「いいから」彼は振り返らないまま、少し声を大きくした。「風呂入れ」

ここは神条の部屋だから主導権は彼にある。しぶしぶベッドから足を下ろす。雨でふやけたボクの指は白くて、人間よりもあの幽霊に近い気がした。

「神条」バスルームのドアを開けながら再びボクの整備工を呼ぶ。「ボクは、まだ必要？」

彼はボクの言葉の裏の裏まで読んでいるような沈黙を三呼吸も落としてから、黙って頷いてくれた。

今のボクにとっては何よりも信じられる、信じたいと願う、答えだった。

神条の残り香がするバスルームで熱い雨を浴びながら、ここがボクのフロアじゃないことを実感する。シャワーの水圧が高いし、何より湯船がある。

乾いた泥で束になっていた髪を解《ほぐ》してから、シャンプーに手を伸ばして戸惑った。双子のボトルが並んでいたからだ。ボクのバスルームには、髪を洗うボトルと石鹸が一つずつしかないのに。

湯気を手で払いながら、苦労して眼のピントを調節する。ボトルの説明文を一字ずつ読んで、ようやくシャンプーを見分けた。もう片方はシャンプーの後に使うものらしい。神条は存外、マメな男だ。

シャンプーだけを使ってから、今度は馴染みの石鹸で体を洗う。指の間を擬似大地の名残がざらざらと流れていった。

ボクを伝う水がきれいになってから、湯船にたっぷりと張られたお湯に恐るおそる足先を入れた。指先が痺れるくらい熱い。

星を穿つ〈トニトゥルス〉の熱に苦労している神条が、こんな温度に浸る生活を送っているというのは不思議な感じがする。

しばらく指先だけを湯に入れて覚悟を決めてから、肩まで沈む。つかってみると、それほど熱くはなかった。少しだけ息苦しい。

胸から押し出された空気がため息となって、湿気で霞んだ空間に反響した。湯船の縁に頬を預けて、薄緑色に見える水面を眺める。同じ水なのに雨とは全然違う。雨は擬似大地を溶かすのに、この水はボクの体を融かしてくれない。かわりに思考が解《ほど》けていく。

眼に触れてみた。レンズを傷つけるといけないので、そっと、白眼の部分だけに。

柔らかいような硬いような、濡れているような乾いているような、曖昧な感触だった。青い、はずだ。水面では見えないけど、少し伸びあがれば鏡がある。白く曇っているけれど、ボクの眼の色くらいは見えるだろう。

でも、そうはしなかった。できなかった。

もし黒や茶色だったら？〈スナイパー〉じゃなくなっていたら？

怖くて、喉が鳴った。とても小さな音だったのにバスルームに響いて、泣いているみたいに聞こえた。

バカだな、と自分でも思う。この眼になってから泣いたことなんてない。〈スナイパー〉は泣かない生き物だ。ボクらの人生には悲しみなんて存在しない。あるのは、星を撃つ、星を愛する悦びだけだ。そう、教えられて育った。

ボクはお湯の中に顔を突っ込む。聴覚がゴボと水の遊ぶ音を捉える。耳の後ろで髪が泳いでくすぐったい。眼は、開けない。だって水底に何かが、たとえば幽霊の世界とかが見えたら嫌じゃないか。

このまま沈んだら、きっと軌道庭園の多重階層を抜けて、隔壁さえ破って、宇宙に出られる。星と一緒になれる。このままずっと深く、ずっと奥で、ボクが求める星々が翔けている。

ふっと夢で逢った青い星を思い出す。ときおり擬似大地の果てから、ボクの眼と同じ色の曲線を覗かせる、水の惑星。

〈スナイパー〉たちは、あの青い星を守れと命じられているけれど、宇宙生まれのボクはあの星に降りたことがない。ボクにとってのあの星は、ただそこに浮かぶだけの存在だ。

ボクらが星を撃つのは、青い星に逢うために命を燃やして翔ける流星たちを愛しているからだ。その延長として、星を撃つのに欠かせない優秀な整備工も、愛している。

「霧原！」

突然ひどい痛みが走って悲鳴を上げた、はずなのに呼吸を塞がれた。熱い液体が喉を滑り落ちて、盛大に咽《むせ》る。額の奥が痛い。眼が急激な明度の変化についていけず、世界が赤くフラッシュした。まるでロック・オンだ。撃たれるのは、ボク。

「霧原っ！」

神条の怖い顔が間近にあって息を呑んだ。おかげで鼻の奥で水がグズる。咳がひどくて肺まで痛んだ。銃器オイルの黒が縁取る神条の短い爪が、ボクの肩に食い込んでいる。

「ふざけんな！　お前……」

何をそんなに怒っているんだろう？

神条は不自然に呼吸を詰めてボクの首元に額を落とした。傷のない皮膚を擦りつけて、何かを祈るような長い息を吐く。

その真剣さに、咳き込むのを耐えた。

「勘弁してくれ」

「どう、したの？」

神条の大きな掌が、ボクの肩骨を握り潰したそうにしている。

「神条、痛いよ」

彼は動かなかったけれど、指の力は弛めてくれた。

「本当に、どうしたの？」

「……なんでもない」

「そんな嘘、誰にも通じないよ」

「なんで、嘘？」

「だって……」神条の肩に触れる。水を吸ったシャツが、ボクの手の形に色を変えた。「震えてる」

はっ、と彼は短い息を吐いた。自嘲したのかもしれない。彼はボクから手を離して、湯船の縁を摑む。額はまだ、ボクの肩だ。そして、唸りに似た囁きが。

「……死ぬ気かと思った」

「誰が？」

ボクの鎖骨に触れた熱い吐息が、彼の答えだった。

「ボクが？」

「……お前が」

「死なないよ」ボクは控えめに笑う。「星が降る限り、ボクは死なない。〈スナイパー〉はそういう生き物だろ」

「ああ」神条は呻く。「お前は〈スナイパー〉だったな」

「そ……」うだよ、ってボクの声は甲高い間抜けな電子音でかき消された。

ビンポンだかギンゴンだかってフレーズを二回も繰り返したそれが何の合図なのか、ボクにはわからなかった。

でも、神条は違う。「んのヤロ」と小さく舌打ちをして、湯気をお供にバスルームを出て行ってしまった。

少し冷えてしまった空気から逃げて、顎まで湯に潜る。体中を眠気に似た安堵感が満たしていく。瞼を下ろして、自分を世界から隔離した。深く呼吸をすると、咳で痛めた喉に甘い湿気が広がっていく。機械仕掛けの眼を制御するために額の奥に埋められているチップが、電気信号を血流に乗せていくのを感じる。

最近の神条はおかしい。ボクが削減されたって彼にはなんの影響もないはずなのに、まるでボクを手放したくないような反応をする。正直、やめてほしい。ボクが彼にとって特別な〈スナイパー〉だと、勘違いしてしまいそうになる。

ボクにとって神条は特別大事な整備工だけど、それは〈トニトゥルス〉だけでなく、ボク自身の眼の整備も任せているからだ。ボクが全力で星を愛するために、彼は欠かせない。

でも神条の腕なら、むしろボクより優秀な〈スナイパー〉と組んだほうが、彼の実力が発揮される可能性が高い。事実、ボクより成績の良い奴は七百人以上いるのだ。少し残念な結論だけど、彼は生命限界を迎えつつあるボクなんかに執着するべきじゃない。

ボクだって、神条を星より愛せない以上、彼を独占するべきではないとわかっている。ボクは神条を撃てない、殺してあげられない。彼は星とは違うイキモノなのだから。

「霧原」女の声がした。「男の人の部屋の、それもバスルームで会うとは思わなかったわ。面談室としては悪趣味ね」

重たい瞼を持ち上げて、見る。ハヤトが体を斜めにして戸口に立っていた。オレンジ色の唇から出てくる声は不機嫌そのものなのに、なぜか笑う形に歪んでいる。奇妙な光景だ。どこか、ちぐはぐ。

「着替えを持ってきてあげたの」ハヤトは手にした紙袋を少し持ち上げる。「感謝してちょうだい」

「ボクの部屋に入ったの？」

「いいえ、買ってきたの」

「悪趣味な服を？」

彼女は眉を上げて唇を引き結ぶと、ようやく声と同じ表情を作った。それきりボクの皮肉には応えずバスルームを後にする。八つ当たりみたいに薄い扉が跳ね返って、閉ざされた。

はは、と意識して笑う。確かにボクの喉が震えたのに、笑い声はどこまでも遠い場所から降ってきた。

バスルームを出ると、小さなキッチンにハヤトが立っていた。一口コンロの上に乗せられた大きな鍋が、ぐらぐらと水面を揺すって熱いと訴えている。

彼女は何も言わなかった。ボクがここにいる理由も、彼女が買ってきてくれた着替えに対しても。だからボクも無言で彼女の背後を通り過ぎる。

結論からいえば趣味をどうこういえる程の服じゃなかった。無地のTシャツとジャージと下着が一揃え。ジャージのウエストが少しばかり緩かったけれど紐で絞れば着られないこともない。おそらくハヤトは、ボクの身体データも把握している。

神条がいる部屋の敷居の前で、ハヤトを振り返る。

「いくらだった？」

「もう精算してもらったからいいわ」

ハヤトは鍋を睨んだまま、ボクに菜箸を突きつけた。ボク越しの神条を指したのだろう。

本があふれた部屋に入って、デスクに向かっている神条の横顔に同じ質問をする。

「いくら？」

「ん？」と神条は顔も上げずにベッドの上を指した。皺くちゃになったシーツの上に領収書が投げ捨てられていた。値段を読んでからジャージのポケットにしまう。

「明日でもいい？　財布を上に忘れてきたんだ」

「ああ、……ん、別に……」

神条は生返事すら途中で放棄して沈黙してしまった。シャツの肩に染みたボクの手形が彼の動きに合わせて歪んでいる。

神条の手元を覗き込んでみると、汚いグローブが解剖されているところだった。ボクのだろう。手首から手の甲までの装甲と指関節の丸いカバーが外されている。血管や筋肉みたいに複雑に絡まり合っているコードが何本も束で引き出されていた。

廊下から鍋とシンクがぶつかる音がする。時計の針が走る音まで聞こえる。幽霊に対する恐怖心も、ボクが〈スナイパー〉として削減されるのではないかという危惧も、いつの間にか凪いでいた。神条が湯船に満たしてくれた熱さが、ボクの動揺を吸い出してくれたのかもしれない。

何時だろう？　と秒針の音源を探る。壁にはない。枕元にも、本の雪崩に沈んでいる床にも見当たらない。ベッドの下を覗き込んでみたけれど、やっぱり本が積み重なっているだけだ。音を頼りに視線を移動させる。星を撃つのに音なんて必要ないから、ボクの眼は戸惑いも顕わに視界を痙攣させながら探索モードに入った。

どっちを見ても本、本、本。

この部屋には本しかないんだろうか？　機械の眼は文字を読むことには向いていないから、最後に本を読んだのはボクの眼がまだ黒かったころだ。黒？　ボクの眼は黒かっただろうか？　茶色だったかもしれない。もう思い出せない。思い出したくもない。

過去を追い払うように頭を振って、見つけた。

外された腕時計が、神条の陰で身を丸めている。黒いラバーゴムで着飾る、というよりは武装した大きな腕時計が〇三四三時を指していた。きりきりと誰かに追われているように秒針が逃げ回っている。

仕事を終えたのが〇二〇〇時過ぎだったから、それほど長い間寝ていたわけじゃない。神条は、壊しているのか直しているのか判断できない大胆さでコードを切断しては測定器らしきものにつないでいく。

彼の作業音と秒針が駆ける音、なによりも彼の濡れた匂いが、とても心地好かった。

「いっつもそう」

急に背後から声がした。驚いたのを悟られないように一呼吸おいてから振り向く。

ハヤトがお盆に載せたパスタ皿を大型本の上に移しながらため息を吐く。

「その人、機械を前にしたら周りなんて見えなくなるのよ」

「整備工としては優秀だ」

「人としては、てんでダメよ」

「ふうん」と適当に応じてから、テーブル代りになった本を指す。「傷むんじゃない?」

「いいのよ。テーブルがないんだし、付き合ってたときからこうだったわ」

「いい加減にしろ」神条が眉間に深い皺を刻んで振り返った。「その話題はよせ」

「いいじゃない」ハヤトは、何かのゲームに勝ったみたいに艶然と笑う。「霧原しかいないんだから」

彼は舌打ちでハヤトとの会話を打ち切ると、ボクにグローブを差し出した。

「嵌めてみろ。調整かけるから」

「うん」と受け取ろうとしたけれど、ハヤトが先にそれを取り上げてしまった。

「グローブは逃げないわ。伸びたパスタを食べたい？　優先順位ってものがあるのよ」

ボクにとっては食事なんかよりグローブのほうが大事だけど、神条が素直に椅子から下りてしまったから仕方がない。ボクも倣って、床に座る。

神条は不満そうに「インスタントかよ」って毒づいたけど、ボクにとっては誰かが一手間かけてくれただけでも、とても珍しい食事だった。活動エネルギーになるならなんだって構わないからボクはたいてい、売店の固形食品で済ませてしまう。例外としては給料日のバーでありつくビールとピザだけど、あれだってボクらが注文しなければ出てこない。

それなのにハヤトは、わざわざ加熱した料理をボクの前にも並べてくれるのだ。

食事の間、神条はボクのグローブの状態や狙撃時の癖なんかを説明してくれた。ボクは狙いを定めるまでの時間が仲間よりも十五パーセントも短いらしい。だから〈トニトゥルス〉が逆上せるんだって。

ボクは興味を持ちすぎて、五分に一回くらいハヤトから「手が止まってるわよ」って注意された。でも、彼女は仏頂面で咎めるくせに、どこか満足そうにしていた。

これが、ハヤトがボクの部屋に探しにきた『家庭』ってものに近い空気なんだろうか。彼女が出してくれたパスタくらい温かくて、辛いものだ。ボクの記憶に断片的に潜りこんでいる『家庭』とは少し違う気がして落ち着かない。

ハヤトが食器を片づけている間に、神条にグローブの数値をとってもらった。微調整を三回もかけて、彼はようやく「完璧」と頷く。

片頬だけを持ち上げて笑う神条を見ると、ほっとする。そして、そんな彼にバー以外の場所で触れたいと思わないことが、ボクがまだ〈スナイパー〉である証明だった。


ハヤトが帰ると言い出したので一緒に出ることにした。玄関まできて初めてハヤトが靴まで買ってくれていたことを知った。ボクがいつも履いているスニーカーの、正しいサイズだ。その事実を追及することなく、彼女がビニール袋に詰めてくれた汚れた服と靴を提げて町に出る。

ハヤトと肩を並べて歩きながら、改めてここが八階だってことを実感した。エレベータの位置がわからない。彼女と一緒に出るって判断は、偶然だったにしろ正しかった。そうでなきゃ迷子になっているところだ。

「わたしはまだ地表でやることがあるんだけど、あなたはどうするの？」

「上がる。鍵を忘れたんだ」

エレベータの扉が開く一瞬だけ、あの幽霊が潜んでいたら、と怯えたけれど、箱は面倒そうにボクらを呑みこむ口を開けただけで結局、誰に会うこともなく擬似大地に出た。

施設は今まさに星を撃っている〈スナイパー〉たちのために電力を落としていて、暗闇に包まれていた。エレベータホールが煌々と明かりを灯している他は、非常灯が点々と廊下を形作っているだけだ。

　ボクはハヤトに別れを言うと一人で更衣室に行く。光がなくても、ボクの優秀な眼は暗緑色の濃淡で鮮やかに世界を描いてくれるのだ。

　難なく今のシフトに入っている班の荷物に埋もれていたボクのジャケットを掘り出してから、エレベータホールに戻る。眩しいほどの電灯に、ボクの眼は暗視モードを終了。

　驚いたことに、まだハヤトが居た。

「何？」着替えと食事の借りがあるから、友好的に尋ねてみる。

「わたしを頼って」彼女は小さな紙を差し出した。

　手を伸ばさないまま一瞥する。名前、所属、オフィスの直通電話番号が洒落ているとも悪趣味ともつかない字体で印刷されていた。そして、彼女の自宅らしき電話番号と住所が手書きで添えられている。地下十階。

　ちょっとした好奇心に駆られた。

「十二階には何があるの？」幽霊が潜った階だ。

「十二階？」

　ハヤトは顔をしかめた。何かを思い出しているわけじゃなくて、迷いや疑いを抱いている表情だ。

「どうしてそんなことを訊くの？」

「別に。乗り合わせた奴が押したからだよ」

「どんな人？」

「どんなって」ボクは嘘をつく。「ふつうの人」

「……別に、何もないわ」彼女もたぶん、嘘をついた。「ただの居住区よ」

「……そう」

ボクはもう一度、差し出されたままの名刺を見る。

「わたしを、頼って」

「神条じゃなくて？」

「ええ、彼じゃなくて」

「どうして？」

「わたしの、仕事だから」

「なるほど」

頷いた。納得したわけじゃない。これ以上彼女と話しているのが面倒になっただけだ。

名刺をジャケットのポケットに入れて、エレベータの呼び出しボタンを押した。別の階に逃げていたらしくワイヤーの軋む音が応える。

背中で、ヒールの音がした。ボクの短い人生では絶対に縁がないタイプの靴だ。エレベータはまだ唸っている。

「ねえ」振り返って「ハヤト」と彼女の名前を呼ぶ。

振り向いた彼女は目を見開いていた。呼び止められたことよりも、ボクに名前を呼ばれたことに驚いたんだろう。でも仕方がない。ボクにとっての神条は、神条しかいないんだから。

「なぁに？」

「ボクのことを人間だと思う？」

彼女は初めて聞く言語を聞き取り損ねたような顔をする。

「それは……どういう意味かしら」

「そのまま。ボクは人間？」

「当たり前でしょ。人間じゃなくてなんだって言うの？」

「星」即答してから、一秒で別の可能性を思いついた。「もしくは、機械。この眼がボクって存在の全部。だからあんたじゃボクを整備できない」

ハヤトはわずかに眉を寄せてから、表情を消した。真剣とは少し違う顔でボクを見詰めて、エレベータの階数表示を見て、またボクに視線を下ろす。

虹彩が茶色い彼女の瞳はきっと、ボクよりも柔らかい。

「あなたは……」彼女は掠れた声で言ってから、また黙った。

沈黙に色があるとしたら、きっと濁った白だ。エレベータが昇ってくる音だけが、ボクとハヤトの間に漂う。

「ボクは？」

「あなたは、人間でしょ？」

「ボクが質問したんだよ」

「あなたは……人間よ。星でも機械でもないわ」彼女は自分に言い聞かせるみたいに、一単語ずつはっきりと発音する。「あなたは人間で、生身で、女の子」

「女の子？」思わぬ言葉を反復した声が、裏返った。「ボクが、女の子？」ははは、と笑いが漏れた。とてもバカバカしくて、とても腹立たしい言葉だ。「ボクは〈スナイパー〉だよ」

「そうね」彼女は表情のない顔のまま頷く。「でもわたしにとっては……怖い、女の子よ」

「……」

絶句してしまった。彼女が、わからない。冗談を言われたわけじゃないってことだけは、彼女の瞳を掠めた光で理解できた。本気の目だ。

ゴゥン、とようやく昇りつめたエレベータが口を開ける。

ボクはライバルを前にした猫みたいに、彼女から視線を外さないまま後退る。

「ボクは女じゃない。〈スナイパー〉だ」

彼女のオレンジ色の唇が震える、開く、空気を吸い込む。

ボクの眼がそれを捉える。とてもたやすく、精密に。

そして眼ほど優秀じゃない聴覚は、エレベータが口を閉ざす音に紛れたハヤトの言葉を聞き逃す。

でも、優秀すぎる視覚が彼女の言葉を拾った。

「違うわ」と。

「ボクは〈スナイパー〉だよ」
「でもわたしにとっては……怖い、女の子よ」

インターミッション　花

元嫁と担当〈スナイパー〉が帰った部屋はがらんと寒々しかった。いや、これが常なのだ、久し振りに客があったくらいで惚ける な、と神条は自身を叱咤する。

乱暴にかき乱した髪はまだ湿気《しけ》ていた。バスルームでドライヤをかけたついでに無意味にドアの施錠とドアチェーンを何度も確認してから、ようやく人心地がつく。

やはり、なんとはなしに空虚に感じる。気疲れがひどいのかもしれない。

ベッドに腰を下ろし、疲労感に背を潰されるまま両膝の間に頭を埋めた。そのまま手を伸ばせば、ベッドの下に抛りこんである科学雑誌の束に触れる。その中程の一冊を引きずり出した。

淡い色彩で描かれた銀河の表紙をめくる。数ページもすれば、紙質が変わった。安っぽい紙に、掠れた黒がのたうっている。神条がプリントアウトした、名簿だ。

——第十七期　流星観測デバイス装着者一覧

百名と少しの名前が羅列されている。性別と生年月日と、読み取れないほど画質の悪い顔写真。そのほとんどが二重線で消されている。消したのは他でもない、神条自身だ。

指先で名簿を辿り、消されていない名前へ行きつく。

——霧原アキラ
名簿を顔の前にかざしたまま倒れ込む。神条の体重に抗議したベッドが、嗅ぎなれない匂いを寄越した。つい数時間前にここで横たわっていた彼女の、霧原の残り香だ。シャンプーや石鹸とは違い、地上に咲く花に近しい甘さを孕んでいる。

なぜか、擬似大地で見たハヤトの傘を思い出す。色鮮やかなあれから漂っていたのは鉄錆に似た雨の臭いだった。

すん、と鼻が鳴った。より強く、霧原の香りを鼻腔深くに感ずる。バツが悪くなって、なけなしの腹筋に力をこめて上体を起こした。

「十七世代の、生き残り」

名簿を辿っていけばもう一つ、二重線から逃れた名前がある。けれど、と神条は眉をひそめて唇を噛む。

ハヤトが来た。彼女が元妻であるという事実はこの際どうでもいい。彼女を見ると、過去の自分の愚かさを突きつけられている気分になるが、それもかまわない。ハヤトが霧原に接触しているということが、問題なのだ。

神条はデスクに転がっていたボールペンをとり、霧原ではないほうの名に一本線を引く。

確定ではない。けれどおそらく、ハヤトがわざわざ地球から霧原に会いに来た以上、十七世代の生き残りは霧原だけになったのだ。

雑誌に擬態した名簿が、ぎち、と軋んだ。掌が汗ばんでいるのがわかる。焦燥と危機感とがないまぜとなって神条に絡みつく。

視界の端、電子配信された新聞記事をプリントアウトしたものが、白々しく自己主張していた。

〈スナイパー〉たちの成績表だ。霧原は七百四十九番目にいる。当の本人は、未練がましくまだあの男をそこに探している。なにが恩人だ、と唾棄してやりたい衝動は、隠し通せている自信があった。

探しても無駄だ、と伝える気はない。探したいなら求め続けていればいい。どちらにしろ霧原に、霧原の瞳に触ることが許されているのは自分だけなのだ。多くの〈スナイパー〉を一律に診る医師でも機械の眼を専門にいじる技師でもなく、巨大な指向性高エネルギー兵器の整備工がそれを許されている。

震えるほどの昂揚は、けれど今となっては恐怖へと変換される。一度手の内に収めた宝物を誰かに横取りされるのではないかという危惧だ。

「シヅくん」抑揚の乏しい、女の声がした。「そのばっちいの、なぁに？」

ぞっと首筋が粟立った。素早く振り返る。当たり前に、誰もいない。壁がのっぺりと佇んでいる。いるはずがないのだ。母は、死んだ。それなのに幻聴が神条を撫でる。

潔癖なところのあった母は、神条から全てを取り上げ捨てた。泥の跳ねた服、手を洗う前に触ってしまった食器。遠足先から持ち帰った押し花はもちろん、初等教育課程で描いた母の絵も、遺伝子操作の授業で作成した無菌室育ちの野菜もすべて、棄てられた。

「そんなの、汚いだけでしょう？」

初めて小遣いを貯めて母に一輪の花を贈ったときのセリフを、今でも一字一句違えず思い出せる。

「虫がきたらどうするの。今のお家、捨てなきゃいけなくなるのよ」

ダストシュートに投げ入れられた花を、何度も夢に見た。次は自分が捨てられるのだ、と怯えつつ過ごした日々は、母が眠る地球を離れてなお神条を苛《さいな》む。

「霧原は」呻き声で、自分にいいきかせる。「捨てない」

花に彩られた傘をさしたハヤトの顔が浮かんだ。雨の擬似大地で泥が跳ねたスカートを、彼女はもう捨てたのだろうか。ついさっき別れたハヤトは、スカートを穿きかえていただろうか。わからない。お気に入りだと自慢していたスカートも、この部屋に霧原の着替えを届けてくれたときに穿いていたものも、神条は覚えていない。

けれど確信がある。

ハヤトは汚れたスカートを、買ったばかりであろうとも容易く捨てる。

「あなた」と霧原が風呂に入っている間に囁かれた言葉が、背筋に悪寒を走らせた。

「少し霧原と距離を置くべきよ。〈スナイパー〉の寿命、知ってるでしょう？　もう、あの子を切り捨てるべき時期にきてるのよ。いくら親身になっても、あなたはただの人間で、あの子は〈スナイパー〉なの。あの子は星のために死ぬの。あなたは、あの子の星にはなれないのよ。わかるでしょう？　あなたのために、忠告してるのよ」

ハヤトの声が、いつの間にか母のそれになっている。一緒に暮らしていたころにも何度かあったことだ。ハヤトと母は本質的に似ているのだ。

二人ともが、身勝手な理屈で神条から大切なものを取り上げる。だから、と神条は名簿を閉ざす。過去の自分が生み出した十七世代の〈スナイパー〉たちの生死を隠す。

だから可能な限り、あの二人を接触させないようにしなければならない。そう考える。

第二段階　空　に届く　手

〈5〉

五日間擬似大地で星に逢っては、休日という名前の謹慎じみた二日間に耐える。実に平和で、寝惚けていたってバレないぐらいの決まり切った日常だ。

そのニュースは、ハヤトと出会ってから寝惚けたサイクルを三周した日に飛び込んできた。ボクが起きてテレビをつけたころには世界中が知っていたようだから、情報から取り残されていたのはボクら夜間組くらいだったのだろう。

ニュースキャスターは、たった数十秒で読みあげられるセリフを延々と繰り返していた。テロップも壊れたみたいに同じ文面をぐるぐると流している。

〈気象局は地球の太平洋に隕石が落下したと発表しました。津波予測により沿岸の地下都市に外出禁止令が発令されています。また続く第二、第三の流星群を警戒し多くの都市が厳戒

態勢に入っています。各行政機関の指示に従って行動してください〉

誰かが、ボクじゃない誰かが撃ち漏らしたんだ。命を燃やしてこの星に逢いに来た心意気に感動して、わざと見逃してやった奴がいたのだろう。

海が地表を洗う現象を津波って呼ぶんだっけ？　海ってどんなものだ？　脚とか触角がたくさん生えた不気味な生き物がたくさん泳いでいる画を、いつだったか教科書で見た記憶がある。遠い世界の話だと思っていたからほとんど覚えていないし、なんの授業だったのかもわからない。思い出そうとも思わなかった。

地球の観測施設はどうなったんだろう。いつもと変わりなく星は撃てるんだろうか、とそれだけが不安になった。

地球がどうなろうと宇宙にいるボクには関係がないけれど、地球から送られてくる星の情報がなければ正確な狙撃はできない。

シフトはどうなるんだろう？　いつも通りだろうか。

進展しないテレビを消すと、財布と鍵をジャケットに突っ込んで部屋を出る。どうせここには何もない。知りたいことがあれば、上に行くしかないのだ。

六階の町並はいつもと変わらなかった。住んでいるのが〈スナイパー〉だけだからだ。地球のことなんか、関係ない。星を撃てればボクらの存在は満たされる。

エレベータホールの売店はちょうど閉まるところだった。半分下ろしたシャッターの隙間からボクを見つけた老女が「気をつけるんだよ」と労わるように言ってくれた。

何にどう気をつけたらいいんだろうと悩んだけれど、老女の少し濁った目が実直さを滲ませていたから、「はい」と素直に笑っておく。

エレベータから擬似大地の施設に一歩を踏み出そうとした途端、水野が立ち塞がっていた。彼の襟では、星を掠める高出力のエネルギー光線を刻んだバッヂが攻撃的に輝いている。罠に嵌った気分でたたらを踏んだ。

水野はボクを見ると大きな口と腕を大袈裟に広げた。エレベータからボクを出したくないのかと思える仕種だ。

「よかった、電話をしてもつながらなくてね」

ボクの部屋に電話なんてあっただろうか？

「知っているとは思うが」彼は急に口を窄《すぼ》めて真面目な顔を作った。「地球に星が落ちた」

「みたいですね」とは言わなかった。せっかちなエレベータが口を閉ざしかけたので、足で扉を押さえつけて黙っておく。

「まだ、星が来る」彼の視線がせわしなくボクの上を滑る。

「撃てるんですね」

「え？」

水野の間抜け顔に、苛立ちが募る。

「シフトが、変更されるんですか？　まさか今日の狙撃は中止？」

「いや……」

「では続行？」

水野はぎこちなく頷いて「もちろん続行だ。続行なんだが、いやその……」とわけのわからない単語を続けようとする。

ボクはもう彼を見なかった。貧血なんかで星を見逃さないように食事をしよう、と売店に向かう。背中で水野が何かを言った気もしたけど、優秀じゃないボクの聴覚では聞き取れなかった。どうせ星を撃つには不要な言葉だろうから、ある意味では優秀なのかもしれない。

固形食品にしようか、何が原材料なのかわからないサンドウィッチにしようかと、迷いながら廊下を歩く。

いつも閑散としている売店は、今日も相変わらずだった。神条はバーのマスターを真似て、ボクらの勤務時間のせいだと言っていたけれど、客はともかく商品まで少ないのは売店として手抜きだろう。

不意に照明が短く二回点滅した。

反射的にケーブルを探してから、今のシフトに入っている仲間への合図だとわかって落胆する。サンドウィッチに伸ばしていた手を引っ込めた。

ボクは電気が消えても大丈夫だけど、売店の販売員は何も見えなくなる。電力が戻るまでは会計機も動かないから、ひたすら待つしかない。その時間は、暇になった〈スナイパー〉たちに余計な商品を買わせるための策略だと考えている。

ぶつ、と電気が完全に切れる音がした。視界が闇色に塗り潰されたけれど、ボクの眼は速やかに暗緑色に世界を蘇らせる。

どこかの動力が、ウィンと名残惜しそうな余韻を寄越した。爆撃を受ける寸前の町みたいに施設が息を潜める。

ラウンジの方がカッと明るくなった。建物全体が怯えを走らせる。音はない。空気が、震えあがる。軌道庭園の擬似大地は降ってくる星たちよりも、それを墜とす〈スナイパー〉に恐れを抱いているようだ。

「あっ、クソ」と聞き慣れた声がラウンジとは逆の方向からした。

視線を向けると、レンズがピントを微調整する音が額の奥で響いた。〈トニトゥルス〉の咆哮なんかよりもずっと大きい。

非常灯をケチった廊下に、神条がしゃがんでいた。足元に硬貨が散らばっているけれど、彼は見当違いの方向に手を伸ばしている。

「逆だよ」

「うぉっ」と変な悲鳴をあげてから、神条は見えないはずの目をボクに向ける。

「霧原、か。助かる。こういうときは、お前の眼が羨ましい」

「似合わないよ」

「何が？」

「青い眼。神条は今の色のほうがいい」

掃除をさぼっているのか、廊下は妙にべたついていた。誰かが甘い飲み物をこぼしたのかもしれない。

回収した硬貨を渡すと、神条は「サンキュ」と唇を斜めにして帰ってきた硬貨たちを作業着のポケットに迎え入れた。

「なんで端末にしないの？」

政府から支給されているＩＤカードには電子マネー機能がついている。マーケットや売店で見る限り、整備工や技官たちは給料が振り込まれる口座と直接つながっているそれを愛用している。

「どこでいくら使ったかって履歴が残るから」

「なんだか犯罪者みたいな理由だね」

「監視されてるみたいで嫌だろう」

「さあ？」

ボクも現金主義だけど理由は神条よりも健全だ。星を墜とす備品である〈スナイパー〉にはＩＤカードなんか発行されない。必然的に、電子マネー機能を使うにはわざわざカードを作らなきゃならない。給料を引き出すためのカードでさえ失いそうになるのに、どうしてもう一枚、そんな危険なものを持たなきゃならないんだ。そんな面倒くさいことをするくらいなら、現金でじゅうぶんだ。

神条みたいな理由で小銭を持ち歩いている人は多いんだろうか？　と首を傾げた。でも闇の中じゃ、彼はボクの仕種を捉えられない。

彼の眼は、ボクとは違う。

びりびりと建物が怯えていた。でも中にいるボクらは怯えていない。恐れてもいない。ボクも神条も、外で星を砕いている〈スナイパー〉たちだって、それぞれの仕事を愛している。その過程で生まれるものを恐れたりはしない。どちらかといえば、楽しんでいる。

二人並んで廊下に座り込む。どうせ、どこへ行ったってこの建物は死んだように活動を停止している。電力がなきゃ何もできないボクらは、長いような短いような闇の時間を共有するしかない。

ふと指先が温かいものを捉えた。神条の手だ。

彼も気が付いたみたいで、ボクへ顔を向ける。神条から見たボクは、青白く光る眼しか存在しないはずだ。

ボクは、微かに開いた彼の唇を捉える。薄く開いて、噛みしめられ、細く空気を逃がすためにまた開いた。躊躇が滲む動きだ。

「何？」

ボクが訊くと、神条は少し驚いたようなバツが悪いような顔をして反対側を睨む。そのまま小さく何かを呟いた。

「何？」

聞き取れず、彼の膝に手を掛けて体を寄せる。

「今日、終わったら、飲みに行こう」

「まだ給料日じゃないよ？」

「知ってる」

「……どうしたの？　最近、変だ」ボクは吐息で笑った。

「変か？」神条もたぶん、笑った。顔は見えなかったけど、呼吸が笑っていた。

「変だよ」彼と給料日以外に飲みに行ったことなんてないし、誘ったことも誘われたこともない。「でもいいよ、行こうか。奢らないけど」

神条がボクから顔を背けたままだったから、もう少し彼の膝に体を乗せて覗き込んでみた。難しいことを考えているときの表情だと思った刹那、ぽっと音がしそうな強烈な発光がボクの視神経を焼いた。

施設に電力が戻ったんだ。一拍だけ、けれど致命的にレンズを絞り遅れたボクの眼は、鋭い痛みをもたらす。波打った視界に対応できず、咄嗟に神条の腕に縋《すが》る。ひどく無様《ぶざま》な気分だった。

神条はそんなボクを見ることなく、床に独り言を落とす。

「お前、最近、調子悪いな」

整備工たちの控え室と扉を一つ挟んだ小さな部屋に、神条とボクはいた。神条はここを自分だけの作業部屋として占有している。部屋の半分を占めているのは、機械の眼を整備するための複雑で大きな装置だ。明かりが乏しいことは歓迎するけれど、銃器オイルよりも消毒液の匂いが強く漂うこの部屋が、正直ボクは苦手だった。壁一面の棚には薬品の瓶がぎらぎらと輝いている。彼が好んで集めている本たちも、この部屋にあっては隅っこで身を縮めていた。

部屋の奥には一際大きな円柱形の装置がそびえていて、ボクらを睥睨《へいげい》している。神条によると、これは会社から貸し与えられている機材ではなく彼個人の持ち物らしい。どうしてこんな装置を購入する事態に陥ったのかも、いくらくらいする代物なのかも想像したくない。だってこれは、天然の眼を持つ神条には不要なものだ。

彼は慣れた手つきで薬品棚から三本の瓶を取り出すと、順番に装置へ注いでいく。ボクには適当にぶち入れているようにしか見えないけれど、たぶん何かの規定に従っているのだろう。そう信じたい。

無菌ボックスに流れ込んだ濃度の違う薬品が美しい陽炎《かげろう》を描いた。ボックスの側面から生えている手袋が頼りなく浮き沈みし、薬液を攪拌している。

神条は頭にライトのついたベルトを巻くと、手際よく両手を消毒して手術用の薄い手袋を嵌めた。いつも通りの手順だ。彼は別の薬品瓶に沈んでいた掌大の黒い箱を抓《つま》み出すと、それをボクのこめかみに当てる。髪の一筋を伝って薬液がボクの胸へと滴った。

額の傷が終わるところ、ちょうど耳の上あたりの脳の表層にボクらは電子チップを埋め込んでいる。ボクらが狙撃時にヘッドフォンから直接星の修正位置情報を受け取れるのは、そのチップのおかげだ。優秀な脳のチップは機械の眼の制御も司っているので、そこに一定の微弱電流を当てると視神経との接続が切れて、眼が取り外せる仕組みになっているのだ。

右の世界がブラック・アウトした。ボク自身の眼球と神条の指がかわるがわる瞼の裏側に触れて、こそばゆい。

ボクから離れたボクの右眼は、神条の手から装置を満たす薬品へと落とされる。眼球一つがやっと通れる細さの管を転がって、残留していた微弱電流によって淡く明滅を繰り返しながら、無菌ボックスを目指す。

薬液の海を泳ぐ右眼と視線が合った、と思ったときには流れに乗って神条を見詰めている。気紛れな星々の尾みたいだ。そんな自由な眼も、無菌ボックスに辿り着いた途端に三本爪のアームにつかまれて強制的に固定されてしまった。装置の上を向いた眼球がどんな光景を写しているのか、今のボクにはわからない。自分の眼球が捉えた風景を見られないというのは不思議な気分だった。

瞼越しに空っぽの眼窩を探ってみる。ぺこぺこと瞼が遊んだ。

隻眼のボクは丸まった神条の背中と複雑な配管が施された装置、そしてあらゆるものが納められたラックたちを眺めているしかない。

何にどうやって使うのかわからない機材や、明らかに危険物だと主張する薬品瓶、さらにゴミなのか資料なのかもわからない紙が部屋中に散らばっている。どれになら触ってもいいのか、どの程度の距離までなら近付いても安全なのか、まるきりわからない。きっと他の整備工や技官たちにも判断できないのだろう。だからここには誰も入ってこない。彼だけの、そしてボクの眼専用の、作業部屋の完成というわけだ。

「あ、くそっ」と突然神条が毒づいた。

また建物が震えていた。擬似大地では午後組――ボクたちの一つ前の勤務帯だ――の〈スナイパー〉たちが星を撃っている真っ最中なのだ。

無菌ボックスの照明が不安気に明滅している。この装置の電力は神条が持ち込んだ小さな発電機だけど、〈トニトゥルス〉が吐く厖大なエネルギーは幾重にも保護された施設の奥にあるこの部屋にさえ、影響を与えてくる。いかに地球を目指す星たちを諦めさせるのが大変かってことだ。

「大丈夫？」

「ああ、問題ない」

神条は顔も上げずに答える。ボクの眼の調子が悪くて必死になっているわけじゃなくて、単純に精密機械の内部構造に夢中になっているからだ、と思う。

ボクは左眼も閉じて聴覚と肌だけで、星を砕く仲間たちと、砕かれる星たちを想う。

今日は雨雲に邪魔されることなく星が見えるだろうか。見えたらいいな。あの空を自由に翔ける星を見たい。

「霧原」

呼ばれて目を開ける、より早く瞼に濡れたゴムが触れた。神条の手袋だ。

右のこめかみにビリと電気刺激が走る。額の傷がむず痒い。施設の怯えが頭蓋骨で増幅されているみたいだ。

「つなぐぞ」

神条の低い声まで遠くから聞こえてくる。

チップに送られる電流に表情筋が勝手に反応して、頬が痙攣した。ぐっと眉を押し上げるのは彼の指だろう。眼底で金属端子がぶつかり合う振動と、暴走しかけて堪える電流の火花、眼球が眼窩に吸い寄せられるように納まる。そのすべての感覚を、全身の血液で感じる。

「見えるか？」

酩酊感を殺して瞼を開く。世界がひどく歪んだ。一度眼を閉じて、今度は右の瞼だけを持ち上げる。真っ白い光が世界を潰していた。神条のヘッドライトだ。地球に注ぐ太陽光とはこんな感じだろうかと妄想する。

「眩しいよ」

「調子は？」

神条がライトを消す。漆黒が一瞬、滑らかに暗視モードに入った眼が暗緑色の美しいコントラストを描き出す。彼の真剣な顔があった。ボクの〈トニトゥルス〉と格闘しているときと同じ真摯な表情だ。こういう彼を、星の次くらいに好いている。

「このまま神条にキスできそうだ」

「は？」と彼は一瞬目を剝いて、すぐに拗ねた顔を作った。ボクが彼をからかったのだと誤解させたかもしれない。でも弁明するより早く点されたヘッドライトが、ボクの視界から神条を奪った。

「じゃあ、左も同じ設定値でいいな」

すぐに左眼が外される。神経を直接撫でられるような刺激に、体が勝手に斜めになった。手持無沙汰に部屋のあちこちを眺めながら待って、また再装着する。かかった時間は右の半分くらいだ。

「眼は？」と神条が訊く。でも、「悪い」って言われることとなんて予想してない顔だ。自信に満ちている。

確かに彼の腕は最高だ。暗緑色の世界は眩暈《めまい》がするくらい鮮明に仕上がっている。

「どうして整備工になったの？」

「あ？」と神条は虚をつかれた表情だ。

「クリア過ぎて酔いそうだよ。技師になればよかったのに」

「ああ、なんだ、そういう意味か。俺の腕に不満があるのかと思った」

「まさか、冗談だろ」彼の肩を軽く叩いて、笑う。「ありがと、お礼に売店で何か奢るよ」

「ああ」神条は手袋を外しながら首を振った。「後でな」

「ひょっとして今、忙しかった？　悪かったね、診させて」

「いや、別に忙しくは……。ああ、まあ、これから忙しくなる」

彼らしくない歯切れの悪さに首を傾げたけれど、ボクもブリーフィングまであまり余裕はなかった。

「じゃあ、後で」

ノブを回しながらいつも通りの挨拶をした。でも、神条は吸い込んだ空気を喉に詰めてから、曖昧に逃がす。急に挨拶すら返してくれなくなった彼に不安を覚えたけれど、理由を訊くのはもっと怖くて、ボクは逃げるみたいにドアを引く。

暗い廊下に出たところで肘をつかまれた。

「霧原」怒っているような低い声が、耳に降ってきた。「仕事が終わったら、絶対」

「え？」

「終わったら、飲みに行こう」

「わかってるよ、約束」

ボクは笑ったけど、神条は怒った顔のままだった。肘が放されて、ボクらの腕は静かに落ちる。

キキッ、と電灯が軋んだ。狙撃が終了して電力が戻ってきたんだ。白い光が建物を染めて、作業部屋に滑り込む。

ボクの眼はスムーズに暗視モードを終了。痛みも熱も感じない完璧な調整だ。でも、彼の顔を見ることはできなかった。ドアが、閉ざされる。

「また、後で」って神条の囁き声だけが部屋の外に取り残された。

〈6〉

ブリーフィングはちょっと異様だった。普段なら〈スナイパー〉と申し送り要員の技官が一人しか参加しないのに、今日は気象技官から整備工までが勢揃いだ。もちろんそんなに椅子があるわけもないから、ボクらが座った後で椅子を取り合っていた。結局、技官の半分と整備工の全員が壁に凭《もた》れたまま参加した。おかげでボクらは敵に包囲された残存部隊みたいに落ち着かない気分にさせられる。

大きなスクリーンに気象図と星の落下予測軌道が表示された。これはいつも通り。いつもと違ったのは、気象情報に『視界悪し、隕石に注意』なんて冗談が書いてあったことだ。星々を隕石と表記するセンスのなさを考えるに、地球からの通達をそのまま書き写したのかもしれない。

だいたい星に注意を払ったところで、どうしようもない。機動力を持たない軌道庭園は星を回避することとなんてできないし、なにより他ならぬボクたち軌道庭園の〈スナイパー〉こそが、星を迎撃する役割を担っているのだ。

ボクらは気象情報の無意味さを鼻で嗤《わら》う。でも技官と整備工たちは笑わなかった。

「えー」と水野が勿体ぶってボクらを鎮める。心なしか、彼の襟に留められたバッヂの中で星を狙う光線までもが、輝きを増しているようだ。

「三十年前の、地球に隕石が着水した事件を知っている者ならわかるだろうが、あの規模の流星群が迫っている」

三十年も前に星を撃ち漏らした〈スナイパー〉がいたなんて初めて聞いた。見逃してあげたくなるくらい美しい星だったんだろう。少しだけ、羨ましい。

三十分もの長いブリーフィングの間、水野は一方的にずっと喋り続けていた。彼の話は回りくどくて眠たくなったけれど、必死に耐えて言葉を拾う。

努力の結果判明したのは、ボクが施設に入る九十五分も前に、軌道庭園の傍を流星が掠めて往ったということだった。

でも頭上を薙《な》ぐ星を見物できなかったことを嘆く必要はない。もうすぐ、もっと大きい鉱物の塊が氷の粒子でできた尾を引きながらこの擬似大地にやってくるのだという。それが今回の流星群の本体らしい。

「特等席だ」と誰かが笑った。〈スナイパー〉だ。

ボクも少し息を漏らしてやった。

「笑うなっ！」

いきなり背後から怒声がした。驚いて振り返る。年配の整備工が顔を真っ赤にしていた。彼はボクらを殴りたそうに握り締めた拳を、自分の胸に——星を撃ちながら死んだ〈スナイパー〉への哀悼を示す位置に叩きつける。

「お前らガキは何もわかってない！」

ボクらはきょとんとして後ろに並ぶ技官や整備工を見た。みんな怒ったような顔で、それを隠すみたいに俯いている。

「星の」と壁に凭れていた神条が言った。とても静かな声だ。「星の到達予想時刻は？　俺たちはここに残るんですか？」

　水野は今までに見たこともない威厳に満ちた顔で、首を横に振った。

そんな表情が作れるなら初めからそうしていればいいのに。そうしたら、もう少しだけ〈スナイパー〉たちに構ってもらえたかもしれない。

「到達予想時刻は、午後九時」

　頭の中で二一〇〇時と置き換える。いつもなら第二段階を終了するか、第三段階を開始するころだ。

「気象技師はいつものように施設内で待機、整備工はフォーメーションC」

　整備工にフォーメーションがあるなんて初めて知った。どう違うんだろう？

「彼らは」最後列に座っていた女性技官が立ち上がった。「彼らは、どうなるんですか？」

　彼女の言う『彼ら』が〈スナイパー〉を指すと気付いたのは、彼女がうち捨てられた雑誌でも見るような眼差しでボクらを一瞥したからだ。

「彼らは、避難できるんですか？」

「〈スナイパー〉は、通常配置だ」

「星が軌道庭園《アレナ》を、擬似大地自体を……破壊する可能性は……」

「無論、ある」水野は真剣な声で言った。「だが地球にある沿岸の流星観測施設は先の着水による衝撃波と津波で六割が機能不全に陥った。この上、我々が現場を放棄したらどうなる？　再び星を見逃したら？　観測施設を失えば星の迎撃は格段に難しくなる。今回の星を耐えたところで、次の星によって地球自体が崩壊する可能性もある。人類が、存亡の危機に立たされているといってもいい状況だ」

水野は〈スナイパー〉一人ずつの顔を見廻して、「わかってくれ」と囁いた。

誰一人として「はい」とも「嫌だ」とも言わなかった。みんな、何を言われているのかは理解できていたけれど、どうして彼らがそんなに深刻な顔をしているのかがわからなかった。

確かに擬似大地を覆う大気層が流星の引力で破壊されたら、ボクたち〈スナイパー〉は全員宇宙に吸い出されて死ぬだろう。でも、それがどうしたというんだろう。星を撃ちながらの最期なんて、最高にロマンチックだ。

〈スナイパー〉は全員、そんな最期に憧れている。

「彼らを見捨てるんですか！」女性技官がまた声を上げた。「置き去りになんて絶対にできません。彼らはわたしたちと一緒に働く仲間です、どうして彼らだけ……どうしてわたしたちだけ……」

最後のほうは聞こえなかった。彼女はすすり泣いて、顔を覆って、椅子に頽《くずお》れる。彼女の隣に座っていた女性技官も後ろに立っていた男性技官も、その肩を抱いて慰めてやっていた。

ボクは隣に座る仲間と顔を見合わせる。二人で内緒話でもするみたいに傷痕のある額を寄せ合って、声もなく苦笑を交わす。

ひどく滑稽だった。だって、〈スナイパー〉は一人として取り乱していない。星が撃てるのに、どうして泣く必要があるんだろう。

ブリーフィングはそのまま続いたけれど、泣き出した女性技官をはじめとする何人かは途中で退室した。うるさかったからちょうどいい。

神条を窺ってみると、彼は老整備工同様の怖い顔で、そのくせ冷静にいくつかの質問を発していた。目つきが悪いのはスクリーンが見づらいせいかもしれない。

よかった、と息を吐く。もしボクの整備工があんなに取り乱したら、と出て行った女性技官を思い出す。きっと恥ずかしくてボクがブリーフィングルームを飛び出していただろう。

こんなことで狼狽《うろた》えるのは、ボクらの存在を否定することと同義だ。


ブリーフィングを終えて立ち上がると、真後ろにハヤトが座っていた。最初からそこにいたのか技官たちが出て行ったから座ったのかはわからなかったけれど、驚いた。

「話せるかしら」

「食事しながらでもいいなら」

「奢るわ。何が食べたい？」

奢られる理由も信頼関係もなかったけれど、連れ立ってブリーフィングルームを出る。廊下を歩きながら、「あなたは」とハヤトは質問を重ねた。

「星以外なら何が好きなの？」

「売店のチキンサンドかな。さっき買い損ねたんだ」

「あんな得体の知れないものが好きなの？」

「それ、すごく失礼な発言だよ。ボクの他にも買う奴がいるから売ってるわけだし、得体の知れないそれを作ってる奴もいる」

「そうね、失言だったわ」

　ハヤトは潔く認めると、売店でサンドウィッチとミネラルウォーターを二人分買って来た。

彼女なりの反省を、ボクは笑ってやる。

「君、そんな得体の知れないものを食べるの？」

「そうよ」とハヤトも悪戯っぽく相好を崩す。

　ラウンジの隅にあるテーブルに着くと、仕事を終えた〈スナイパー〉たちが入ってくるところだった。誰もが昂揚した様子で瞳を輝かせている。時間帯を考えると、地球に墜ちる星を見送った折の感動が醒めないのだろう。

　ボクはその中に知っている相手を見つけて、「千里！」と呼び止める。以前、ボクと同じシフトに入っていた同性の〈スナイパー〉だ。そういえばハヤトと入れ替わるように姿を消していた。どうやら一つ前の勤務時間帯である午後組に配属されていたらしい。でも今は、どうでもいいことだ。

「霧原」彼女はグローブを外した手で、前髪を額の傷が隠れる位置に直しながら肩を竦める。

「久し振り」

「星、見えた？」

「見えたみえた！」興奮した調子で、千里はテーブルを叩く。「光の筋がこう」開かれた彼女の掌が頭上の空間を撫でる。「ぶわっと横切ったの。でも、星本体じゃないんだって。星の尻尾だけが、擬似大地からの可視範囲に入っただけだって。あんなにきれいだったのに」

千里は口惜しそうに顔をしかめてから、ボクの肩を二回叩いた。がんばれとか、しっかりやれって意味だけど、彼女の顔には少しの同情と多くの嫉妬が浮かんでいた。

星の本体はこれから、ボクたち夜間組の狙撃時間に到達するのだ。千里は星の裾を前に、一番美しい星本体には逢うことなく退勤させられるわけだ。

ボクはこれまでで最高の笑顔を作ってやる。

「君は運が悪かったんだよ」

「本当だよ。どうして午後組に移されちゃったんだろう。せめてもう一月夜間組にいられたら、今回の星を特等席で見られたのに。何かミスったかなぁ」

「午後組の勤務って一二〇〇時からだっけ？　星、見えるの？　擬似大地も、地球のタイムテーブルに合わせて空が明るくなるんだよね？」

「うん、反射板経由の太陽光ね。ブリーフィングがあるから実際に撃つのは一三〇〇時からだけど、ホントいい迷惑だよ。何が地球の環境を宇宙に移植する実験施設だよ。ここは今、星を撃つための施設なんだから人工太陽光なんてとり払っちゃえばいいのに。今日の星は尻尾が見えたけど、いつもは全然見えないよ。ときどき大きい星が一つ二つ、ぼんやり見えるくらいかな」

一息にまくしたてた千里は、相当不満を溜めている様子だ。夜に瞬く星々の美しさを取り上げられたのだから、気持ちはわからなくもない。

「見えない星を、どうやって撃ってるの？」

「目標ボックスと光学センサ」

「光学センサって、眼に内蔵されてるやつじゃなくて〈ライフル〉側の装備？」

千里は唇を尖らせて「そう」と舌打ちをした。

「人間たちは、ボクらの眼をバカにしてる。おかげで成績がガタ落ちだよ」

さすがに彼女に同情した。椅子から少し伸びあがって、彼女の肩を二度、叩いてやる。

「まだ夜間組への復帰の可能性だって残ってるよ。これから星が最接近するんだ。ひょっとしたら擬似大地のボクらごと、星が撃ち貫いてくれるかもしれない。そうしたら、現行の夜間組は全滅だ。そうなればきっと、君は夜間組に戻れる」

彼女は唇を綻ばせて、けれどすぐに苦笑に変えて「そう、かもね」と言葉を濁す。

「でも、それはそれで、嫉妬しちゃいそうだ」

千里は苦笑したまま片手を挙げて、更衣室に入っていった。夜間組への復帰に期待していないのか、ボクの不在を願った彼女自身を嗤っていたのかは、五分五分だろう。

ボクはもう彼女の心情には興味がなかったから、サンドウィッチに視線を落とす。

「運が悪いのは」ハヤトが内緒話でもするように身を乗り出した。「あなたじゃないの？」

「何の話？」

「さっき、あの子に、君は運が悪かったって言ってたわ。本当は、夜間組に残留したあなたこそが、不運だったんじゃないの？」

「どうして？」

「あなたは……今夜、還ってこられないかもしれないのよ？」

「ボクらにとって重要なのは、星がきれいに見えることだよ。千里は星の尻尾しか見られなかった。でもボクは星そのものを、誰よりも近くで見られるかもしれない。星と一つになれるかもしれない。それ以上に大事なことなんてある？」

ハヤトは体ごと千里が消えた更衣室を振り向いた。その横顔が、理解できない、と語っている。

「ハヤト」ボクはサンドウィッチのパッケージを破きながら、目を細める。「あんたにボクの整備は無理だよ。ボクらは〈スナイパー〉で、あんたは人間。初めから、ボクらは別の生き物なんだよ」

「でも……」

ハヤトは言いよどんで、密閉されたままのチキンサンドを両手で包んだ。まるでボクよりもよほど、チキンサンドのほうが彼女の味方みたいだ。

ボクは自分のチキンサンドに齧り付く。冷えて固まっているのに、どこか脆い筋肉を前歯で嚙み切る。味なんてほとんどしない。工場でそれらしく造られた人造肉だからだろう。宇宙に隔離された軌道庭園において天然食材は高級品だ。シーツに一滴だけ血を垂らしたような柔らかい色が、ぱさついたパンに挟まれている。ボクの血となり、星を砕くエネルギーになるもの、ボクにとっての電力だ。

ハヤトはそんなボクを黙って見詰めていた。『別の生き物』を観察しているのかもしれない。ボクはボクで、彼女の茶色い虹彩を持つ天然の眼が外れてしまったら、いくら神条でもつなぐのに手間取りそうだな、なんて考える。

チキンサンドの最後の一欠片《ひとかけら》を口に放り込んでから、促す視線をハヤトに向けた。

そろそろ本題に入ろうよ。一度も眼を診せていないから、それに対する小言？　査定の話？　どうせ無駄になるかもしれないいんだから、今日の仕事が終わってからじゃダメなの？

そんなボクのテレパシーを受け取ったのか、ハヤトがやおら口を開いた。でも、当然だけど、彼女が口にした内容は全然ボクとは噛み合っていなかった。

「あの人とは研究室で出会ったの」

瞠目したボクは、ボクと彼女との間で『あの人』なんて符号で通じる相手を五秒もかけて考える。

「……神条のこと？」

ハヤトは項垂《うなだ》れた。頷いたのかもしれないけど、ボクにはどっちでもいい。このタイミングでどうして神条なんだ？　研究室って整備工が出入りするような場所なんだろうか？　と疑問を抱く。

「わたしは古参の研究者と意見が合わなくて孤立してたの。実験も巧くいかなくてね。そんなときに支えてくれたのが、あの人だったの。あの人だけが、わたしを理解しようとしてくれた。わたしを正しく評価してくれた」

「だから結婚したの？」

「ええ。今は別々に暮らしているけど、気持ちが離れたわけじゃないの。ただ、研究に対する意見の違いで、道を別っただけ」

「で？」ボクは苦笑する。「何が言いたいの？」

「あなたは、〈スナイパー〉と人間は違う生き物だと言いながら、あの人とは親しくしているのね」

「神条はボクの兵器も眼も診てくれる優秀な整備工だ。〈スナイパー〉はみんな、優秀な整備工を好いてるよ。星の次くらいに、愛してもいる。だって彼らなしじゃ、星を撃てないからね」

「あなたが怖いわ」

「この間もそんなこと言ってたね」

「〈スナイパー〉であるはずのあなたが、〈スナイパー〉には思えない」

「は？」

ボクの声はさぞ間抜けだっただろう。星を狙って前方を注視していたら、無警戒だった背後から神条に踏みつけられた感じだ。〈スナイパー〉を査定しにきたハヤトのセリフとしては奇異な言い回しだった。ボクは正しい反応を思いつけず、目を瞬かせる。神条に調整してもらった眼はハヤトの、剣呑ともとれる顔を映していた。

「自分たちのことに興味がない、人を愛さない、死を恐れない、国に忠実であること、星を第一に考えることに対して疑問を持たない。それは、あなたたちが〈スナイパー〉として造られたからよ」

「そうなのかな」首を斜めにして頷く。「そうかもしれない。でも、どうでもいいよ、星が撃てるなら、他はどうでもいい」

「そう、〈スナイパー〉はみんなそう言うわ。あなた、流星雨最初期の、町や島が丸ごと破壊されてしまった事件を知ったとき、どう感じた?」

「別に。とくに何も感じなかったよ。ああ、でも、少し羨ましかったかな。美しい星に射貫かれて死ぬってことは、星に愛されるってことだ。それはとても素敵なことだろう」

「ほら」ハヤトは長い息を吐く。「あなたたちは、そうなのよ。星を恐れるようには教育されていないの」

「教育、なのかな?」

「違うの?」

「星を愛するのは、〈スナイパー〉の本能だ。愛しているからこそ、星を撃つ。星を愛せる奴だけが、〈スナイパー〉になれる」

「でも、あなたを見ていると、違う気がするの。わたしが知る、わたしたちが考える〈スナイパー〉像とは、どこか違う」

「ボクは星を愛してるよ。愛し方があんたの理想像と違うから怖いって話？」

「少し、違うわ。確かにあなたはわたしの予想とは違った言動をするけれど、それが怖いわけじゃないの。あなたが〈スナイパー〉だとわかっているのに、星を愛していると知っているのに、それを信じ切れないわたし自身が」

「よくわからないな」ボクは彼女を遮る。「怖いなら近付かなきゃいい。ボクはあんたに興味がないから歩み寄ることはしない。確かにあんたはボクを査定する人間なのかもしれないけど、少なくとも今、ボクが星を撃つのには関係ない人間だ」

「星に関係ない人には興味がない？」

「〈スナイパー〉だからね」

「でも、あなたは人間なのよ。他の誰かと接触を持たずに生きていくことは不可能だわ」

「人間、ね」ボクらの世界からは遠い言葉を繰り返す。「だから、星が全てであるはずのボクが人間に、たとえば神条に、興味を持つことによって、人間になろうとしてる。それが怖いってこと？」

彼女はボクの言葉を咀嚼するようにしばらく黙ってから「そう、そうとも言えるわね」とテーブルの上で組んだ手に視線を落とした。

「わたしは今、あなたは〈スナイパー〉よりも人間に近いと感じているの」

「今のボクは〈スナイパー〉として失格？」

「いいえ、〈スナイパー〉として造られて操作されてきた人生から、解放されようとしている」

今度こそ、ボクは絶句する。

操作？　解放？　なんだそれ。はじめからボクらは束縛なんかされていない。そう思っているのはハヤトだけだ。きっと他の〈スナイパー〉も整備工も、直接ボクらと接する機会のない気象技官だって、そんなバカなことは考えていない。

つまり、彼女の妄想だ。

そう気付いた瞬間に混乱が治まった。どっと疲れが押し寄せてくる。傷痕が熱っぽい。どうして星に逢う前に無駄なエネルギーを使っているんだろう、とため息が出た。

「それをこのタイミングでボクに告げて、どうするの？　この場でボクを辞めさせたい？」

「違うわ」

ハヤトは条件反射の速度で体を引いた。でも、続く言葉はない。彼女は細く尖った指を組み直す。爪がほんのりと恥じたような色を刷いていた。ボクとは違う、女の手だ。

ああ、なるほど、とその色で、ボクの頭じゃなくて胸の辺りが理解した。ハヤトの主題は星でもボクでもなく、神条なのだ。この女はこんな回り道をして、ただボクを牽制したかっただけなんだ。

「確かにボクは神条を好いているし、愛してもいるけど」普段は意識もしない額の傷痕に触れる。「それは整備工としてだ。あんたから盗る気はないよ」

ハヤトがはっと顔を上げた。でも口は挟ませない。テーブルに肘を載せて、囁く。

「ボクは〈スナイパー〉だから、星が全て」

彼女は目を大きく見開いて、その茶色い人間の眼を瞼の下に隠した。荒い呼吸がテーブルを渡って、ボクの髪を揺らす。

「そうね、そうだった。あなたは〈スナイパー〉で、星を愛していて……〈スナイパー〉は、人間に恋をしない」

ボクは頷く。

「『星の眼』は、あなたたちを星にするのかもしれないわね」

「前にそう言ったよ。ほら、ボクが正しかった」

ボクはチキンサンドのパッケージを丸めてクズ箱に放り込むと、項垂れたハヤトを残して席を立つ。もう彼女の話は終わっているはずだから、挨拶もしなかった。

ラウンジから一歩を踏み出したところに、今度は水野がいた。廊下の壁に凭れていたから、ひょっとしたらボクとハヤトの会話が終わるのを待っていたのかもしれない。ボクにしてはずいぶん忙しいスケジュールだ。

「霧原」水野は大人の顔色を窺う子供に似た声音でボクを呼ぶ。「遺書は、どうする？」

「……なにを、どうするって？」

「遺書を、書くかね？　こういった状況に陥った場合、規則では全員が書くことになっているんだが……」

「他の奴は書きましたか？」

「まだ全員に訊いたわけではないが……誰も」

「でしょうね」知らず、鼻が鳴った。「誰に書くんですか。まさか星にでも？」

水野は驚いたように目を見開いて、すぐに失敗を悟った犬みたいな上目遣いになった。

「いや、忘れてくれ。悪かった」

黙って頷いてあげた。

なんだか施設の空気がどんどん重たく湿っていく気がする。早くボクらを星と心中させたくて仕方がないって雰囲気だ。

更衣室でジャケットを脱ぎかけて、もう二度と戻ってこられないかもしれない場所に私服を置いていっていいんだろうか？　と数秒悩む。けれどまあ、神条にでも頼んでおけば適当に処分してくれるだろう。そうなったら彼と飲むって今夜の約束は守れないな、とそれだけを残念に思った。


いつも通りヘッドフォンを首にかけて、神条が整備してくれたグローブを持ってラウンジに出た。途端に死角から伸びてきた女性技官の腕に引っ張られてぎょっとする。一拍固まってから、彼女がブリーフィングのときに泣いていた技官と気付く。まだ、あのときと同じ表情をしていた。

ボクはできるだけ乱暴にならないように、彼女を振り払う。

「あの……」と女性技官は涙と洟だらけの顔を無遠慮に寄せてきた。しゃくりあげるのに合わせて、傷のない額に情けない皺ができたり消えたりしている。

彼女は懲りずにボクの手をつかんで、額を擦りつけた。湿った彼女の掌の、〈ライフル〉の重さを知らない柔らかさが気持ち悪かった。嫌がらせだろうか、と勘繰る。

「い、いつもっ……いつも守ってくれて、ありがとう、ございましたっ」

「別に」全力で手を取り戻す。「あんたたちを守ってたわけじゃないよ」

神条が調整してくれたグローブを女性技官の感傷なんかで汚したくなかったから、丹念にジーンズの太腿で手を拭う。

「でもっ！」と女性技官がささくれ立った悲鳴をあげたのを無視して、踵を返した。「うるさい」と言わなかったのは最大限の気遣いだ。

何人もの技官たちが暇そうにラウンジに出て来ては、〈スナイパー〉たちの迷惑そうな態度に気付いていないのか無視しているのか、薄笑いで声をかけていた。

まだ第一段階の狙撃すら始まっていないのに、もうボクらは還ってきちゃいけないような雰囲気だ。技官連中はみんな、擬似大地の大気層ごとボクらが宇宙に吸い出されることを期待しているのかもしれない。

辛気臭くなって、施設を出た。

空気がいやに粘っていた。辛いものを奥歯で噛んだときみたいな異臭が漂っている。擬似大地を覆う芝を踏み締めてボクを待つ〈トニトゥルス〉に会いに行くと、施設の照明を受けた巨体に、妙な光沢が浮かんでいた。

「触るなよ」〈トニトゥルス〉を支える三脚の上から神条の声が降ってきた。

「どうしたの、これ。有害物質？」

首をねじ曲げて見上げたけれど、彼の姿は見えなかった。声だけが応じてくれる。

「塩化ナトリウムとマグネシウムと……要はミネラルだ。触ると手が爛《ただ》れる」

「塩化……何？」

「塩《しお》」彼は面倒くさそうだ。「流星の第一波が大気層の環境制御装置を壊してって、湿度管理用溶液が大気中に混じったんだ。ああ、工業用だから有害かもな。お前が撃つ前に、その辺だけは洗浄しとく」

ボクにとって塩っていうのは食料品に含まれている栄養素の一つにすぎないから、いつも有害物質を食べていたのか、とちょっと不安になった。素直に手を引っ込めて、ついでにポケットに突っ込む。

同じくらいのタイミングで、神条が〈トニトゥルス〉の巨体から顔を覗かせた。彼はボクが触っていないのを確認すると「よし」と犬を褒めるみたいに片頬だけで笑う。

「君が言うなら、触らないよ」

ポケットに両手を入れたまま肩を竦めて見せると、彼はすぐに引っ込んだ。本当にボクが忠告に従っているかを確かめるためだけに顔を出してくれたらしい。

「塩って有害なの？　必要栄養素だよね」

芝に足を着けたまま声だけを投げる。三脚には登らない。そこは神条の場所だ。

「食ってるやつは食用に生成されてるからいいんだよ。工業用のがマズいんだ。あと、たぶん地球の塩もマズい」

「地球の人たちは塩を摂らないの？」

「昔みたいに海水から精製した塩は完全な毒だな。星が墜ちて、その成分が徐々に溶け出して、今じゃ重金属だらけだ。だから魚も天然ものは食えない。全部、精製水で養殖されてる。百年くらい前なら、地球の海も無毒で泳げたらしいぞ」

ボクらの平均寿命四人分という時間を想像しながら、擬似大地の果てに地球の気配を探ってみる。学習映像で何度も見た青い、ボクらの機械の眼球と同じ色に輝く惑星だ。宇宙生まれのボクは一度だって本物の地球に立ったことがない。それでも、その惑星が特別だということはわかる。守れ、と命じられているからじゃない。たくさんの生物がいるからでもない。星たちが命をかけて逢いに来る。それだけで、稀有の証明としてはじゅうぶんだろう。

それなのに惑星の半分以上を占める海が毒だなんて、信じられなかった。毒っていうのはもっとそれらしい色をしているべきじゃないだろうか。

「ボクらは、毒の星を守ってる……」

突然神条が顔を出した。

驚いて〈トニトゥルス〉を仰ぐ。彼は、焦った表情をしていた。でも、すぐにバツが悪そうに顔を背けて「いや……いい」と顔の横で手を振ると、また隠れる。

ボクも無意味に「うん」と頷いて、再び星々が愛する青い星を夢想する。

泳げる海って、どんなものだろう。もっともボクは泳いだことがない。ボクの生活範囲にある水といえば擬似大地を濡らす雨と、水圧の低いシャワーと、神条の部屋で借りた湯船を満たした湯。せいぜいその程度だ。泳ぐという概念は知っていても、実行できる環境がない。

今の地球を潤している毒はどんな感じなんだろう。そこを自由に泳ぐ魚を想像して両手を広げてみる。神条の部屋で沈んだ湯船よりもっと広くて深い、青い空間。でも宇宙育ちのボクの腕が捉えられるものは、擬似大地の環境装置が寄越す風くらいだ。大地を洗える量の水なんて想像もつかない。

諦めて両腕を垂れる。

手持無沙汰になったボクは仕方なく、べたつく芝を靴底で均《なら》す。

ふと、かぱりと口を開けたままの神条のツールボックスが目に留まった。大小さまざまな工具と計測装置、溶剤を詰めた缶やウエスなんかが几帳面に詰められている。彼の自室の本棚とは大違いだ。

と思ったけれど、大型工具に埋もれている細くて小さなドライバーに気がついた。指先で掘り出して救出してみると、黄色いグリップが鮮やかなものだった。観察してみれば、ツールボックスに納められた細い工具のいくつかが、色鮮やかなグリップを装備している。神条のイメージと極彩色がうまく結びつかず、手の中でドライバーをくるりと回す。

ボクにとって神条を彩る色といえば作業着や軍手の灰色と、〈トニトゥルス〉の黒だ。支給品なのだろうか、と周りを見廻してみる。眼にズーム・インを命じていくつかのツールボックスを覗き込んでみたけれど、やっぱり目立つカラーリングの工具はない。

彼がこの色を選んだのだろうか、と考えた刹那、なぜかハヤトの傘が思い浮かんだ。色とりどりの花を咲かせた傘を持つ彼女なら、こういう工具を選ぶだろう。

鈍い音がして、自分が舌打ちをしたことに気づいた。どうしてそんなことをしたのかわからず、ボクは手の内のドライバーを呆然と見下ろす。

と、手元に丸い光が落ちてきた。光源を仰げば、ヘッドライトを灯したままの神条が〈トニトゥルス〉の三脚を滑り降りてくるところだった。

反射的にドライバーを握り込む。彼の仕事道具に触れたのは、初めてだ。彼が自分の道具を特別大切にしているならば、ボクが勝手に触ったことに不快感を抱くはずだ。

そんなボクの危惧など知らぬ風に、神条は消灯したヘッドライトをツールボックスの脇へと投げる。

「不調か?」

「え?」

「それ」と神条はボクが握るドライバーに掌を差し出した。「何、直す気でいた?」

「あ、うん、別に……直すんじゃなくて」

変な場所にあったから、と言い訳を口の中でもごもごと捏《こ》ねまわす。

叱責を覚悟していたのに、神条は「ふうん」と息を漏らしただけだった。ボクは拍子抜けしながら、神条の手にドライバーを載せる。

ハヤトが選んだの？　と口走りそうになって、慌てて唇を噛む。彼の工具を選んだのが誰であれ、神条の実力に差が出るわけじゃない。そんなことはわかりきっている。それなのにどうして気になるのかが、わからない。

途中で言葉をぶち切ったボクに、けれど神条は大した興味もなさそうだった。「ん？」と短い促しを寄越したきりで、口を噤む。

神条が黄色いドライバーをくるりと回してから〈ライフル〉のスコープを外しにかかる。

指先に、ボクは言葉を落とす。

「今晩、奢らないって言ったけど」囁き声になった。「やっぱり、支払いはボクが持つよ。ボクの財布、使って。更衣室にあるジャケットに入ってるから。ハヤトでも誘えば？」

「なんで？」神条は顔も上げない。「水野に呼び出してもくらったのか？」

「違うけど……ボクは還ってこないかもしれないから」

「還らないつもりなのか？」

彼はスコープからレンズを外しにかかる。

「つもりっていうか……聞いてただろ？　水野が言ったこと」

「だから俺も訊いただろ、到達時刻は何時だって」

「戻れないよ、きっと。施設の雰囲気、みた？　ブリーフィングのときに泣いてた女に、ありがとう、とか言われちゃったよ」

「戻らないつもりなのか」

神条の声は低すぎて、ボクの聴覚では拾えない。優秀な機械の眼が、顎の動きから彼の言葉を推察してくれる。

「お前は、戻る気がないのか」

神条はツールボックスの中からフィルムに包まれた新しいスコープレンズを取り出した。

「新しいレンズなんていいよ、もったいない。次の奴に使えば？」

神条の手が止まったことに、ぎくりとする。土砂降りの雨の中に一人きりで取り残されたような心細さを抱く。

ゆっくりと彼の顔が上がった。本当はふつうの速度だったのかもしれないけれど、ボクには恐いくらい緩慢な動きに見えた。彼の唇が解ける。

「次って、なんだ」はっきりとした強い声だ。「なんで、もったいないんだ。お前の、〈ライフル〉だろう」

神条は語尾を上げなかった。疑問形じゃない。何か答えなきゃ。でも、舌が貼り付いてうまく動かない。ひどく喉が渇いて、言葉まで蒸発していく。

彼の、ボクとは違う暗色に漂う眼が、ボクから離れない。風に翻る彼の夜色の髪は美しい、と思う。

「でもっ」

ようやく声が出た。掠れているのが自分でもわかる。神条の部屋の風呂で溺れかけたときみたいだ。動揺している自分自身に対しての戸惑いが広がって、戸惑いが混乱を深めていく。

ボクは今、ボクを制御しきれていなかった。

〈スナイパー〉は、星以外のことには感情を動かさない生き物であるべきなのに。

〈トニトゥルス〉の巨大さを仰ぐ。神条が膝の上に載せた〈ライフル〉の、鈍い輝きに視線を落とす。

ボクは物心がついたころから〈スナイパー〉に憧れてきた。ボクに〈スナイパー〉としての生き方を示してくれた人を――森田ヒカルを、ずっと成績表に探している。森田ヒカルのデータを下敷きにしたボクの眼を、誇っている。それを伝えたい。

ボクがボクとして生きていられるのは、〈スナイパー〉だからだ。星を愛しているからだ。

それなのに。

不意にエレベータで出遭った幽霊を思い出した。〈スナイパー〉としての瞳も傷痕も、星を撃つという存在理由すら失くした男だ。

ハヤトは、眼の定期健診をサボっているボクの査定にきた。ハヤトに「〈スナイパー〉失格」だと判断されてしまえば、ボクは星を愛でる眼も星を撃つための脳内チップも、もちろん神条が整備してくれた〈ライフル〉だって、失ってしまう。寿命の近いボクには、新型の眼に換装するチャンスも与えられないだろう。

ボクが森田式の、世間一般的にみれば時代遅れの眼で星を愛することができているのは、神条がいるからだ。神条が完璧にボクを整備してくれているからだ。

神条を手放すということは、星を失うということだ。

「霧原」

鋭く呼ばれて呼吸を止める。指先が熱かった。ラウンジで、泣きじゃくる女性技官につかまれた手だ。今は神条が握っている。強く引かれて芝に膝をついた。彼が近い。真剣な顔、目元のクマがやっぱり取れてない。

衝動的に手を伸ばした。神条の、冷たい髪に触れる。温かい地肌に指先を潜り込ませて、親指の爪で傷のない額を掻いて、黒く濡れた彼自身の瞳、目元、眦《まなじり》、頬、そして。

「霧原っ」と神条の声。

我に返る。何をしようとした？　手を引っ込める。彼から逃げる、視線だけ。すぐに、握られたままの手で引き戻された。いつもの、銃器オイルと泥で汚れた、灰色の作業着の膝が見える。

「聞け」神条の声が、ボクの髪を揺らした。「大気層が不安定だ。出力と偏光率を変えてある。お前が撃ちやすいように、だ。第一段階で感覚をつかめ。第二段階を十五分以内に終えれば退避できる」

「退避？」

「そうだ、還って来い。他の整備工にも同じ指示を出した。お前たちの眼と腕なら十分で足りるだろ？」

俯いたまま、眼球だけを動かして彼を見た。軋まない。当たり前だ、神条が整備してくれたんだから。グローブの不調だって直っている。

ぎこちなく頷いた。

「よし」と彼は片頬だけを歪ませて笑う。「ロック・オン・ボックスはいつもより〇・三秒早く出す。これはエネルギーの照射出力と着弾までのラグの関係だ。やりにくかったら言え、第二段階までに調整する」

今度はしっかりと頷いて見せる。

「還って来い」

指先に力を入れて、彼の手を握り返した。

同時に施設の照明が一度だけ点滅する。初めてのことだ。

「なんの合図?」

「整備急げって」彼はボクの手を放してスコープにレンズを入れる作業に戻る。「第一段階開始二十分前に合図するように頼んどいた。設定変えるのに時間食った挙句、開始時刻が遅れたら笑えない」

驚いた。あの建物にいる人たちは、もうボクらが還ってこないという前提で動いているんだと思っていた。

ボクの手を握った女性技官がよぎる。彼女は、ボクらを助けたいんだろうか? それとも嘆く自分に酔っていた? どっちでもいい。どうでも、いい。

だって、ボクの整備工が最高の整備をしてくれている。技官なんかよりずっと、神条のほうが大事だ。

洗浄液で乱れた芝と土をスニーカーで均しながら、電光に煽られた空を仰ぐ。ボクの眼が条件反射で星を探すけど、施設が明るすぎるせいで何も見えない。ぼんやりとした大気層がボクらを隔離している。

神条が〈ライフル〉にスコープをセットし直す音が聞こえた。見ない。そのほうが彼を近くに感じられる。

施設の照明が二度点滅しても、ボクも神条も何も言わなかった。

黙って〈ライフル〉を受け取って、ヘッドフォンとグローブのケーブルを接続して、ボクは濃く香る芝に這い蹲る。地表を愛しているみたいに。青い星を抱くみたいに。この擬似大地が地球の地表である錯覚に、身を任せる。

施設の電力が落ちた。

空に漆黒の夜と白く瞬く星と、体の中を揺らす微かな地響き。たぶん星の呼び声だ。

『来たぞ』とヘッドフォンから神条の声。

わかってるよ。だってボクの眼が、妖艶に炎をくねらせる星たちを捉えている。

安全装置を外す。〈トニトゥルス〉が冷却水を吸い上げる甲高い遠吠えが、ヘッドフォンなんか無視してボクの血中から鼓膜を震わせた。

これが最後の狙撃でもいいと思えるくらい、今夜の星は美しい。最高だ。神条が調節した眼で捉えた、今までで一番の星空に酔ってトリガーに指をかけた。

早く、早く、早く。星を俟ち切れないボクの声。そして神条の、祈りに似た掠れ声。

『あと十秒』

暗緑色の空は、とてもご機嫌に揺らめいていた。


〈7〉


それに気が付いたのは第一段階を終えたときだった。まだ施設の電力が回復していなかったので、ボクは漆黒の大気層越しにきらめく星たちを眺めていた。

「あれ、何だ?」って誰かの声で空から視線を引きずり下ろす。地平線のすぐ上に炎の玉が浮かんでいた。スコープで視る星に似ている。でもボクらはもう〈ライフル〉を構えていない。みんな肉眼――といっても機械の眼球だけど――で炎を捉えている。

ぽっと背後で施設の照明が付いた。遠い天空で瞬いていた儚い星たちは恥ずかしがって姿を消したけれど、炎は悠然と存在していた。輪郭をぼかしたそれは一つじゃなかった。二つ、三つと次々に擬似大地の果て、ちょうどボクらが狙う方向の真横辺りから現れて、彷徨《さまよ》っている。

「霧原」

背後で神条の声がした。きちんと聞こえたってことはずいぶんと大声を出したんだろう。

「調子は?」

「いいよ」空を焼く炎の玉から眼を離せないまま、答える。「最高」

神条が〈トニトゥルス〉に昇る気配を背中で追いながら、ボクは戦慄《わなな》いていた。怖いんじゃない。ただ感動していたんだ。空に咲いた炎の星の近さに。手を伸ばせば触れられそうだ。地球へ向かう星々はいつだって、ボクらの傍にこないまま逸れていった。ボクらを素通りして宇宙の底へ落ちていった。

けれどあの星は違う。その身を燃やす星の熱すら感じられる。だってボクの額の傷が熱い。

「霧原」神条の声がした。どうしてだか、泣くのを耐えているかのように聞こえる。

ボクはかなりの精神力をつかって、神条へと顔を向ける。未練に忠実な眼球が最後まで炎の群れにしがみついてから、億劫そうにボクに従った。

「霧原」

嗚咽が聞こえたけれど、彼は泣いていなかった。引き結ばれた唇の端を汚しているのは涙じゃなく、銃器オイルの擦れた跡だ。

「老けて見えるよ」ボクは笑ってやる。

彼は眉を寄せたけれど、何も言い返さずに腕から時計を外した。黒いラバーゴムで武装した大きな文字盤が攻撃的に光る。

「貸してやる。十五分だ」

「ダメだよ。そんなの着けてたら感覚が鈍って狙いが逸れる」

彼は黙ってボクを見る。生徒が嘘をついていないかを確かめる教師みたいな、居心地が悪くなる眼差しだ。

ボクは、地平線へ顔を向ける。炎の玉は七つにまで増えていた。

「あれが、ここに来る星なの？」

「いや」

思いがけない否定に、ボクは「え？」と星に視線を固定したまま、顔だけで神条を仰ぐ。

「星じゃないの？」

「脱出艇だ。軌道庭園の、被害予想の出てる区画の人間を逃がしてる」

「ここは安全なの？」

神条の答えは、沈黙だった。ボクは逃げ出した人々の炎から、神条へと視線を移す。

「ねえ、神条」彼の、差し出されたままの腕時計のベルトを、突く。「星が擬似大地に衝突したら、どうなるの？」

「衝撃波か熱かで即死する」

「流星が大気層の傍を通ったら？」

「大気ごと宇宙に吸い出される」

「宇宙から地球が見られるね」

「……たぶん、赤く見える」

「どうして？　地球は青いんだよね？」

「急激な気圧の変化で眼球の毛細血管が破れて……」言っている途中で気が付いたのか、神条は「ああ、いや」と曖昧な声で説明を中断した。「お前の眼なら、大丈夫か。いや、わからない。少なくとも、俺の眼は毛細血管が破裂して視界全体が赤くなる」

「神条は施設に退避するだろ」

ははは、と笑った。それなのに彼は笑わない。体のどこかの痛みを耐えている表情で、ボクの指先を睨んでいる。

「神条」

彼は、答えない。

ボクは掌で、彼の手ごと腕時計を押しやる。

「神条、時間がないんだろ？」

「……わかった」

ようやく彼はため息と一緒に言葉を追い出して、腕時計を作業着のポケットに入れた。そしてボクの肩を叩く。二度。

がんばれって合図のはずなのに、今日は違う意味に思えた。でもどんな意味だろう？ 頭がぼんやりとしている。大きすぎる炎の玉に酔ったのかもしれない。

施設の照明が短く二度フラッシュした。神条が踵を返す。

「神条」

彼は奇妙に歪んだ顔で振り返ると、片方の眉だけを上げてボクを見下ろした。「ん？」と銃器オイルが付いた唇の端が小さく持ち上がる。でも笑ってない。

触れたい。

そう思ってから、愕然とした。触れたい？　どうして？　ボクは〈スナイパー〉だから神条に触れたいなんて、思うはずがないんだ。〈スナイパー〉にとっては星が全てなんだから。

だからボクは強く、痛いくらいに強く、神条を求めた掌をジーンズの太腿の辺りに擦り付けた。ひり、とした痛みと熱が、ボクを〈スナイパー〉に引き戻してくれる。

星を撃つための右手を、差し出した。〈スナイパー〉の手でなら、ボクはボクの整備工に触れられる。

神条が胡乱な様子で首を傾げた。笑いを納めて、今度は怒鳴るのを耐えている顔で、ボクの手を見下ろす。

「なんのマネだ。還るんだろ」

「そのつもりだけど」ボクは、穏やかさを意識して笑みを作る。「いちおう。やっとかないと気になって集中できないだろ」

彼は手を作業着に突っ込んだまま、完全に怒っている顔でボクを睨んだ。

「いつも神条の整備は完璧だった。今だって、君のおかげで星を撃てる。感謝して」

「黙れ」彼が低く威嚇した。

ボクは苦笑して、諦めて手を引っ込めようとした。でも、神条のほうが素早かった。

掌が包まれて、握られる。少し湿った大きな手だ。急に腕を引かれて、バランスを崩した。

神条が、吐息の距離にいる。柔らかい天然色の虹彩が見えた。そして、煙草の匂い。

呼吸が、唇が、封じられる。

目を見開いた。だってここはバーじゃなくて擬似大地の、〈トニトゥルス〉の下だ。ボクはいつだって私服だけど、神条は汚れた作業着を着ている。

何も考えられなくなる。心臓が怖がっている。どうして今こんなキスをするんだ？　どこかに怪我をした顔で彼が低く、ボクの唇の上で囁いた。

「また、後で」

後なんかないかもしれないのに、ボクは反射的に頷いた。

神条は半歩下がって、踵を返す。

湿った風が空っぽになった掌を撫でた。唇がまだ、温かい。指先にも熱が残っている。それを遮断するために、冷やかなグローブを嵌めた。芝の上に肘をついて、這い蹲る。

空が美しい。遠くに、でもどの星たちよりも近いところに、ボクらを見捨てて逃げ出した人々の炎がある。人間が造りだした、人工の星だ。その輝度でもって、地球を守るボクらの視界を潰そうとしているようだ。

ガゴン、と背後で大きな金属パーツが外れた音がした。〈トニトゥルス〉に異常が出たんじゃないかと焦ったボクらは、一斉に体を起こして振り返る。

施設の建物が、擬似大地から逃げだすところだった。いつもは明かりを消して息を殺しているそれが、今日は煌々と輝きながら地面に吸い込まれていく。足元から溶けているんじゃないかってくらい静謐な退場だ。施設にこんな機能が備わっているなんて想像もしなかった。

地下二階までがやけに遠いのは、このためだったのか、と知る。

白光に切り取られたラウンジの大きな窓に人影が見えた。それもたくさん。技官たちがボクらを見ていた。いつも見ているのか今日が特別なのか、ボクにはわからない。今までこんなタイミングで振り返ったことなんてなかったからだ。

その中にハヤトがいた。オレンジ色の唇を噛んでいる。きっと地下に潜ってから口紅が歯についていることに気付いて慌てるんだろう。そんな彼女を想像してちょっと笑う。

でも、彼女からはボクが見えていないはずだ。彼女の眼は〈トニトゥルス〉の影と同化した人の姿など拾えない。

ハヤトが地面に呑みこまれていく。ラウンジの光が窓の形から帯になって、筋になって、糸みたいに揺らいで消えていった。白い壁も大きくて丸いアンテナも、全部が隠れて、ボクらと施設を完全に隔てる重たい音がした。隔壁が閉ざされたのだろう。

ボクらの間にどよめきが湧いた。擬似大地に取り残されたからじゃない。あんなに大きな建物が隠れたことに、単純に驚嘆したんだ。その証拠に誰も消えた施設を追いかけたりしなかった。

『配置についてるか？』

ヘッドフォンから聞こえた神条の、奇妙な問いかけだ。ボクらの声を拾う機材なんてないのに疑問形だし、〈スナイパー〉が星を放り出すはずもない。

『あと一分。落ち着いて狙え』

初めて耳にするカウントとコメントに、ボクらは失笑した。一番動揺しているのは、神条をはじめとする整備工や技官たちなのかもしれない。後でからかってやろう。後があればの話だけど。

『来たぞ』

〈トニトゥルス〉が歓喜の声を響かせる。腹から内臓へと重厚な地響きが伝わってきた。やる気満々の冷却水が駆け巡っている。スコープの中には暗緑色の空と、自由に炎を吹き上げながら翔ける星たちだ。

『あと十秒』

無数の目標ボックスが泳いでいる。地球に逢うために永い旅をしてきたんだ。毒の海に魅せられて、あの青で泳ぐために。そしてボクらに、墜とされるために。

スコープの中で目標ボックスが赤くフラッシュした瞬間、何も考えずにただトリガーを引いた。頭上を裂く閃光が、閉ざした左の瞼を撫でる。背中を圧迫する轟音がヘッドフォン越しに鼓膜を叩く。スムーズな初撃だ。

スコープの中ではすでに次の星がロック・オンされている。残響なんか聞きたくない。立て続けにトリガーを引く。思考が溶けて流れだしていくような感覚に陶然とする。ボクの存在が擬似大地に貼りついて、軌道庭園と一体化して、宇宙へ馴染んでいく。

ふっとトリガーが遊んだ。

でも今日は不思議と腹が立たない。神条が解決できないいんだから、きっとコイツは永遠に怠け続けるんだろう。

トリガーに重みが戻るまでの数秒間そんなことを考えて、ついでにバーで孤独にビールを呷る神条の背を想像して、たぶんボクは声をあげて笑っていた。

ボクは神条との約束よりも、星を撃つことを優先できる。ボクはまだ、神条より星を愛している。これこそが正しい〈スナイパー〉の在り方だ。ボクは正しく、〈スナイパー〉として星と心中できる。

それが、嬉しくて仕方なかった。


スコープの中の目標ボックスが数えるほどにまで減ったころ、擬似大地を渡る震動の中に〈トニトゥルス〉の冷却水以外の気配を感じた。腹を突くいつもの地鳴りじゃない。背中から首筋を圧する大気の微動だ。

軌道庭園を掠める流星の余波だ。スコープの彩度が鈍いのも、空を横切る流星たちの明るさによるものだ。

退避は間に合わないだろう。あの大きな施設をもう一度地表に上げてボクらを迎え入れる余裕はなさそうだ。

でも、少しも気にならなかった。

だって、ボクの整備工は最高の仕事をしてくれた。スコープの中の空も、悶える星たちも、呼吸を止めたっていいくらいに美しい。

たぶんボクらが狙撃に手間取ったわけじゃない。気象局が予想をミスしたわけでも、もちろん整備工たちの調整が悪かったわけでもない。

ただ神条たちよりも流星たちのほうが、ボクらを好いていただけだ。

さあ、一緒に地球を目指そう。そう星たちに誘われている。拒む理由なんてどこにもない。〈スナイパー〉は星のために生まれて、星のために死ぬんだから。

『うそつきっ！』とヘッドフォンの底でヒステリックに裏返った女の声が吠えた。ラウンジで泣いていた女性技官だろう。

『助けるって言ったじゃない！』

うるさいな、と眉を寄せて、最後の星を撃つ。

光を吐き尽くして沈黙した〈トニトゥルス〉が、ほうっと息をついて冷却水に身を任せる。仕事を終えても冷静な〈ライフル〉に安全装置をかけた。

『撃って！』また女の声がした。ボクらへの指示だ。『星を！　向かってくる星を撃って！』

『撃つな！』今度は神条の怒声だ。

『撃ちなさい！』

ボクは〈ライフル〉を肩にかけて、両手を空へと伸ばす。

空を切り裂いて、青紫色の輝きが無数に走っていく。こんなに近くで星を見るのは初めてだ。軌道庭園のどこかに中《あた》ったのか、足元から大きな破裂音が轟いた。

そういえば、と気付く。神条の怒鳴り声を聞いたのは初めてかもしれない。彼はいつも感情を露わにする寸前で呑みこんでいる様子だった。ボクは、彼がここに配属されてからずっと組んでいるのに、彼の喉がどんな怒声を発するのか知らなかった。落ち着いているときのほうが好きだけど、体の芯に届くいい声だ。

神条の声は聞いていてもよかったけれど、ヒステリーを起こした女の声なんて聞きたくなかったからヘッドフォンを首に下ろした。

軌道庭園の外殻が流星を受け止める衝撃が、体中の骨を通って額の傷痕へと集中する。両足を広げて踏ん張ったけれど、あっけなく尻餅をついた。空が少し遠退いたけれど仕方がない。星の力には抗えない。

〈ライフル〉を擬似大地に寝かせて、ついでにヘッドフォンとグローブも外す。〈トニトゥルス〉とつながるケーブルを全部取り払ったボクは、片膝を立てて座り直す。

つん、と耳が詰まった。大気層の制御に異常が出たんだろう。視界は、幸いにもまだ正しい色合いを保っている。生身の眼球じゃなくてよかった。

機能を失いつつある聴覚のかわりに嗅覚が、神条の煙草の匂いを思い出した。

ボクの部屋の湿った匂い、嗅ぎ飽きた六階の人工大気、入り乱れた施設にいる仲間だったり部外者だったりする人たち。瞬き一つでいろいろな匂いが甦る。

悪くない最期だ。星を撃ちながらではないけれど、これまでのどの〈スナイパー〉よりも星の近くで最期を迎えられる。星の手によって死ねる。星とともに墜ちていける。

〈スナイパー〉の誰もが、空を薙ぐ星々を見詰めていた。

早く、早くボクもあの仲間に入りたい。そうすればきっと、ボクらの青い眼は宇宙に溶け込んで、夢で見た美しい惑星のように輝けるはずだ。

世界が激しく震えていた。〈トニトゥルス〉の三脚が飛び跳ねる。星の力はすごい。軌道庭園の質量くらいなら簡単に壊してしまえる。だから地球の人間たちは星を畏れて、〈スナイパー《ボクたち》〉を造ったのだろう。

視界がぐらぐらと定まらない。眩暈みたいだ。ボクは擬似大地と人工の大気層の間で星に酔っている。だから――。

そう酔っているから、だから、地面がボクを呑みこんでいるように見えるんだ。

じりじりと視界が埋まっていく。どうしたんだろう？　地平線を彷徨っていた脱出艇の炎が擬似大地に呑みこまれている。

残るのは、白く小さな星が死んだように散っている大気層越しの漆黒だけだ。

それに縋って手を伸ばした。届かない。ボクから逃げている。空がどんどん小さくなって、四角く切り取られていく。

どうして……。

ひやりと胸の奥が冷えた。心臓が鼓動を嫌って不規則に軋む。

これが死だろうか？　いや、そんなはずはない。だって神条は、最期は大気ごと宇宙に吸い出されて地球が見られると教えてくれた。ボクはまだ本物の地球を、ボクらが守ってきた青く輝く母星を、見ていない。

指先でさらに小さくなった空が、消えた。ゴォウン、と間抜けな地響きが降ってくる。

降って、くる?

ようやくボクの眼が、空を攫《さら》った犯人を捉えた。

耐爆シャッターだ! 二枚目が閉じる。三枚目、四枚目。

空が逃げたんじゃない。ボクが、逃がされていたんだ。

〈トニトゥルス〉を受け止めている芝が、長方形に切り取られていた。その縁を壁が這い上がっていく。終点のないエレベータに乗せられているみたいだ。

地下十二階で、機械の眼と額の傷痕を失ったあの幽霊が、ボクを招いているんだろうか。

這い蹲る。体中から力が抜けて、どうしてボクがここにいなきゃならないのかもわからない。頬を刺す芝から、生臭いべたべたしたものが肌を侵す。星と引き離されたボクを嘲笑っている。呼吸が引きつって、眼の奥が熱くなって、ただ苦しかった。

あのままでよかった。星と心中したかった。なのに、どうして星を奪われるんだろう。

どれくらい芝の上で悶えたのかわからなかった。一時間かもしれないし、一分だったかもしれない。いつエレベータが停止したのかも判然としなかった。

横たわったボクを、強烈な力が引き起こす。腕が千切れんばかりに痛かった。でも抵抗する気力なんて残っていない。

ボクは隣の部屋へと押し込まれる。

「霧原!」反響のせいでどこから聞こえてきたのかわからなかったけど、誰の声かはすぐにわかった。

神条の、ヘッドフォンを通さない肉声だ。それなのにどこか、ぼんやりと遠い。

「悪い、稼働に手間取った。なんせ建設以来動かしたことなんかなかったんで」

狭い小部屋だった。部屋というのも妙な空間だ。ボクが両手を左右に広げればすぐに壁に触れられそうなほど狭い。そして、壁も天井も曲線を描いていた
緊急脱出ポッドだ、と遅れて思い出す。この軌道庭園に配属されたときに見学させられたことがある。あのときはまっとうに、どこかの通路から乗り込んだはずだ。

足の下から鈍い振動が突き上げた、と思った瞬間、ふわりと足の裏が浮き上がった。条件反射で両手を振り回したら、背中から転びそうになる。それもゆっくりと、重力から解放された速度だ。

無重力状態。訓練でしか体験したことがない。どうしてこんな状態に陥っているのか理解できなくて、その混乱がさらにボクの姿勢を崩していく。

銃器オイルの香りを連れた神条の肩が、素早くボクの背中を支えてくれた。

咄嗟に腕を振り上げて、神条の頬を引《ひ》っ叩《ぱた》く。はずが、うまく体勢を整えられず、彼の肩口を握り締めるはめになった。

眩暈はひどくなっていく一方だ。膜を一枚隔てたような聴覚と無重力に馴染まない体とがあいまって、自分自身の存在感が乏しい。

そんな中で、神条の指がボクの頬にはりついていた芝や髪を払ってくれる感触だけが、い

やに鮮明だった。

　喉が小さく震えた。でも、ぐっと空気の塊がせり上がってきて音にならない。心臓が激しく喘いで何かを囁いたけれど、ボクは聞こえないフリをする。

　愛し損ねた星たちを求めて、手を伸ばす。指先に触れるのは燃え盛る苛烈な星ではなく、柔らかい人間の温もりだ。

　大きな神条の手がボクに重なって、包まれる。

「今晩、奢れ」掠れた、ボクの好きな低い声が鼓膜を直接撫でた。

「わかってるよ」呼吸だけで答える。

　星と一緒になれる寸前で邪魔されてボクはとても失望しているはずなのに、失望していないきゃおかしいのに、なぜか今のボクはひどく神条を望んでいた。

　ああ、最低な〈スナイパー〉だ、と額の傷痕が嘆く。これじゃ削減されたって仕方がない。整備工は星を愛するために必要不可欠な相手だけど、星より優先されるべき存在じゃない。星を撃ちながら死ねたらどんなにいいだろうと仲間を羨んだくせに、他ならぬボク自身が、星と一緒になり損ねた端から整備工を——神条を赦してしまっている。

　諦めて、ボクは彼を引き寄せる。

　甘く、煙草と銃器オイルの匂いがした。神条の髪に指を入れて、額を合わせて、強張る顎に触れる。彼の唇はできたての傷みたいに熱くて、微かに怯えていた。これが、ボクが星と心中することを阻んだ男なのだ。

何かがボクと神条の隙間を流れて、停滞して、戸惑って、浚《さら》って、ボクの眼はようやく彼の顔を映す。

神条は、きつく瞼を伏せて、ボクの髪をかき乱した。泣いていたのかもしれない。

どちらかが、たぶん二人ともが、お互いを引き寄せて、口付けた。

一瞬だけハヤトの顔が浮かんで、でも熱を感じた瞬間に〈トニトゥルス〉の閃光みたいに弾けていた。

それしか呼吸する方法を知らない生まれたての子供みたいに、溺れた人が救いを求めるみたいに、ボクらはお互いを望んでいた。

星を奪われた〈トニトゥルス〉の怨嗟が反響している。流星に貫かれる軌道庭園の悲鳴がボクらを罵っている。

上下の感覚はとうに失われていた。狭い球体に閉じ込められたボクらは、流星群に紛れて宇宙を落ちていく。

このまま地球の〈スナイパー〉がボクらを撃ち抜いてくれればいいのに、と心の底から願う。神条と二人きりの終焉を夢想して、泣きたくなる。

神条が、何かを囁いた。たぶんボクも、彼に何事かを告げた。でも互いに互いの言葉なんて聞いていなかった。ボクらは相手の存在を確かめることに必死で、小さな窓の外に迫る青い星の輝きにすら気づけない。

そんなボクを責めて、額の傷痕が疼いていた。

インターミッション　蝶

　星から逃れるにおいて、十数分という時間の差は恐ろしく長い。何しろ地球の重力に引かれた隕石たちは秒速十一キロメートルを超える速度で降ってくるのだ。地球と月との狭間に浮かぶ『星の庭』からの脱出となれば、もはや幸運を願って少しでも早く隕石の通り道から立ち去るほかない。

　ハヤトが星の庭から脱した後も、〈スナイパー〉たちはぎりぎりまで星を撃ち続けていたと聞く。もちろん〈トニトゥルス〉の整備工たちも何人かが〈スナイパー〉に付き合って、流星群が衝突するぎりぎりまで星の庭に残っていた。

　ハヤトの元夫も、残った側だった。

　だから地球に着いてすぐ、ハヤトは自らが持つ権限の全てを用いて射出された脱出ポッドの位置と搭乗者名簿を探ったのだ。

　そうして辿りついたのが、見渡す限り砂が広がる大地だった。ぽつんと転がる脱出ポッドを発見したときには、しゃがみ込みそうになった。安堵と恐怖が一度に体を侵した。

履帯を装備した軽装甲車から降ろした足が一瞬、大地を見失う。ヒールのせいだ。軌道庭園の几帳面な床を踏み締めていた靴は、地上の砂地にあっては分が悪い。

それでもハヤトは太腿に力を入れて、踏み出す。一歩ずつ、決して走らないように自制を利かせながら、十数メートル先に落ちた球体へと急ぐ。

星に撃たれて崩壊する星の庭から逃れた元夫と、研究の切り札となる〈スナイパー〉の少女とが乗っているはずだった。

無事でいて、と願う。願いながらも、どこか冷めた心地がしていた。おそらく背後につき従う警備兵たちのせいだ。

他国の兵が潜んでいたときのための用心に、と寄越された護衛兼、監視係だ。

なにしろあの脱出ポッドが連れ帰ったのは、国の最高機密だ。〈対流星スナイパー〉。その根本技術は全世界で共有されているが、その実、〈スナイパー〉たちの身柄や機械の瞳は各国が極秘裏に研究開発を進めている。しかるべき機関が保護しなければ、〈スナイパー〉たる少女だけでなく、ハヤトの元夫すら政治的に利用される危険があった。

いや、とハヤトは拳を握り締める。政治利用されるのは、二人が生きていた場合だ。星の庭からの脱出はともかく、脱出ポッドの生命維持装置が正常に機能しているかどうかは怪しいところだ。大気圏突入時の熱はきちんと遮断されていただろうか。『星の庭』からの緊急脱出など、運用以来初めてのことだ。不備があったとしても仕方がない。

どうか生きていて、とハヤトは逸る気持ちを自覚する。

脱出ポッドの表面を探って、解放レバーを隠した外装パネルを引き開ける。まずは外殻が、続いて二層目の隔壁が緩む気配がした。どこかから空気漏れに近しい音がする。

蕾が綻ぶように、ポッドの外殻が開いた。秘められていた隔壁が上下に滑り、ポッドの内側をあらわにする。

ハヤトの元夫が、狭い床に足を投げ出して座っていた。いや、国への届を出していないので公式には、まだハヤトの夫である男だ。そのくせ夫の太腿には、少女が仔猫のようにしなだれかかっていた。背を丸め、枕にした夫の脚に両腕を絡ませ、ポッドが開放されたことにも気付かず眠りこけている。

〈スナイパー〉である少女の、額に刻まれた長く醜い傷痕は薄暗いポッドの中にあっても目立つ。淡く発光する彼女の機械の眼球が瞼に隠されているせいで、いっそう傷痕に視線がいくのかもしれない。

舌打ちしたい衝動がこみ上げた。

ハヤトの脇からポッドを覗き込んだ警備兵が「二人だけか」と失望したように呟く。定員四名のポッドに整備工と〈スナイパー〉が一人ずつならば及第点だろう、とハヤトは胸中の苛立ちを、現実を見ない警備兵へのそれに変換する。下手をすれば〈スナイパー〉全員が星の庭との心中を選んでいたかもしれないのだ。

「無事でよかったわ」

警備兵を意識したせいか、事務的な声音が出た。私情が滲まなかったことに安堵を抱く。ついい、と夫の顔が上がった。目元のクマが少しばかり濃くなったようだ。疲れているのだろう。瓦解する星の庭から脱し、十数時間も宇宙を彷徨い、ようやく地球へ帰還したのだ。本当なら、すぐにでも長期休暇に入りメンタルケアを受けるべきなのだ。けれど。

「悪いけど、すぐに移動するわ。ここから四十八キロ先にもう一基、ポッドが落ちたはずなの。霧原を」夫の足を枕に眠りこけている少女を、顎で示す。「起こしてちょうだい」

「無茶いうな」

夫の手が少女の髪を梳《す》いた。ともに暮らしていた短い間、彼の手が自分の髪をああいう風に扱ったことがあっただろうか、とハヤトはぼんやりと反芻《はんすう》する。あったはずだ。わからない。思い出せない。あの手はどんな熱でどんな強さで、わたしを求めたのだろう。

「あなた」声音が、尖る。「その子をどうしたいの?」

「どうって?」夫は頬を歪めて、不思議そうにも不愉快そうにも見える表情だ。「どういう意味での、どう、だ?」

「……あなたのお城は陥ちたのよ。他でもない、その子が愛してやまない星によって、撃墜とされたの」

星の庭は、夫のおもちゃ箱だった。そう考えてから、そうだったのか、と理解が追いついた。夫はお気に入りの〈スナイパー〉を医療機関にも診せず占有するために、宇宙という閉鎖空間に籠城していたのだ。限られた人員と物資、そして人間関係こそが、夫の我がままを成立させていた。

そういう子供っぽいところを好ましく感じていた。手遊びの延長のような軽やかさで〈スナイパー〉たちの眼を脳を、探る夫に惹かれていた。それは今も変わらない。

けれどこの男はまだ正気なのだろうか？　という疑いが頭をもたげる。〈スナイパー〉たちが遺した星への執着を背負い過ぎて、彼自身の在りようを見失っているのではないだろうか。そもそも〈スナイパー〉は、人間と同列に語られるべき生き物ではないのだ。人間としての営みから外れたところで発生する事実を、夫とて承知しているはずだった。

彼を狂わせた元凶を、たとえ手遅れであったとしても、遠ざけたいと願う。

「霧原は」少女の、幼さが宿る寝顔を睨め下ろす。「ウチが回収するわ。もう、あなたはこの子を手放すべきときにきているの。わかるでしょう」

夫は顔を伏せた。現実に押し潰されそうになっているのかもしれない、とハヤトは身を屈め、すぐに思い直して振り返る。控えていた警備兵に車をポッドの傍まで寄せるように指示し、彼らが遠ざかるのを待ってから改めてポッドの縁に膝をつく。

「もともと〈スナイパー〉を管理するのは医師の仕事よ。あなたはもう、じゅうぶんやったわ。霧原には、医師のサポートが必要なの。あなただって霧原を無為に死なせたくはないでしょう？」と諭す言葉が、喉につかえた。

夫が、笑っていたからだ。唇の端を吊り上げる皮肉なそれではない。自らを信じ切って眠る小動物を愛でる、慈しみに満ちた顔だった。

わたしはなんの話をしていただろう、とハヤトは束の間、自身を見失う。この人にこんな表情をさせる話題であっただろうか。

「霧原は」夫の、優しい囁きだ。「起きないよ。もうしばらく、起きない。もう脳が、過負荷に耐えきれるほどの容量を残してない。こいつの眼の不調は脳細胞の死滅による空白化のせいだ。医師なんかもう、意味がない」

ぞっとした。反射的に、ハヤトは立ち上がる。警備兵の運転する軽装甲車のエンジン音が、地底深くから湧きあがる恐怖に似てハヤトを包む。

夫は自分の手で、霧原の生死を握っているつもりなのだ。いや、事実、夫は霧原を占有することによって霧原を適切な調整と医療から遠ざけた。死の縁まで歩ませた。この男はその結果に酔って、満足して笑っているのだ。

「あなた……霧原を」

どうしたいの？　と訊くことは無意味だった。

初等学校で配られた蝶の幼虫を思い出す。生き物の観察、という授業だ。緑色の幼虫に特定の植物を与え、サナギになるための枝を用意し、羽化して蝶になる過程を記録する。

そして最後は、美しく羽を広げた蝶を虫ピンで留めて標本にした。

ハヤトはゆっくりと息を吐く。幸せそうに眠る霧原の、華奢というよりは栄養失調で痩せすぎのきらいがある肢体を観察する。

記憶の底の、幼い自分を顧みる。ハヤトは標本にする蝶から脚を毟っていた。最初の一本は過失で、その後は仄暗い意思を持ってもう一本、蝶から脚を奪ったのだ。

第三段階　夜を解く声

〈8〉

閉ざした瞼の裏の毛細血管の赤と闇とが錯綜する視界の中で、ボクは夢を見る。

近付く地球の青さに歓喜する星々が、その身を炎に包んで漆黒の宇宙を翔けてくる。同じ宇宙に浮かんでいるのに、擬似大地から離れられないボクらを誘うように、妖しく艶やかに炎をくゆらせた星たち。

ボクの眼は、彼らの最期を看取るためにレンズを開く。調節音を細胞で聞いて、〈ライフル〉のスコープ越しに星を捉える。

暗視モードで浮かび上がる星たちのどれから砕こうかと、迷う。みんな、一つとして撃ち漏らすことなく、過熱して砕いて、地球に到達できない軌道に逸らさなければならない。それが、残酷なボクの仕事だから。

でも、許されるなら、地球の青さを眺めながら宇宙の旅を継続できるルートに乗せてあげたい。

　人差し指をトリガーにかけて――。

「霧原」女の声で邪魔された。

目を開けると、〈トニトゥルス〉の発撃めいた白い電光が飛び込んでくる。

　ボクの眼はスムーズに明かりに馴染んでレンズを絞る。

　真正面、壁の中に女が座っていた。誰だ？　とボクが眉をひそめれば、女も顔をしかめる。

知らない顔だ。でも額を走る傷痕と青い眼は〈スナイパー〉の証だし、どこかで見たような面影だってある。バスルームで顔を洗うときに鏡の中からボクを見返してくる奴だ。ちょっとした死体みたいに、唇がオレンジ色になっていて気持ち悪かった。

　手の甲でボク自身の唇を拭うと、ねっとりとした薄茶色いもので皮膚が染まった。

「あら、口紅、気に入らなかった？」

　ボクの背後に立つハヤトが、残念そうに顔を歪めた。いや、鏡で反転して見慣れない表情だったからそう思えただけで、たぶん笑ったのだろう。奇妙な顔のまま、彼女はボクの返答なんか待たずに続ける。

「でもそうね、若いから口紅なんて要らないわね」

　ボクは汚れた手の甲を太腿で拭ってから立ち上がる。黒いパンツスーツと新品の革靴がボクを人間に見せていた。とても落ち着かない。襟元には自ら輝く星とそれを穿つ〈トニトゥルス〉の光を刻んだバッヂが留められている。悪くないデザインだ。どちらかといえば好ましいともいえる。けれど水野とお揃いだと思うと、いささか面白くない。

「霧原、きれいよ。こうすると、やっぱり女の子ね」

ボクは甘い有害物質みたいな臭いが残る唇を歪めた。

「じゃあ、あんたと会うのもこれが最後かな」

「……どういう意味？」

「なんで星があんなにきれいだと思う？　撃たれる前だからだよ」

ハヤトにはボクの言葉が冗談なのか本気なのか、判断できなかったみたいだ。眉を寄せて、でも唇は笑いの形にして、ただ黙っていた。

ボクだって気の利いた返事を期待していたわけじゃないから、そのまま廊下に出る。

廊下には、ボクと同じ格好をさせられた仲間が並んでいた。みんな不機嫌を隠していない。ボクだって同じだ。

「霧原」神条と同じ銘柄の煙草の匂いを何かが腐ったみたいな酸っぱい臭いで汚染した水野が、ボクとお揃いのバッヂを輝かせながらボクを呼ぶ。「化けたな」

ボクに化粧を施したのはハヤトであって、ボクじゃない。たぶん、水野がハヤトにそう指示をしたんだろう。外見を整えるというのは、〈スナイパー〉にはない概念だ。

ボクは無表情を作る。水野への最大の抵抗だったけれど、あまり効果がなかった。彼はその大きな口を真横に広げて笑いを作ると、ボクの肩を叩いて「列に入れ」と言う。

普段は怯えた羽虫みたいにボクを避けているくせに、どうしてこうボクの機嫌が悪いときだけ触れてくるんだろう。

遠慮なく舌打ちをしたけれど、水野はとっくに列の先頭にいってしまっていた。水野の残滓を削ぎ落とすように入念に肩を払ってから、仲間たちの列に加わった。

ボクらは肉になりにいく鶏みたいに並んで歩く。もっとも、これまで食べていた肉なんてそれっぽく造られた偽物だから、本物の鶏がどんなふうに肉にされて、どんな料理になって、どんな奴の口に入っているかなんて知らない。ボクが知る鶏は初等教育において与えられた絵本に描かれていた、肉になる前の姿だ。

だって鶏は、星を撃つことには関係がない。

ボクらは二回にわけてエレベータに乗せられた。エレベータといっても軌道庭園で使っていた危なっかしい音を立てて軋むやつじゃない。天井にガラスだかプラスチックだかで作られた複雑な細工の照明をぶら下げた、偉い人用の箱だ。

降りた先では、廊下の壁ではないかと思うくらいの人だかりがカメラのフラッシュをたいていた。初等教育で視た映像を思い出す。大熊猫なんて、熊だか猫だかはっきりしない名前を付けられた白黒の動物が生きていた時代の映像だ。当時も珍しい生物だったらしく、展示施設に搬入された大熊猫を一目見ようと、人間たちがこんな感じで群がっていた。

よく考えれば〈スナイパー《ボクたち》〉も機械の眼とそれに伴う電気回路を生身の肉体に埋め込んだ、機械だか人間だかはっきりしない生き物だ。似たような扱いを受けるのも仕方がないのかもしれない。

〈トニトゥルス〉の閃光めいたフラッシュに、ボクの眼がレンズを極限まで絞り上げる。仲間の背中が見え難い。こんなことなら足枷で前の奴とつないでくれればいいのに、なんてことを考えているうちに大きな部屋に到着した。

一人掛けのソファーが壁にそっていくつも置かれた部屋だった。絨毯がとても不安定で、世界が揺れているみたいに感じる。いや、実際には地球に脱出してからずっと、妙な浮遊感につきまとわれていた。

「堪らんよなぁ」と仲間の声がすぐ隣でしたから見る、見上げる。七基隣の〈トニトゥルス〉を使っている男だ。名前は、知らない。彼は歯を剥いて笑った。神条とは違う種類の笑顔だ、とボクはこんなときなのに彼を思い出す。

「オレ、いつもならまだ寝てるぜ」

「夜間組ならみんな、寝てるよ。こんな時間に起きてるなんて、何年振りか思い出せない」

「きっとなんかの罰ゲームなんだぜ」

そうかもしれない、とボクも頷く。〇七三〇時なんて夜間組にとっては深夜みたいな時間に呼び出されて、存在することすら知らなかった制服を着せられた。支給された硬い革靴は足を締めつけて痛いし、顔にはべたべたする何かを塗られてフラッシュの攻撃を浴びるしで散々だ。これが嫌がらせか罰ゲーム以外のなんだっていうんだろう。

軌道庭園を、貴重な全天解放型の擬似大地を守りきれなかったボクらへの、罰だ。

ボクらが早起きさせられた原因である式典は〇九三〇時に始まった。主導していたのはピンと伸びた背筋といやに前に突き出た首を持つ老人で、頭頂部まで広がった額と後頭部から豊かに流れる白髪のコントラストが印象的だった。他にも、腹に詰物をし過ぎた男や色彩感覚の欠如した化粧を施された女が、長い割に内容のわからない話を一方的に降らせてきた。

眠りそうになるのを必死で耐える。隣の仲間は瞼を開けることに夢中になりすぎて白眼を剝いているし、その向こうの奴は大きく船を漕いでは慌てて首をもたげている。

式の終りのほうで、金色の丸いメダルを首にかけられた。物凄く遠い昔にこんな形のチョコレート菓子をもらったことがあったけれど、たぶんそれとは別物だろう。

要領を得ない長話と得意顔の水野とを総合するに、これは軌道庭園や星々と心中した〈スナイパー〉たちの慰霊と、自らの危険すら顧みることなく最後まで星を撃ち続けたボクたちを表彰するための式典だったらしい。

結論からいえば、軌道庭園にいた〈スナイパー〉以外の人間たちは、全員が無事に脱出できていた。星が迫ったとき用の脱出マニュアルがあらかじめ、〈スナイパー〉以外の全員に配布されていたらしい。

何も知らなかった〈スナイパー〉の、実に半分が流星に撃ち貫れて還ってこなかった。降り注ぐ星の美しさに少しでも近付こうと、擬似大地の下層へ退避するためのリフト——〈トニトゥルス〉一基分の広さしかなかった——から歩み出てしまった仲間たち。リフトの降下先でどちらへ行けばいいのかわからず——担当整備工が誘導する手はずになっていたらしいけれど——避難区画に残されてしまった仲間たち。そして避難指示すら伝えられず自室で休んでいた、早朝、午前組の〈スナイパー〉たち。それが死者の内訳だ。

　意外なことに、千里の名前もそこに並んでいた。きっと彼女は本当に、心の底から、星が美しく見えない勤務帯に配属されたことを憂えていたのだろう。

　だからといって全員無事だった技官を責めるつもりはない。ボクらは納得して、むしろ流星たちに誘われて宇宙と同化する夢まで見て、擬似大地に残ったんだ。軌道庭園の内部で何も知らずに死んだ仲間も、星に殺されたのならば本望だろう。

　どちらかといえば、技官たちが〈スナイパー〉の我がままに巻き込まれたといってもいい。

　生き残ったボクらは、技官たちに助けられた。

　擬似大地の下に潜んでいた空間から小さな脱出ポッドへ導かれ、宇宙を漂い、十数時間かけて地球に落ちた。ボクと神条が落ちたのは砂地だったけれど、毒の海に落ちてそのまま沈んでしまった仲間も二人だけいた。

　そうして助かった〈スナイパー〉たちだけが、軌道庭園の崩壊から二週間も経った今日、集められていた。

　生き残ったボクらが式典でできることなんて何もない。せいぜい眠気に耐えて座っているくらいだ。

　三時間ほど拘束されて、ようやく解放された。かと思えば追い立てられるように、地下鉄に押し込まれた。棺桶じみた鉄の箱がいくつもつながって物凄い速度で疾走する地下鉄に、みんな興味津々だった。軌道庭園での移動手段といえば各階層をつなぐエレベータと自分の足だけだったから、ただ座っているだけでどこかに連れて行かれるというのは少しばかり不安を覚える。

そんな不安も、数分もせず眠気に塗り潰された。いつもなら夢も見ずに眠っている時間なんだから、式典の間だけでも眠らなかったことを褒めて欲しい。

仲間に足先を蹴られて目覚めたら、終着駅だった。地下鉄という名の列車に乗って来たのに、この駅は地上にある。

寝惚け眼でふらつきながら車両を降りれば、駅舎の窓の向こうに大きな円形だったり球形だったりするアンテナ群と、見慣れた〈トニトゥルス〉が鎮座していた。でもたった一基きりだ。太い電源ケーブルだってない。役立たずの置物だ。それを自覚しているのか、あちこちに錆を浮かせたそいつは肩身が狭そうにしていた。

空は鈍い灰色をしている。雲は擬似大地よりずっと高い位置にあるのに、霞んだ大気が撃つべき星を隠していた。夜になっても、星なんて見えそうにもなかった。軌道庭園の地下区画を照らしていた電光よりも弱々しく、雲越しの太陽が存在を主張している。

ボクらは孤独な〈トニトゥルス〉の輪郭を横目に連絡通路を歩いて、隣接する『流星歴史記念館』へと向かう。星が地球に降ってくるようになった経緯とか星を迎撃するために各国が開発したシステムなんかを一般人に紹介する施設だ。外にある〈トニトゥルス〉は、展示物の一つらしい。

ボクらは眠気で脚が上がらない仲間に肩を貸し合って、ようやく施設のエントランスまで辿りつく。地球に避難した〈スナイパー〉たちは、ここの簡易宿泊所をねぐらにしていた。早く、一秒でも早く、ベッドに潜りこんで眠りたかった。

でも一度に十五人も呑み込めないエレベータは、ボクを含めた半分の〈スナイパー〉を残して薄情にも口を閉じる。豪奢な照明を吊るしていたやつとは違ってこっちの箱はワイヤーに信用がないって理由だから改善策がない。

熱っぽい額の傷に触れながら壁に凭れて、エレベータが戻ってくるのを待つ。

いつものボクらなら眠っている時間だというのに、施設には人が溢れていた。『記念館』と名乗っているけれど、本業は宇宙に散る流星たちの動きを二十四時間体制で警戒しているのだという。ボクらが狙撃時にもらっていたデータの何割かは、地球にあるこういう施設から送られていたものだ。

キンッと高い音を立てて到着を知らせたエレベータに乗り込もうとして、ドアから出てきた男とぶつかりかけた。この施設に似合わないスーツとネクタイ姿だ。まあ、今のボクだって似たような格好だから人のことを言えた義理じゃない。ボクとお揃いのバッヂが視界の端に引っかかった。

お互いに半歩ずれてすれ違ってから、あれ？　って顔で立ち止まる。

「乗らねぇの？」

先に乗り込んだ仲間の声に、男に顔を向けたまま「ああ、うん」と頷いた。

「先に、下りてて」

　エレベータのドアが重たく閉じる。

「神条?」いま一つ自信が持てず、首を傾げたまま男の名前を呼ぶ。いつもより髪が整っていて、きっちりとした服を着ただけなのに別人みたいだ。

「霧原、か?」スーツの男も首を傾げて、さらに片方の眉だけを跳ね上げて、やっぱり疑問形で言った。

「なんだ、その顔」

「何、その格好?」

　二人して似たようなセリフをハモってしまって、同時に吹き出す。

「好きで着てるわけじゃない」と神条が、「勝手にされたんだ」とボクが言って、今度は二人ともが苦い顔になった。

　ボクは神条の胸に垂れている紺色のネクタイを引っ張ってやる。彼も、物珍しそうにボクの髪先を抓む。

「自分でやったのか?」

「まさか。ハヤトだよ。指示したのは水野じゃないかな」

「別人みたいだ」

「神条だって、知らない誰かみたいだ」神条のネクタイを指先で弾いて、手放す。「その格好で、これから何をいじろうっていうの?」

「帰って寝るんだよ」彼は濃くなった目元のクマを、オイルの染み込んだ指で押さえる。「ここには書類を提出しに来ただけだ。お前は？」

「ボクも」靴底で床を打って、エレベータが潜っていった下層を示す。「帰って眠るんだよ。眠くて仕方ない」

「なんだってお偉方ってのは、自分たちのタイムテーブルで他人を呼び出すんだろうな」

「まったくだよ」ボクは頷く。そして首を傾げた。「あれ？　書類提出だけじゃないの？　呼び出しって、説教？」

「まさか。ガキじゃあるまいし。記者会見だ」

「記者会見って？」

「〈スナイパー〉が犠牲になった件とか、俺たちの退避のタイミングの是非についてとか」

神条は欠伸を噛み殺しながら言った。眼尻に涙が浮かんでいる。「要は吊るし上げられてきたんだよ、整備主任と二人でな。説明責任ってやつだ」

「災難だったね。君たちはよくやってくれたのに……何も知らない連中が勝手を言うんだ。気にしないほうがいい」

「別に気にしちゃない。それに」神条は視線を床に向けた。「全員を助けられなかったのは事実だ」

そっと彼の指先に触れる。巨大な〈トニトゥルス〉からボクの機械の眼球までを扱う、繊細な手だ。脱出ポッドで触れたきりの、二週間ぶりの彼の体温だった。

「神条は、ボクを助けてくれた」

それでじゅうぶんだよ、と囁いた。でもたぶん、神条には伝わっていない。それでいい。

ボクは浅く息を吐いて、苦笑を作る。

「おかげでボクはとてつもない早起きを強要された挙句、こんな格好までさせられてるわけだけど」

はっ、と鼻を鳴らして、神条は自分のネクタイを肩の上へと払った。笑みを刻んだ神条の唇が、「まあ」といつもと同じ皮肉な声音を発する。

「いい経験だと思っておけよ。お前、こういう機会でもないと化粧なんざしないだろ」

「しないけど……これ、顔がべたべたして気持ち悪いんだよ」

歪めた頬を掻こうとしたら、神条に手を握られた。彼は呆れたようにも疲れたようにも見える顔で、ボクの胸をつつく。

仲間半分の死と引き換えに式典でもらった重たいメダルが揺れた。

「勲章をもらうには、それなりの儀式が必要になるんだよ」

「ちょうだい、なんて言った覚えはないよ。これ、なんの役に立つの？」

「ただの飾り」神条は即答した。「重いだけが取り柄だから文鎮にでも……ああ、いや、〈スナイパー〉は書類仕事にゃ縁がないんだったか」

「じゃあ神条にあげるよ」

「いや、待て」

彼は焦った顔で、リボンに掛けたボクの手を摑んだ。おかげで両手を塞がれて、まるで神条と取っ組み合いの喧嘩をしようとしているみたいな格好になる。

「んなことしたらお前も俺も半分犯罪者だろうが」

「そうなの？」

「そうだ」

「ただの文鎮なのに？」

「俺の喩えが悪かった。なんの役にも立たんが、おいそれと他人にやるモンでもない」

「ふうん」興味を失ったボクはゆるやかに神条から両腕を取り戻して、エレベータを呼ぶ。

神条もまた、「じゃあな」と踵を返して施設の奥へと消えていく。駅とは逆の方向だったから、仕事中毒の彼はまだ眠れないようだ。

そういえば神条は今、どこに住んでいるんだろう、と考える。ボクの〈ライフル〉もヘッドフォンも、せっかく彼に調整してもらったグローブさえも壊れる軌道庭園に置いて来てしまった。今ごろ宇宙を漂うゴミに紛れてしまったか、地球へ突入した流星の破片とともに大気圏で燃え尽きてしまっただろう。

ボクの奢りで飲みに行こうと言ったあの日の約束も、まだ果たされていない。

それを思い出したのはエレベータに乗ってからだった。ボクと神条とはすでに地下と地上とに隔てられてしまっている。

どうやって彼に会いに行けばいいんだろう、とボクは〈スナイパー〉になってから初めて、ボクの整備工との距離感に戸惑う。

〈9〉

耳鳴りで目が覚めた。星を撃つ前、〈トニトゥルス〉の電磁波がヘッドフォンに干渉して鳴らす、人工的なやつだ。神条がボクの担当整備工になってからは久しくなかったことだけに対処方法が思い出せず、途方に暮れて〈トニトゥルス〉を仰ぐ。

でも、まつ毛の先には星の一粒だってなかった。のっぺりとした灰白色の天井がボクを押し潰そうとチャンスを窺っている。

ジィーとまた、耳鳴りがした。いや、これは干渉音じゃない。ボクはヘッドフォンを着けていないし、何よりも音源が離れている。

寝返りを打ちながら、音源を考える。火災警報、ガス漏れ。まさか目覚まし時計ってことはないだろう、とごわごわとしたベッドの上で体を捻って、頭の上にあるサイドボードを見る。一七五七時、軌道庭園で星を撃っていたころなら、確実に遅刻する時間だ。

起き上がって、ベッドの脚の長さを意識しながら床を踏む。軌道庭園の自室では床に直接ベッドマットを置いていたけれど、この部屋には初めから膝くらいの高さを持つベッドが居座っていた。正直、心安らかには眠れない。

いつものくせで、テレビをつけた。変な時間に眠ったからか、少し熱っぽい。生欠伸を噛み殺したところでようやく、ディスプレイが四人のコメンテーターを映し出した。ここのテレビは愚鈍だ。

また音がした。今度は暗く湿っぽい廊下の奥に嵌っているドアまで、ごとごとと暴れている。どうやらあの音は、来訪者を告げるブザーだったらしい。

大股な四歩で玄関の三和土《たたき》に到達する。鍵はかけていなかったから、その勢いのまま扉を押し開けた。

「うおっ！」と男の悲鳴が扉の脇であがる。

廊下に、目を丸くした神条がいた。まだスーツ姿で、けれどネクタイは外している。若干腰が引けているのは、ボクが誰何《すいか》もなく扉を開けたせいだろう。

「びっくりした」と素直に言えば、「こっちのセリフだ」とバツが悪そうに神条が応えてくれる。

「いきなり開ける奴があるか」

「ごめん、ごめん。随分待たせた気がしたからさ」

焦っちゃって、とボクは神条を部屋に招き入れるために扉を大きく開いて、体を斜めにする。それなのに、彼は入ってこなかった。俯いて、部屋と廊下との境界線よろしく床に埋め込まれた鉄扉の枠組みを靴先で叩く。見慣れない大きな革靴が、星を撃つ高エネルギー兵器の色に光っていた。〈トニトゥルス〉の黒だ。

「……お前、その格好で寝てたのか？」

ボクは自分の格好を見下ろす。上着は脱いでいたけれど、白い開襟シャツと黒いパンツはそのままだ。白靴下の片方がくるぶしまで下がっていた。

踵で白靴下を引き上げながら、他人のことを言えた義理でもなさそうな神条の開襟シャツを横目に見る。上着の襟からは、星と光線を刻んだバッヂが消えていた。

「帰りついてからの記憶があやふやだから、たぶん眠気に負けたんだよ。そういう君だって、上で会ったときと同じ格好じゃないか」

「俺は帰り損ねたんだよ」

「災難続きだね」

「まったくな」

神条はようやく廊下からボクの部屋へと入ってきた。でも一歩だけ。靴を脱がずに、壁に凭れる。ボクの真新しい革靴と汚れたスニーカーの前で、彼の足はいっそう〈トニトゥルス〉を彷彿とさせた。

大人の、男の足だ。

ボクは白靴下に包まれたつま先で神条の革靴を撫でてみる。

「汚れるぞ」

「ボクが？」

「革靴、墨がつく」

「へえ？」物珍しくて足の裏を覗いたけれど、墨の色はわからなかった。もっと強く擦らないと、彼の色はボクに移ってくれないらしい。

そんなことより、と神条は唇の端で笑った。

「飯食ったか？」

「まだだよ。君と別れてすぐ眠って、それっきり。一分前まで平和に寝てたんだ」

「化粧も落とさずに？」

「……何か特別な手続きが必要なの？」

虚をつかれた表情で神条は瞬きをして、いやに長い溜息を吐いた。芝居がかった仕種で額に指を当てた神条にむっとして、ボクは「化粧なんて」と声を低める。

「〈スナイパー〉には必要ない」

「ああ、そうだな」苦笑の合間から応じて、神条は肩を竦める。「いいさ、あとで誰かに落としてもらえ」

誰かって誰だろう、と考えたけれど、候補は一人しか浮かばなかった。ハヤトに頼むのはなんとなく癪だけど、他に頼る相手のいないボクはしぶしぶの態で頷く。

「お前、この後の予定は？　出られるか？」

「地球に落ちてからずっとボクたちは休業中だって、知ってるだろ？」

ボクは部屋に引き返してベッドの足元でくたばっていた上着を拾う。内ポケットに支給品の財布が入っているのを確認しながら、首を伸ばして玄関へ「君も」と声を投げる。

「休みなの？」

上着の袖を通して、数秒考えてから星を穿つ光線のバッヂを外す。ついでにテレビの電源も切る。〈スナイパー〉を削減して無人迎撃艦を増やすべきだ、と主張していたコメンテーターが速やかに姿を消した。彼らのバカな主張はうんざりだけど、この潔さは嫌いじゃない。

上着のボタンを留めながら玄関にとって返すと、神条がポケットから小さくたたまれたネクタイを取り出すところだった。

「お前が撃たないのに、俺の仕事があるわけないだろう」

「いつ撃てるの？」

「さあ？　そういやお前、地球と軌道エレベータの頂上と、どっちで撃ちたい？」

「どっちでもいいよ。早く復帰できるほう」

撃てるなら、どっちでもいい。それはたぶん、〈スナイパー〉全員の共通意見だろう。

「本当に、お前は星ばっかりだな」

神条は吐息で笑って、うっかり自分の首ごと締めるんじゃないかと危惧するくらいの素早さで、ネクタイを襟に回す。細い布はそれ自体が生きているように神条の指の間を滑って、首元にきれいな逆三角形を作って、垂れた。

器用な男だとは知っていたけれど、その器用さが機械以外にも向けられるとは想像もしていなかった。彼の手つきに見惚《みと》れていたことを悟られないように、俯き気味で靴を突っかける。もちろん履きなれたスニーカーじゃなくて、硬い革靴のほうだ。

ボクらは連れ立って長い廊下を抜け、エレベータホールへと出る。ワイヤーの信頼度が足りないエレベータで一度地上階に上がってから、地下鉄を使って移動することになった。

ぱらぱらと人影はあるけれど、静かな駅だ。みんな額に傷がない。眼球も薄闇色に沈んでいる。たぶん、技官なんだろう。

駅舎の窓からは〈トニトゥルス〉が窺える。電力も整備工も与えられていないそれの背後には、薄紫色の分厚い雲で潰れた空が広がっている。

ここがどこだか定かにはわからないし、これからどこへ行くのかもわからない。周りにいるのは見ず知らずの技官ばかりで、星だって見えない。少し心細くなる。

この惑星を守って星を撃っていたはずなのに、地表はどこまでもボクに他人の顔をする。

「神条」と呟いた声が、仔猫じみた細さだったことに驚いた。おまけにボクの指先は、髪をいじっていた。〈スナイパー〉である証の傷痕を隠すように、左手がボクに無断で短い前髪を引っ張っている。

自分の行動に、愕然とした。まるで〈スナイパー〉であることを周囲に隠したがっているみたいだ。そんな星に対する裏切り行為を、ボクがするなんて。

大慌てで髪を離した手が、震えていた。眼球が痙攣しているだけなのかもしれない。地球に落ちてから二週間も、神条のメンテナンスを受けていないせいだ。毎朝強制的に受けさせられる診察は、マニュアル通りのおざなりなものだった。

中途半端な位置で硬直していたボクの指先が、温かいものに包まれた。神条の手だ。彼は地下鉄の穴を睨んだまま、ボクの手を握って、下ろす。

彼に従って手を垂れた。それでも彼はボクを離さない。迷子の二人連れよろしく手をつないだままだ。

ややあって、「お前」と神条が戸惑いがちに声を発した。

「体調、悪いのか?」

眼の調子、ではなく体調を問われたことに動揺して、「え、ああ、うん」とバカ正直に頷いてしまった。

「少し……気持ち悪い」

「寝不足か?」

「そうなのかな? 寝てても起きてても、なんだかすっきりしないんだ」

白状したところで、そのせいか、と納得が湧いてきた。ボクのこの、〈スナイパー〉としては最低の行動も、体調がよくないせいだ。体の不調が心のバランスを崩し、何かに縋りたがっているのだ。手が伸びた先がたまたま髪だっただけで、決して〈スナイパー〉の証を隠そうとしていたわけじゃない。そう、自分を納得させる。

「医者には?」

「毎朝、眼の検査を受けさせられてるよ。異常なし」

「いや、眼じゃなくてだな」

「同じことだよ。なんかこう……」ボクは神条とつないでいないほうの手を開いて、水平にしてから左右に振る。「平衡感覚が鈍ってるっていうか、自分が何階層にいるかわからなくなるっていうか」

　もちろん階層という概念は軌道庭園にいたころのものだ。地球では、ボクらが寝泊まりする施設の地下がせいぜいだった。地球の都市の大半は地下に埋まっているときいていただけに、拍子抜けもいいところだ。

　でも神条にはその説明で伝わったらしい。「ああ」と彼は得心顔で何度も頷いた。

「地球酔いか」

「……何酔い？」

「地球酔い」神条は、やっぱりボクとつないでいないほうの人差し指を立てて、くるりと回す。「地球の自転速度に体が慣れてないんだ。地球の自転なんて見た目や体感にゃわからん領域だが、三半規管が敏感な奴はきっちり反応する。正常な体調不良だよ」

　正常だと言われても、常にそこはかとない眩暈につきまとわれている今の状態が異常なんだから、はい、わかりました、とはいかない。

「治るの？」

「体が馴染めばな」

「……どれくらいかかるの？」

「そりゃ個人差があるから何とも」

　随分と無責任な解答じゃないか、と文句を言おうと息を吸ったところで、ふぉん、と底なし穴から地下鉄の鼻息が響いてきた。文句を引っ込めて、近付く地下鉄の顔を覗き込む。

神条が、強い力でボクの手を握り直す。まるでボクが地下鉄の前に身を投げやしないかと警戒しているようだ。地下鉄見たさに飛び出すとでも思ったのだろうか。だとすれば彼は、相当子ども扱いしている。

彼の手を握り直しながら、近付く地下鉄の騒音の中でそっと言葉を紡ぐ。

「君の、せいだ」と。

地球の自転速度よりずっと鈍間な地下鉄が、甲高いブレーキ音でボクの責任転嫁をかき消してくれる。

「お前は」と神条の唇が動いたのを、視覚だけで聞く。

「星が見えないと、いつも不安そうだ」

ボクは、答えなかった。俯いて、兄弟みたいなボクと神条の革靴の先を睨んで、〈スナイパー〉の右手に集中する。集中、しようとする。

でも意識はボクを裏切って、簡単に神条の熱に引っ張られる。左の掌が汗ばんでいた。神条の手も、たぶん汗に濡れている。

唇を開いた。喉が震える。でも声は出ない。

星の見えない場所にいる今のボクは、〈スナイパー〉なんだろうか？〈スナイパー〉なら、整備工に触れても赦される。星たちに、赦してもらえる。けれど、もう二週間も星に逢っていない。撃っていない。愛して、いない。

ボクが神条に触れるのは、彼がボクの整備工で、彼なくしてはボクが〈スナイパー〉たり得ないからで、そう、だから縋るように彼の手を握っているのは、まだ〈スナイパー〉であり続けたいことの証明なのだ。

そう自分に言い聞かせるボクの首を刎ねたそうに、地下鉄がボクらの前に滑り込んだ。


二十二番駅で降りた。ここは噂にきいていた通り、地中を掘って造られた町だという。

ボクが寝泊まりしている観測施設の地下とは違って、空があった。もちろん雲と陽光を投影しているだけの、天井だ。駅舎のどこにも窓が見当たらないのは、ここがすでに地下八十メートルだからだ、と神条が教えてくれた。

駅舎を出ても、まだ頭上には人工の空が広がっていた。足元にも、恐ろしく複雑で色とりどりのタイルで構成された道が延びている。軌道庭園の擬似大地に雨が降った日に、ハヤトが差していた傘を彷彿とさせる。軌道庭園で擬似大地に出る特権を有している証明だ、と彼女が自慢していた傘も、今となっては宇宙のゴミがせいぜいだろう。

天井の低さでいえばボクが住んでいた軌道庭園の六階層と似ている。けれどここでは、町の終点が見えなかった。人工の空だって、本物よろしく永遠に続いているような錯覚を抱く。

「大きいね」

「無駄なデカさだな。向こうのほうが」神条の人差し指が頭上を――はるかな宇宙で残骸となってしまった軌道庭園を示す。「建物が整然としてた分、面積当りの収容可能人数ははるかに上だ」

「でもここ、空が広いじゃないか」

「そりゃ、この町の終りにある壁が、空と同じ色になるように設定されてるからだ。単なる錯視だよ」

「壁に、空を映すの？」

「この町は平面構造だからな」

神条は掌を水平にしてボクの顔の前に差し出すと、そのままずっと奥、カラフルな道が吸い込まれていく町へと伸ばした。

「壁が壁として認識できると、人間は自分が閉じ込められていることに気付いてストレスを感じる。宇宙とはコンセプトが違うんだ。ここは人間が快適に、まだ広大な地上で生活できているんだと思い込みながら生活できるように、設計されてる」

一通り説明してくれた神条は、ふと何かに気づいたように歩調を緩めて、片眉を寄せる。

「地球を守ってる俺たちが効率重視の軌道庭園に閉じ込められてたのに、守られてる側が快適さを追求した町に住んでるってのは、理不尽だよな」

「神条も地上の、こういう派手な町に住みたいの？」

「へ？」と間抜けな声が応えた。ボクも「え？」と見上げる。唇を半開きにした神条がボクを見下ろしていた。

「いや、そういう意味で言ったわけじゃ……」神条は道のタイルに視線を落とす。「まあ、お前が守ってるなら地球にいようが宙にいようが、大差はない」

神条は〈スナイパー〉としてのボクを高く評価してくれている。その事実が嬉しくて、神条の三歩前まで出る。つないだままの手が、ボクらをひと塊に保ってくれた。

道の左右に並ぶ建物は三角形の屋根を被っていたり丸い窓が嵌っていたりと、子供向け絵本を再現したようだ。こんなに空間を無駄にした建造物は、軌道庭園には存在しなかった。これが神条の憧れる快適さというやつなのだろう。

どれもが珍しくて、ボクはあちこちに視線を巡らせる。前なんてほとんど見ていなかった。神条がボクの手を離していたら、すぐに迷子になっていただろう。

神条は、道の色合いや建物群と比べれば幾分落ち着いた、レンガ造りの小ぢんまりとした建物の前にボクを導いた。小さいといっても、入口はボクのアパートの扉より二周りほど大きい。

神条は扉を開くと、何を思ったのか扉を支えて体を斜めにした。黄昏時に似た薄暗い店内が、彼の脇からボクを手招いている。

「レディー・ファースト」と神条が片眉を上げておどけたので、睨んでやった。それは捕虜にとった敵兵の解放順を示す言葉だ。ボクだって伊達に、地球の兵士からライフルの扱いを習ったわけじゃない。

神条は平然とボクの視線を往なすと、ボクの肩を抱いて店内へと押しやった。

彼の手を振り払おうとしたのに、ちょうど店の奥から老人が出てきたからタイミングを逸する。神条に肩を支えられたまま、背筋を伸ばすしかない。

痩せ細った老紳士だった。子供を食べる魔法使いみたいな鈎鼻に丸メガネが引っかかっている。どちらも初等教育で文字を学習する際に配られた絵本でしか見たことがないものだ。「いらっしゃい」老人は前歯の隙間から空気を逃がした不明瞭な発音だ。「今回は来てくれないのかと思ってたよ」

店内の照明が薄暗いから老人にはボクの眼も額の傷も見えてないんだ。そうじゃなきゃこんな笑い方はしない。そう思ったのに。

「やあ、お嬢さん。がんばってくれてありがとうねぇ。星はまだ、きれいかい？」

伸ばされた老人の、節だらけの指を避け損ねた。老人の眼が、ボクと同じ色をしていたからだ。虹彩が白く光る、青い眼。どうしてこんなに老いた人がそれを装備しているんだろう。

ボクの頭を一撫でした老人は、次いでボクの右手を両手で包む。

声もなくボクは、不躾にも老人のやつれた前髪に左手を伸ばす。枯れた芝みたいな手触りの白髪の下、額の傷痕は、皺に埋没していてわからなかった。けれど細められた眼が美しく強い、青だ。

「あなたも、〈スナイパー〉……」

〈スナイパー〉なのか、と問うべきなのか、〈スナイパー〉だったのか、と言うべきなのかわからず、ボクは曖昧に言葉を切る。

老人の眼が、機械の瞳孔が、薄暗い店内にいるにしては絞られ過ぎていた。ボクの眼の輝きを捉えられても、ボクの容貌までは見えていないだろうと見当をつける。

老人はボクの躊躇すら柔らかい笑みで受け止めて、頷いてくれた。

「もう、星をみることはできないけれど、あんたの眼の色くらいはわかるよ」老人は分厚い丸メガネの奥で、ボクと同じ機械の眼を瞬かせる。「星と同じくらい、きれいな眼だ」

「腕のいい整備工に任せています」

応えてから、顔の半分だけで神条を振り返る。視野に入れたのは彼の脚だけだ。彼の前で彼を誉めるのは、なんだか恥ずかしい。

恥ずかしい？　そんな思考パターンが、〈スナイパー〉にあっただろうか？

老人は深く、何度も頷くと、両腕をボクの体に巻きつけた。服越しにも、老人の骨ばった体の細さが伝わってくる。それ以上に、老人の体温が皮膚に流れ込んでくる。

喉の奥に温かい飲み物を注がれたみたいだ。ほっとした。でも、同時にひどく息苦しくもなる。ボクらの生活には入っていない類《たぐい》の、たぶん優しさって呼ばれるものの温度だ。こんなに優しい老人が、もう星を愛することができないなんて、それはとても不幸なことだ。彼は星を撃てない寂寞感と、どう折り合いをつけたのだろう。

よかった、と老人がボクの肩口で囁く。

誰かからこんな風に温もりをもらったことなんてなかった。神条とボクはキスをするけれど、こんな抱擁を交わす仲じゃない。だから、どう返すことが正しいのかわからない。でも彼のシャツからは神条と同じ、アイロンの匂いがしている。

神条とこの老人は同じ生き物なのだ、と悟る。

星の見えないこの町で、ボクがどこか不安定な自分を感じているのだから、神条が整備工ではない彼自身を体内に飼っていたっておかしくはない。人間とは〈スナイパー〉より多くの感情を持つ生き物なのだから。整備工ではない部分の神条を集めれば、きっとこの老人のような優しい温もりになるのだろう。

〈スナイパー〉であるボクに、整備工ではない神条は必要ない。けれどこの町からは星が見えない。この町でなら、ボクは人間のフリをしたって赦される。そんな気がした。

ボクはそっと、老人の背中に腕をまわした。力を込めたら折れてしまうんじゃないかと危ぶむほど細い背骨が、ボクの掌を通して脳細胞を痺れさせた。

星々とは違う、脆さだ。〈トニトゥルス〉の火力なんかなくとも壊せてしまう、人間の柔《やわ》さを意識する。薄ら寒くなった。同じ背骨の細さが、神条にも内包されているのだろうか？触れて、確かめたい衝動が突き上げる。行動に移してしまわないように、老人の肩に口元を埋めて、唇を噛む。

星が見えない。たったそれだけのことで、ボクは〈スナイパー〉としての正常さを失いつつあった。

ボクらが案内されたのは店の一番奥、背の高い模造植物の陰になるテーブル席だった。老人に椅子を引いてもらって席に着くと、ろうそくの炎がボクらの間で眠たそうに踊っていた。メニューにはドリンクしか載っていなかった。神条がボクの鼻先で広げたメニューを揺らす。気を遣ってくれたんだろう。ボクらの眼は動くものを見ることに特化している。

でも、残念ながらメニューの文字はお洒落なデザインに崩されていて、正しく認識できなかった。外国の言葉かと思ったくらいだ。

「希望は？」神条の声はメニューの向こうからする。「シャンパン、ワインの赤、白……お前、地球酔いしてるんだったか。ノンアルコールのオレンジジュースにするか？」

「黒ビール」メニューも見ず、告げる。

「白ワイン、飲めるか？」

「知らないよ」

下唇をひと舐めして、顔を横に向ける。ボクが知るアルコールは、軌道庭園の地下二階のバーで給料日に口にする黒ビールだけだ。それだって神条の真似をして飲み始めたにすぎない。ボクがアルコールについての情報を持っていないことを、神条は知っているはずだ。それにもかかわらず彼はボクの意見を求めてくる。

「地球での君は、意地悪だ」

呟いたボクに、彼は反論もせず小さく唇を歪める。

片手を挙げてボーイを呼んだ神条は、勝手に長ったらしい名前の何かを注文した。黒ビールじゃないことだけはわかった。すぐにボトルが運ばれてくる。

グラスに注がれた透明な液体が、ろうそくの光を無数に宿してしゅわしゅわと細かい気泡を遊ばせている。

「ここは何？」

一礼したボーイが店の奥に消えるのを見送ってから、ボクは尋ねた。〈スナイパー〉があんなに長生きできるなんて、聞いたことがない。

「レストラン」

「そういうことじゃなくて」

わかっているはずなのに、神条はふふん、と鼻を鳴らして「あの爺さん」と店の奥へと顔を向ける。

「知り合いなんだ」

そんなことは見ていればわかる。どんな知り合いなのか、ってことが問題なのだ。ボクの疑問を理解しているはずなのに、神条はあえてはぐらかしている。

唇を薄く噛んで別の話題を探していたら、神条が失笑に近い息を吐いた。

「訊かないのか？」

はぐらかしたくせに、と詰《なじ》りたいのを我慢して、努めて冷静に振る舞う。

「……何を、訊けばいいの？」

「俺とあの爺さんがどんな関係か」

「それは」一瞬だけ、でも本当に物凄く迷ってから、口を開いた。「訊いてもいいことなの？」

「なんで？」神条が眼を瞬かせた。本気でボクの疑問が理解できない様子だ。

「だってそれは……君のプライベートに踏み込む話だろ？」

「今だってじゅうぶんプライベートだ」

「これは、この前の約束を履行しているだけだよね？　なら、仕事の範疇だ」

「約束？　いつの？」

「星がくる寸前の」

「ああ」と彼は頷いて、でもすぐに首を振った。「違う、そっちじゃない。っていうかお前、仕事終りに飲みに行くのも仕事の一環だと思ってたのか？　さすがに傷つくぞ」

ボクは彼の愚痴を無視して「じゃあどっち？」とテーブルの端を睨む。他に彼と出かける約束なんてない。

「お前と俺と、ついでに仲間たちの生還祝いだ」

「君と、二人きりで？」

「俺の財布は仲間全員を食事に誘えるほどのキャパがない」

「みんな、自分の食事代くらい自分で払うよ」吹き出してから、「ああ、でも」と続ける。

「〈スナイパー〉はみんな食事に興味がないから、誘ってもこないかも」

「お前は？」

「ボクだって、君とじゃなきゃ食事なんかに興味を持たないよ」

「なら、祝いには何がよかった？」

咄嗟に空気を吸い込んで、でもそれが言葉になる寸前で呑みこんだ。何かとんでもないことを言ってしまいそうな予感があった。まるでボクがボクの制御から離れていくみたいだ。理性が戻るまで、浅い呼吸を数回数えた。今度はきちんと自分の意思で、間違えないように口を動かす。

「星が撃てるなら、それでいい。何も要らない。早く、勤務に戻りたい」

神条は声もなく笑った。彼の細い息が「お前らしいな」と紡ぐ。

ボクらしいってことは、〈スナイパー〉として正しい回答をしたってことだ。

ほっとして、グラスをとる。透明な、少し黄色がかっている液体が細い泡を立てている。何か言うべきだろうか？　とちょっと悩んで、掲げたグラス越しに神条の影を見る。

結局、無言で互いのグラスをキスさせた。いつもボクらのキスに言葉はない。それでいいのに、それがいいのに、代理人気取りのグラスが澄んだ高音で鳴いた。

初めて飲む液体は、少し酸っぱかった。でも嫌な感じじゃない。舌の両端に酸味が走って、喉に抜ける仄かな甘さがおいしいと思う。グラスの半分くらいまで飲んだところで大きな皿が運ばれてきた。そのくせ載せられている料理はほんの少しだ。皿の余白ばかりが目立っている。

「神条」と皿の両側に並ぶ、バカみたいにたくさんのフォークとナイフに呼びかける。

「ん？」と彼が喉で小さく笑いを噛み殺したのを、聞き逃さなかった。

何が祝いだ。嫌がらせじゃないか。舌打ちを耐えて上目で彼を見る。

やっぱり彼は、笑っていた。組んだ手の上に顎を置いているのは、ボクを観察して遊ぶ気だというアピールだろう。

「三つ」

「なんだ？」

「マナーがわからない」

「ナイフとフォークは外から順に使うと料理にあった種類がとれるようになってる。一皿に一セット。後は食いたいように食えばいい」

神条は指を一本立てた。きっちり三つを数える気らしい。

やけに大きな皿の中央で身を縮めている料理を凝視する。緑色の葉っぱや薄いオレンジ色のつやつやとしたものが複雑に絡まりあっている。

「これは何？」

「サーモンのサラダ」

「ちょっとストップ」上がりかけていた神条の、二本目の指を慌ててつかむ。「サーモンって何？」

「魚の種類」

「魚って……あの、水の中を泳ぐやつ？　毒の海の？　まさか、本物？」

「あの、泳ぐやつだな」神条は両手を肩幅より大きく広げた。「これくらいの大きさの、白身魚だ。残念ながらこいつは完全養殖なんで、毒の海出身じゃない。サーモン、見たことあるか？」

あるはずがない。宇宙に生息している生き物は人間と、人間が連れ込んだ犬や猫や見た目が可愛い小動物、あとは人間の生活に寄生する虫たちがせいぜいだ。水だって人間の生活に必要な量を、それも使用済みのものすら濾過と浄化を繰り返して、なんとか確保している。魚を泳がせておく余裕なんてない。

第一、〈スナイパー〉は魚の生態なんかに興味をもたない。

足を伸ばして、神条の脛を蹴り飛ばしてやる。長いテーブルクロスがボクの蛮行を隠してくれているはずなので、遠慮はしなかった。でも神条はなんでもない風を装っている。

「安心しろ、この店で偽物は出ない」

そんなことを心配して彼の指を封じたわけじゃないし、これまで合成物ばかりを食していたボクがそんなことを気にかけるはずもない。問題はもっと即物的だ。

「これ、いくらするんだ」

「俺の奢りだから、気にするな。生還祝いだって言っただろ」

「お互いの生還祝いなら、平等に支払いを持つべきだ。こんな高いもの」

「別にここは超高級店ってわけじゃない」

「そういう問題じゃない。君に奢られる理由なんかない」

ボクはテーブルに肘をついて神条に詰め寄った。

なのに、彼は挑発的に笑う。

「あるさ」

神条は手を引いた。彼の指をつかんだままのボクも、引き寄せられる。彼は面白そうに唇を解いて、ボクの指先を嚙んだ。

咄嗟に手を離した。すかさず神条が二本目の指を立てた。さらにもう一本。

「俺は整備工として最高の仕事をした。ここの料理は、俺の働きに見合う金額だ」

自分で最高とか言うな、という悪態は封じておく。確かに〈トニトゥルス〉ごと隔壁の下に沈んだとき、彼が迎えにきてくれていなければ、ボクの名前も今日の式典で挙げられた犠牲者欄に連なっていた。

急に、部屋のどこかに捨て置いたメダルの重たさが脳裏をよぎる。

「でも……それは神条一人が支払う理由にはならない」

「なるさ」

「ならないよ。君の理論はわからない」

「わからなくていい」

「ボクは、君が調整してくれたグローブも〈ライフル〉も、宇宙に置いてきた」

「お前が助かってる。それでじゅうぶんだ」

「なら、助けられたボクが奢るべきだ」

「そこは誘った俺が持つのがマナーってもんだろ」

「なら、一人で来るべきだったんだ」

「やめてくれ」心底うんざりとした様子で、神条は顔の前で掌を翻した。「この店に一人で客として入れる程、俺の神経は太くない」

「店主と知り合いなんだろ?」

「客として来る仲じゃない」

「じゃあ、前に客として入ったときは別の誰かと来たんだ」

「そっちは突っ込むな」

神条は拗ねたように唇を歪めるとナイフとフォークをとった。一番端っこのやつだ。彼の手順を見逃すと一生目の前の皿が片付かない気がしたから、ボクも慌てて彼を真似る。

料理はとてもおいしかった。パイに包まれた白く濁ったスープや、丸いお菓子みたいな形をしているのに歯ごたえのある貝、元の生物が想像できないブロック肉も。全部初めて口にする味だったけれど素晴らしい料理だとわかった。いつもの、ただエネルギーを補給するだけの食事とは全然違う。噛むって行為がこんなに楽しいなんて思わなかった。

デザートに小さなケーキの家とコーヒーが出てきたときになって、ようやく神条とほとんど会話をしていないことに気付いた。

急に恥ずかしくなる。何かにこんなに夢中になった記憶はない。星を撃つときだって視界の端で次の目標を求める余裕くらいあるのに。

チョコレートの屋根をフォークでつつきながら、そっと神条を窺った。

怒っているかもしれない、と思ったのに彼は微笑んでいた。いつもの片頬だけを歪める笑い方じゃない。初めて見る、喉の奥がむず痒くなるような表情だ。店内の温かさに融けて、消えてしまうんじゃないかと不安が押し寄せる。

　この店に来てから、いや、地球に落ちてからなにもかもが初めての経験だ。これは〈スナイパー〉にとって不要なことなんじゃないか、と自問してみる。

　神条から視線を逸らして、でも見るべき方向もわからなくて、薄暗い店内へと顔を向けた。ボクら以外に二組の客がいたけど、老人の姿はなかった。

「飲み足りないか？」とすかさず神条がボクの視線の意味を拾ってくれようとする。

「違う」と言いたかったのに、ボクの喉は空気を通すことを拒否したみたいに音を生み出さなかった。首を振る。

「おとなしいな、霧原」

「慣れてないんだ」

「何に？」彼はフォークの先で家の屋根を剝がしながら、今度はいつも通りの、困っているような歪んだ笑みを作る。「食材、料理、店、雰囲気」彼は次々に列挙して、ふっと何かを思いついたみたいに呼吸を逃がしてから、「俺」と付け加えた。

　彼の呼吸に何かを感じて、だからこそ深く探らないように自制して「全部」と答える。

　ちょっと素っ気なかったかもしれないけど、彼は気にしていないみたいだった。いやにご機嫌なフォークさばきでピンク色の家を崩して口に運んでいる。

　不意にハヤトの爪を思い出す。仄かな恥じらいを匂わせる、女であることを誇る色だ。あの細い指や手や腕で、彼女は彼とどんな『家庭』を作っていたんだろう？

神条を真似て家の屋根を剝がしたのに、ボクの家は星の直撃を受けたみたいにぐしゃりと潰れてしまった。

星に愛されたいと願っていた。星に撃ち貫かれる最期を夢見ていた。実際に星を受け止めた家なんて見たことはなかったけれど潰れたケーキを目にした途端に、こんな感じだろう、と根拠もなく確信してしまった。ケーキもボクも、ひどく無様《ぶざま》だ。

「ねえ」

「ん？」

「うん……」

言いよどめば、神条が手を止めた。ケーキを突き刺したままのフォークを片手に、口を半開きにしている。

「霧原？」

「うん」と神条の促しに呻いて、「あのさ」とフォークの先を噛む。冷たい味が歯から顎の傷痕へと沁みた。

「家庭って、どんなものなの？」

「はあ？」神条は頓狂な声を上げて目を剝き、眇《すが》める。「あいつに何か言われたのか？」

「あいつって？」

本当は誰のことかなんてわかっているし、わかっていて訊いているボクを、神条だってわかっている。

案の定、神条は眉間に皺を刻んで沈黙した。互いに黙ったまま三秒。

ボクはピンク色のスポンジをほじって、口に入れる。崩れていても、優しい甘さを湛えていた。神条が作っていた家庭もこんな味だったのだろうか。

「吉田」

「え？」初めて耳にする名前に、今度はボクが妙な声を出してしまう。「吉田って？」

「吉田ハヤト、こないだ配属されてきた女。違うのか？」

「神条ハヤトじゃないの？」

「しばくぞ」

即答は、本気の声音だった。ボクは純粋な疑問を引っ込めるしかなくなる。

そういえば、結婚したら苗字を変更できるんだっけ？　ボクには一生縁のない話だから本当にわからなかったんだ。

コーヒーカップに手を伸ばす。黒くて艶やかな液面がどんよりと回った。なんだか今のボクに似ている、と思ってから、どこが似ていると思ったんだろう？　と首を傾げる。おいしい料理を食べて上機嫌であるはずのボクは、少なくともこんなに重たい色じゃないはずだ。

口に含むと少し焦げた香りがした。脳天に抜ける苦さと舌に停滞する酸味がケーキの家の残滓を押し流して、現実へと引き戻してくれる。

「で？　なんの嫌がらせだ」と神条がため息と一緒に言葉を吐いた。

「ハヤトの苗字なんて、本当に知らなかったんだ」

「そっちじゃない。なんでいきなり家庭なんて単語が出てくる？」

「純粋な疑問だよ」

「拷問、の間違いだろう」

神条はコーヒーカップを両手で包むと液体に顔を向けた。眉が物凄く機嫌の悪いときの角度だ。

「『家庭』の話題はダメ？　君がいやなら、しない」

「いやっていうか……」神条はカップの縁を額につける。「質問の意図がわからん」

「この前、ハヤトがウチに来たんだ。あ、軌道庭園《アレナ》のほうの」

「いつ？」

神条は勢いよくカップから顔を上げた。彼の黒い瞳の中でろうそくがふわりと移ろうさまは美しい、と思う。

「こないだの給料日だよ。家庭訪問って仕事らしいけど、ボクの部屋に『家庭』があると思う？」

少し待っても彼が黙ったままだったから仕方なく、勝手に続ける。

「ハヤトは、ボクを査定するのが仕事なんだって。世論が〈スナイパー〉削減に傾いてるのは知ってる。ボクは〈スナイパー〉でいたい。だからできるだけハヤトの見たいものを見せて、評価を得たい。この眼以外なら、見せるべきだと思う。でもなにを見せればいいのか、わからない」

瞼に触れる。薄暗い店内に順応してレンズを開いている機械仕掛けの青い眼は、たぶん虹彩が白く光っているはずだ。

神条は黙ってカップを持つ手を揺らす。彼の大きな手の中でコーヒーはどんな波紋を描いて踊っているんだろう、と想像する。

ややあって、「実質」と神条が口を開いた。カップに口元を埋めているから少しくぐもって聞こえる。

「あいつと一緒に暮らしてた期間なんざ一年以下だし、三年も前に別れてる。こないだ再会したときに、まだ届が出てないって知ったくらいだぞ」

「どうして別れたの？」

「性格の不一致」

「じゃあ、なんで結婚したの？」

「…………」三度、神条は短く瞬きをした。「まあ……いろいろと」

「いろいろ、何？」

「いろいろ……制度が、便利で……」

「結婚しないと使えない制度があるの？」

「主に給与と住宅手当の面で優遇されるんだ。配偶者控除とか扶養手当とか……。とにかく、あのころは自前で機材を揃えたせいでカツカツだったんだ」

「機材って、ボクの眼を診てるやつ？」

「昔の職場から型落ちを譲ってもらったんだが、それでも結構な値段がして」

「君、元は医者だったの？」

「違う。お前たちの眼の、研究者だ」

初耳だった。どうりで眼の調整が完璧なわけだ。ほら、とボクは胸中で星々に語りかける。ボクが神条に執着してしまうのも仕方がないだろう。彼はボクが星を愛するために、もっとも適した整備工なのだから。

「で、いろいろあって、今の仕事に替えた」

「ハヤトと別れたせい？」

「違う」即答だったのに、神条は「いや」と苦々しい顔で否定した。「違う、くはない。いや、やっぱり違う。あいつの研究方針と俺の研究方針とが対立して、俺が負けて、辞めることになった。あいつと別れる決定的な原因になったのは研究方針の違いからくる感情的な対立だが、仕事を替えたのは俺が、単純に機械弄《いじ》りから離れがたかっただけだ」

彼が触る機械の区分にボクが含まれていた幸運に、心の底から感謝する。同じくらい、ボクの眼が他の〈スナイパー〉たちの眼や兵器と同列で語られていることを、残念にも思う。そんな自分が滑稽だった。

ボクは星が全てなのに、神条にはボクの眼を特別扱いしてほしいと願っているらしい。随分と身勝手で、嫉妬深いじゃないか。まるで、星が迫る軌道庭園でボクを牽制したハヤトみたいだ。

「ハヤトは、神条と気持ちが離れたわけじゃないって言ってたよ」

「なんだそれ。お前ら二人してなんの話してんだ」

神条は本気で嫌そうに眉を寄せてボクを見た。彼の顔は相変わらずカップを向いていて、視線だけが鋭く刺さる。実際に睨まれたのかもしれない。

ここまでなら訊いてもいいっていう境界が見えればいいのに、とボクは少なからず後悔する。仰ぎ見るばかりの〈トニトゥルス〉の上と〈ライフル〉が転がる擬似大地のように、ボクらのテリトリーが会話の最中に出現してくれればいい。そうすれば〈スナイパー〉であるボクが、人間である彼にこんな顔をさせることもなかったのに。〈スナイパー〉らしく、優秀な整備工との正しい付き合いができたはずなのに。

それは星のことだけを考えて、幸せに生きていけるということだ。

また、ハヤトの淡く色付いた爪を思い出していた。同じ色の家を削って口に運ぶ。その甘さに、ああそうか、と理解した。

「ボクは〈スナイパー〉だから」

神条が少しだけ表情を中和してボクを見た。話してみろとか、聴いてやるって顔だ。

「彼女が見たがっている『家庭』がどんなもので、なんなのかもわからない。親の顔だって覚えてない。ボクは星しか知らない〈スナイパー〉だ。それなのに、ハヤトはボクにそれを求めるんだ。どう考えたって理不尽だと思うけど、ハヤトはボクを査定する側にいる。ボクが〈スナイパー〉を続けられるかどうかはハヤトの判断にかかってるんだ」

　半分は嘘だった。母親らしき女を幽かに覚えている。丸い顔いっぱいに広がった大きな口と、じりじりと皮膚を焦がす不機嫌な声は、ボクのあちこちに焼きついている。『早くしな、グズども』っていうのが口癖で、彼女は常に、たくさんいた兄弟姉妹《きょうだい》の誰かを叩いていた。

　でも、あれは本当にボクの母親だろうか？

　唇に触れた。あの女みたいに分厚くない、どちらかといえば薄い。この唇から、あの女と同じどす黒い言葉が生まれるんだろうか？　ハヤトがボクに塗った口紅の臭いがしている。有害物質を孕んでいるとわかる甘苦い臭いだ。

「霧原」

　不意に指を握られた。さっきまであんなに不機嫌そうだったのに、今の神条は叱られた子供のような顔をしていた。

「何？」

「いや、悪い」神条は手を離す。

「大丈夫だよ」

　逃げていく彼の手を追いかけて、指先を絡めて言う。こんな言葉を根拠もなく使ったのは初めてだ。『大丈夫』なんて言葉は、何も知らない子供から都合の悪いことを覆い隠すための、大人の呪文にすぎないのに。

　それでも神条はボクの指に唇を押しあてて、「ああ」って頷いてくれた。

　やっぱり彼は少し変だ。ボクも、変だ。どうしたんだろう？　と思って、どうでもいい、とも思った。

だってボクらは、まだ〈スナイパー〉と整備工という関係からはみ出していない。

神条はハヤトとの『家庭』については話してくれなかったけれど、彼の子供時代を少しだけ教えてくれた。両親とか友達とかっていうボクには遠い世界を、眼の前に座っている神条が語ってくれるのは奇妙な感じだ。

神条が語るボクの知らない神条に想いを馳せるいくつかの瞬間で、ボクは確かに星の存在を忘れていた。


〈10〉


店を出たのは二時間も経ってからだった。そんなに時間をかけて食事をしたことも話をしたこともなかったから、その時間を長いと感じなかったボク自身にとても驚いた。

見送りに出て来てくれた老人は目が回る色彩が施された道を嫌っているのか、店の扉を開けたところで立ち止まると、「また来てくれると嬉しいよ」とボクを抱きしめた。

たぶん、もう二度とこの店には来られないだろう、と思いながら頷く。幸せな記憶は早々に思い出という名前の箱に仕舞ってしまうのが一番だ。

〈スナイパー〉の人生は短くて、それ故に星を激しく愛し、その他のことはほどほどに楽しんでから忘れていく。〈スナイパー〉とは、そういう生き物だ。

それは老人だってわかっているはずなのに。〈スナイパー〉らしからぬ年齢に達してしまった老人は、ひょっとしたらもう過去を忘れて、星のことも曖昧になって、自分が端《はな》から人間であったのだと勘違いしているのかもしれない。それはそれで、幸せな人生なのだろう。

ボクの幸せとは違う、ってだけだ。

駅へと戻る道に敷き詰められた色とりどりのタイルは、愛想良く輝きながらボクの靴を受け止める。

この町はハヤトに似ている。彼女の持ち物とか化粧とか、きっと彼女の中にある感情もたくさんの色を持っているんだろう。

それらをくるくると変化させながら、神条と家庭を築いていたんだ。

なんとなく赤いタイルを避けて、青いタイルを踏む。黄色いタイルはつま先立ちで、白いタイルを飛び越えて、ボクはひょこひょこ歩く。軌道庭園の道はどんな色をしていたっけ？灰色一辺倒だった気もするけれど、まじまじと観察したことなんてなかった。

「ご機嫌だな」

背後から神条の、ボクの足取りに感化されたような声が飛んできた。

「そうかな」ボクは振り返らず、ボクの靴先に応える。

「酔ってるのか？」

「そうかも。ダメ？」

「いや」

たぶん初めて聞いた神条の昔話と、ワインとの両方に酔っているんだ。踵で回って、神条に向き直る。

ネクタイを締めた神条は、知らない人みたいだった。星とか機械以外のことも考えられる大人の匂いが、彼をこの町に溶けこませている。

はしゃぎすぎた自分に気がついた。ひどく子供っぽい歩き方をしていた事実をいまさら隠せるはずもない。あ、と無意味に声を漏らして、ボクは視線を逸らす。

横道の奥に、毒々しいコントラストで灯りを明滅させる建物があった。窓を塞ぐ十字の格子は何かを閉じ込めているようだ。眼がチカチカする。俯けば、極彩色のタイルの上に黒カビみたいなボクの靴が乗っかっている。

そうか、場違いなんだ。

ドンッと誰かがボクの尻を叩いた。不意を衝かれて半歩よろめく。神条が支えてくれようとしたけれどボクと彼との間にある二歩の距離は果てしなく遠くて、指先すら届かない。ボクはボク自身の足で踏みとどまる。振り返る。誰もいない。

「ご、ごめん、なさい」

下のほうから声がしたから少し首を落とした。ぬらりと漆黒に光る物体が「ごめんなさい」と、また喋る。

眼が対象物との距離を誤ったらしい。ズーム・アウトをかけると、大きな眼を零しそうなほど見開いた子供が立っていた。ボクらの生活圏内に〈スナイパー〉以外の子供なんていいないから、こんなに小さな人間を見るのは久しぶりだ。

最初に見えていたのは、柔らかいまつ毛に縁取られたその子の、天然の瞳だったらしい。きっと眼窩から外れたら華やかなタイルの上で潰れるんだろう。コーンから追い出されたアイスクリームみたいな悲しい音を立てて。

アイスクリーム？　甘く冷たい菓子だ。ずっと昔に食べたことがある。でもどうして、そんなことを思い出すんだろう。過去なんていうのは文字通り、ただの過ぎ去った時間でしかない。忘れたころに急に現れて仲間を連れ去る死神みたいなものだ。

それなのに最近のボクは背後に寄り添うそれを、意識している。

「あ、の」

妙な間を挟んだ舌足らずな言葉に、思考を止める。子供が肉のついた小さな手を伸ばしていた。ボクが幼かったころより随分とふくよかな体形だ。〈スナイパー〉候補生ではない、人間の子供というのはこんなにも重たそうに育つらしい。

「いたい？　ぼくがぶつかったせい？」

ああ、傷痕を指していたのか、と今さらながら気づく。ぶつかったくらいでこんなに大きな傷になるわけがないし、もう塞がっているのに、と人間の子供の物凄く飛躍した発想に驚きを隠せない。

「違うよ」と応えようとしたとき、「やめなさいっ」と鋭い女の声がした。

反射的に身構えた。でも、当然だけど、女の叱責は子供へと向いている。ボクはもう叱られる歳じゃない。そんな当たり前のことを、忘れていた。

逆だ。これまでは母親のことなど忘れていられた。ハヤトが家庭の話題を持ち出し、ボクが神条の幼少期を知ったせいで、封じていた過去がぞろぞろと出てきてしまったのだ。

人間には母親がいる。ボクにも、母親らしき女がいた。まるでボクにも、人間として育つ可能性があったような気になってくる。

「失礼でしょ！」女が素早く、ボクを指さす子供の手を引き下ろした。「すみません。この子にはよく言って聞かせますから」

彼女は道に向かって頭を下げた。ボクと眼が合ったら石になるんじゃないかと怯えているみたいだ。

「ねえ、ちょっと」

子供を引き摺って逃げようとする女を呼び止める。

女の華奢な肩が、かわいそうなくらい強張った。いったいボクが何をすると思っているんだろう？

「いや、あんたじゃなくて、その子」

女の腕の下から、黒く輝く瞳が覗いた。叱られたせいか薄く涙が湛えられている。眉だって力いっぱい眉間に縦皺を刻んでいた。

だからボクは自らの額を横断する傷痕を、指先で辿ってみせる。

「これはもう治ってる傷だから、君とは関係ないし、痛くもない」

子供は難しい字でも読んでいるみたいに空を描いた天井を睨んでから、またボクの顔に指を伸ばす。

「ほし、みたいだね」

少し考えてから、今度はボクの眼を指しているのか、と気づく。でも理由がわからない。星っていうのは空を焦がして、命を燃やして輝いているものだ。ボクの眼で拍動している弱々しい白とは全然違う。

「『星の眼』って呼ばれてるけど……」苦笑が浮かんだ。〈スナイパー〉のくせに部外者が使う言葉を口にしたボク自身に対してだ。「ボクらが撃つ星は、真っ赤でもっときれいなんだよ」

「おにいさんの目も、きれいだよ！」

「……ありがとう」

お姉さんなんだけど、という訂正はしない。〈スナイパー〉にとって性別はなんの意味も持たない。ハヤトは理解できない様子だったけれど、ボクらにとって自分という概念は、星を撃つ道具の一部でしかない。星を撃つこと、星を愛すること。整備工や技官の助けは必要だけど、だからといって人間たちに特別な感情を抱くことはない。そんなものは、絵本に描かれていた通りの非現実だ。ボクは男でも女でもない、〈スナイパー〉なのだから。

けれど人間の子供の眼には、ボクが男に映るらしい。行き交う人間たちにも、神条と連れ立って歩くボクは、人間の男に見えるのだろうか。

町の灯りが、子供の瞳の中に星を散らしていた。地球に墜ちてこない、ボクらが撃つ必要のない、作り物の空に張り付く星々だ。それが、天然の眼の中に満ちている。我知らず、手を伸ばしていた。星を、求めたのかもしれない。掌に冷たくさらりとした髪が触れる。頭蓋骨の丸さが伝わってくる。ボクは、子供の頭を撫でていた。

何をしているんだ、と愕然として、恐怖に駆られた。子供の頭を撫でるなんて、まるで人間だ。ボクの中に潜む得体の知れない何かが、子供に触れたいと願ったのだろうか。

大慌てで子供から半歩、距離をとる。そのくせボクの眼は勝手に子供の瞳孔にズーム・インをかける。

星の映り込みなんてない、底なしの奈落があった。星を愛するための眼も傷痕も失った、幽霊が潜む世界へ続く、漆黒だ。人間の子供に触れるということは、ボクが人間に――〈スナイパー〉とは別の生き物に、近付くということだ。

「ねえ」と呼ぶ甲高い子供の声で我に返る。ぎゅん、とボクの眼だか脳内チップだかが回転数を間違えた。

「ぼくも、そんな目になれる？」

「やめなさい！」〈トニトゥルス〉の咆哮に似た、女の悲鳴が落ちた。「何言ってるの！〈スナイパー〉なんかにならなくていいのよ！」

明るく着飾ったこの町の大人にとって、〈スナイパー〉という仕事はろくでもないものらしい。ひょっとしたら整備工だってこの町では忌避される存在なのかもしれない。だから今日の神条はスーツを着てめかしこんでいるのだ。

ボクらは、この星を護るために機械の眼と脳内チップを入れているのに。いや、今のボクらは削減される対象になっている。もはや人間たちにとっての〈スナイパー〉は、地球の守護者ではないのかもしれない。

ボクはゆっくりと瞬きをして、子供の瞳を遮断する。

暖機する〈トニトゥルス〉みたいな嗚咽を一呼吸、子供は自分を怒鳴りつけた女に縋って号泣し始める。

踵を返した。神条にぶつかった気もしたけれど、早足に下だけを見て歩く。真新しい革靴がくるぶしの辺りを削って痛い。どんどん流れていくカラフルなタイルが尾を引いて、まるで星だ。

——撃たなきゃ。

〈スナイパー〉の本能が反応する。

「霧原」と、思いもしなかった近さで神条の声がした。足を止めるのと同時に腕をつかまれて、少しよろめく。

「霧原」

死刑を宣告する裁判官めいた声だ。初めて耳にする、冷徹な低音だ。人工ではない地球の重力に引かれて、神条まで奈落へ落ちてしまったのだろうか。

軌道庭園のエレベータで出遭った幽霊が浮かぶ。〈スナイパー〉のくせに、額の傷も光る眼も持たない、〈スナイパー〉としては死んだ男。

それがなぜか、神条の面差しに重なった。

「放して」

咄嗟に腕を引く。でも全然効果がない。神条の力は強い。「放せ」と睨み上げて、ぞっとした。

漆黒の瞳が、焦げ茶色い虹彩すら見えない穴が、ボクを呑み込もうとしている。表情が読めない。怒りも揶揄もない無が、そこにある。あの幽霊と同じだ。

幽霊に憑かれた神条がボクの耳元に屈みこんで、囁いた。

「眼は？」

「え？」何を問われたのか理解できず、間の抜けた声が出る。

「眼の、調子は？」

「悪く」

ないよ、って口の中で応えながらズーム・アウトをかけて、何も言えなくなった。

神条は、泣いていた。

彼の目から涙が流れていたわけじゃないし、いつもと比べれば極端に感情が削がれていたけれど、彼は確かに泣いていた。そう感じてしまった。

神条の頬に触れる。さっき子供に触れた掌で、彼の頬を包む。ボクは何かをしでかしてしまったのだろうか？　ボクには人間の、神条の悲しみが理解できない。どうすれば彼を慰めてあげられるかも、わからない。

神条の視線が逃げて、彷徨って、戻ってくる。彼の呼吸がボクの額の傷を撫でて、星のための眼球に触れて、「霧原」と懇願めいた響きを帯びた。銃器オイルの黒が染みついた神条の両手が、ボクを絞め殺したそうに首を包んだ。そのくせ指は怯えた力加減で項《うなじ》をくすぐっている。

ボクらの吐息が絡み合って、唇の表面が触れ合う、寸前で神条が躊躇《ためら》いを滲ませた。

甘い香りが、忍び込んだ。ハヤトの爪と同じピンク色の、ケーキの家の、匂いだ。

半歩、下がる。生温《なまぬる》い風が二人の間に流れ込んで、停滞する。甘ったるい匂いはいつの間にか消えていた。代りに湿気たコンクリートの臭いが漂い始めている。雨の気配かもしれない。軌道庭園では存在し得なかった、本物の雨の臭いだ。地下に隠されたこの町の、陰湿な臭い。

閉鎖的な地下街の空を仰ぐ。低い天井に描かれた空は、晴れている。

神条が息を継ぐ音がした。でも言葉は続かない。彼の呼吸はただ解けて、散る。

嫌な予感がした。ボクは首に絡んだ彼の指を引き剥がそうとする。びくともしない。

神条は僅かに指先から力を抜いて、けれどボクを捕えたまま、空気の中に混ざった毒を選りわけるみたいに、「お前」と言葉を発する。

「〈スナイパー〉、辞める気、ないか」

〈トニトゥルス〉の轟音がした。幻聴だ。でもどっちが？　わからない。わかりたくもない。

だって神条のほうが本物なら、ボクは裏切られたことになる。

額の傷が脈打っている。背中が凍ったように痛い。とても、寒かった。

「霧原」

静かな、でも譲る気がないときの神条の、声だ。

ボクは彼のことを、ある程度理解している。彼が〈トニトゥルス〉の整備には絶対に手を抜かないこと。ボクの眼の設定を、ボクに内緒で変えていること。ボクのグローブや玩具の〈ライフル〉を、修理という名目で改造していること。そしてボクを人間扱いしながらも本心では、どこか冷静に観察していたこと。その全部に、気づかないふりをしてきた。それで支障がなかったからだ。

いや、本当はボクが気づいていると悟らせることで、神条との関係が壊れてしまうことを恐れていたからだ。彼は秘密を暴かれることをひどく恐れている。そんな彼を、誰に教えられるでもなく理解していた。

ボクと神条はほどなく死ぬ〈スナイパー〉と、ボクの死後も長く生きる人間でしかないのだ。

あのとき、軌道庭園から追われたボクは、脱出ポッドの中で神条との終焉を夢見た。でも地球に落ちて、この町での数時間で気づいてしまった。

神条には、神条を育んだ家庭がある。神条につながる人間たちがいる。彼自身がどう感じていようと、神条は〈スナイパー〉とは違う生き物だ。

だからボクらは同じ場所には立てない。立っては、いけない。

「霧原」

足が動かない。視線も逸らせない。全身がボクの身体制御の拙さを嘲るように慄いている。寒いのに、指先だけが熱かった。神条の手が、星を砕くボクの指先に触れて、引き寄せて、口付けている。

「今なら、間に合う」

なんに間に合わせる必要があるんだ。ハヤトの査定か？　ボクの寿命か？　ボクは、〈スナイパー〉じゃないボクなんて要らない。

「知ってる、くせに」神条を詰る声が、掠れた。「ボクは〈スナイパー〉で、星が全てだ」

「本当に？」

「ボクらは星のために生きて、星のために死ぬ。星を撃ちながら死ねるなら、他の何も望まない」

目の前が暗くなった。軌道庭園の居住区を守る外殻じみた堅牢さで、彼の影がボクを包む。彼の瞳だけが、言い訳や嘘やボクがボクを弁護する全てを許さない、と主張する強い光を宿していた。あまりにも眩しくて、眩暈がする。

「本当に星が全てか？　今でも？」

「当たり前だ」と答えたはずなのに、音は生まれなかった。

「あのとき、軌道庭園が落ちるってとき、お前たちは誰ひとり脱出について質問しなかった。

自分たちが星に撃たれることに、なんの疑問も抱いていなかった」

「〈スナイパー〉なら当然だ」

「じゃあなんで、脱出ポッドの中でキスしたんだ」

なんのことだ、と眉を寄せると同時に思い出す。〈トニトゥルス〉ごと擬似大地の下に引き込まれて、神条に脱出ポッドへ導かれた後のことだ。無重力に浮かんだボクらは確かにキスをした。給料日のバーでもないのに。でもボクから彼を引き寄せただろうか？　覚えていない。それなのに神条は、いやに真剣な表情で言い募る。

「〈スナイパー〉なら、俺を殴るべきところじゃないのか？　実際、殴られた奴もいる。星と一緒になれるところだったのに、よくも邪魔してくれたなって。なのにお前は違った」

神条が、彼の言葉が怖かった。聞きたくない、聞こえなくなればいい、と首を振る。ぱたぱたと髪が耳朶や額に当たる振動が頭蓋に伝わってくる。役立たずの鼓膜が、こんなときばかり優秀だ。

「霧原、責めてるわけじゃない」

ボクの指先を握ったまま、神条が片膝をついた。カラフルなタイルの上で、夜色の彼の靴が滲んで見える。

跪く彼を、通行人が物珍しそうに横目で窺っていた。神条を立たせようと、慌てて腕を引いたけれど、彼はより一層ボクの指を握る力を強める。

「霧原、〈スナイパー〉を辞めてほしい」

「どうして……」

「〈スナイパー〉は星のためだけに生きてるわけじゃ」

「違う！」叫んだ。「君がそう願う理由なんかどうでもいい！　どうして神条が、ボクの整備工のくせに！　そんなこと言うんだ！」

「お前の整備工だからだ」

「なんで！」

「俺と」神条は目を逸らした。音もなく息もなく、ただ彼の唇が動く。「結婚しよう」

瞬間的に視界がフラッシュした。〈トニトゥルス〉の閃光と轟音がボクを満たして、次に左手が痺れた。乾いた音は、後から来た。やっぱりボクの耳は無能だ。

彼は動かない。静かに、でもボクにはわからない激しい感情のこもった人間の眼で、ボクを睨み上げていた。

神条の頬に叩きつけた平手をのろりと下ろす。荒い呼吸を紡ぐ喉が変な音を立てた。ウィン、と眼が音を立てる。小休止からの再始動。レンズを開いて絞って、ボクは彼を視界から追い出した。

今度こそ、指先を取り戻す。星を撃つ指だ。玩具の〈ライフル〉の引き金を弾いて、〈トニトゥルス〉の高エネルギーを介して星に触れる指だ。神条の体温を拳で封じて、踵を返す。

頭が痛い。額の傷も機械仕掛けの眼球をつないで留めている神経も、神条を叩いた掌だって痛かった。

呼吸が引っかかった。泣きだす寸前のように鼻の奥が酸っぱい。バカみたいだ。〈スナイパー〉は、泣かない生き物なのに。

闇雲に走った割に、正しく駅に辿りついた。ボクの方向感覚も捨てたものじゃない。ゲートを抜けて、ちょうど滑り込んできた地下鉄に飛び乗った。ごうごうと、軌道庭園の居住区で空調設備が故障したときと同じ音が車両に渦巻いている。

星が見たかった。ボクらに墜とされるために、この星と一つになるために、命をかけて宇宙を旅してきた彼らと逢いたかった。

決して裏切ったわけじゃないと弁明したかった。神条を、星以上に望んだ一瞬を、なかったことにしたかった。そうしないともう、〈スナイパー〉に戻れない気がした。〈スナイパー〉でなくなったボクなんて存在価値がないのに。そう教えられて、そう信じて、生きてきた。

けれどあの町にいた人たちは、彩り豊かな地下街で生きる人間たちは、いったい何を指針に生きているのだろう。彼らの町からは星はおろか、本物の空すら見えない。

地球の戦場で人間を撃つ兵士たちは、人間を愛していた。地球の兵士たちは星を愛さない。だから星を撃たない。ボクらが人間を撃たないのと、人間を愛さないのと、同じことだ。

ならあの町の人間たちは、星が降り注ぐこの青い星で生きる人間たちは、何を愛して生きているというのだろう。この青い星ほど星に愛されている存在なんてないのに。

じっとりと床のシミを見ながら考えている間にいくつかの駅で停まって、いくつかの駅をすっ飛ばして、地下鉄は進む。ボクにはもうここがどこなのかわからなかった。どこだってよかった。遠くに行ってしまおうかとも思う。

もう随分と長い間、星を撃っていない。このまま星を撃たずに寿命を終えてしまうのかもしれないと、額に触れる。少しばかり伸びた髪の先が手の甲を刺した。傷痕から機械の眼までを辿る。星のための眼と脳内チップは、ボクの脳を食い荒らしていく。ボクらは星のために、死ぬのだ。それでいいと思っていた。それがボクという生き方なのだと思っていた。

当然神条だって、そう考えてくれているものだと信じて、疑いもしなかった。優秀な整備工は機械を正しく扱える。だからボクのことも、正しく〈スナイパー〉として扱ってくれるはずだと、油断していた。まさか彼が——人間が、ボクにこんな感情を植えつけるなんてあり得ないと思い込んでいた。神条自身が、整備工としての一線を踏み越えてくるなんて、想像もしていなかった。

バカみたいだ、と自嘲したとき、ふっと世界が陰った。顔を上げると同時に、布が降ってきた。「え?」と声が漏れたかもしれない。それごとボクを、誰かが布でぐるぐる巻きにして封じる。その向こうから押し殺した囁き声が。

「こんなところで」焦りを帯びた、男の声だ。「何をしているんですか」

聞き覚えがあるような、ないような、判然としない。ボクは頭を押さえつけられて、正体不明の男に地下鉄の中を連行される。ばしゅ、と音がして扉が開いたことを知る。段差に躓《つまず》きながら、地下鉄から降ろされた。地響きが遠ざかっていく。地下鉄が、ボクを残して去ったんだ。

ようやく拘束から逃れる。両手で頭を探って、ボクを縛めていたふわふわとした長い布を解く。黄色い駅だった。建物が、というよりも大気が黄色く濁っている。

そして幽霊が、軌道庭園のエレベータで出遭った、元〈スナイパー〉を自称したあの男が、いやに真摯な表情で立っていた。

思わず後退る、より早く、幽霊の腕がボクの腕を捕えた。線路に落ちることを危惧したのだ、と気付いたのは後になってからだ。ボクはただ、竦みあがっていた。

「どう、して……」

「それは、僕のセリフですよ。どうして、こんなところにいるんですか。わざわざ〈スナイパー〉が単身、こんなところまで来て、どういうつもりですか」

そんなことを言われても、ボクにはここがどこなのかがわかっていない。幽霊はくどくどとボクを責め続ける気のようだ。いや、違う。彼は、ひどく動揺しているのだ。

自分より動揺している相手を前にして、心が冷えていくのを感じる。さっきまで湿気ていた感情が、〈スナイパー〉らしく無味乾燥なそれへと戻っていく。

「帰り方が」と幽霊の口上を無視して白状する。「わからないんだ。ここがどこかもわかってない。〈トニトゥルス〉が展示されてる駅に行きたいんだけど、わかる?」

ぽかん、と幽霊は口を半開きにしたまま、たっぷり三秒もボクを眺めた。星を二つ三つは墜とせる時間だ。幽霊もまた、地球の自転に酔っているのかもしれない。

　ボクは長い布を幽霊に返す。乱れた髪を整えたりはしない。

　幽霊は布を自分の首にかけて、コートの襟の中へと押し込んだ。茶色い革靴が行き先を迷うように小刻みに向きを変えていた。

「お洒落だね」

「え？」ボクの皮肉に、幽霊が瞬く。

「軌道庭園で会ったとき、あんたはもっと、なんていうか……ふつうだった」

「ふつう、ですか」

「ふつう」

「ふつうなら」幽霊は目を眇めて、ようやく唇の端を吊り上げる。「〈スナイパー〉であるあなたには話しかけない、と言われた記憶があります」

「そうだね、言ったかもしれない」

　幽霊から取り戻した腕をさすって、自分の体温を確認する。あの軌道庭園でこの幽霊に遭った日は、雨だった。ボクの体も、幽霊が死者仲間だと勘違いしかねないほど冷えていた。けれど今日は違う。ワインの名残がボクを煽っている。

「で？」ボクは薄笑いを作る。「あんたはどうして、ボクを地下鉄から降ろしたの？　部屋まで連れていってくれるの？」

　ひゅっ、と幽霊の喉が鳴った。不愉快そうに皺が寄った鼻筋を見れば、反射的に何事かを言い返そうとしたのだとわかった。それでも彼の自制心は強かった。一度唇をしっかりと引き結んでから、解く。

「どうしてあなたがここにいるのか、この際問いません」

「神条と食事をしてたんだ」

「神条？　神条、ハヤト？」

「また、ハヤト」

いささかうんざりしたボクに、幽霊は一人で「ああ」と頷いた。そして嘆息。幽霊は再びボクの腕を強引に握って、線路に沿って歩きだした。

「どこに行くの？」

「送ってほしいのでしょう？」

望み通り、と嘯《うそぶ》く幽霊の後頭部を仰いで、「そうだね」と呟く。

幽霊は神条より背が低い。筋肉だって薄っぺらい。それなのにボクは、幽霊の背に彼を重ねる。ボクは神条と食事をして、一緒に地下鉄に乗って、彼がどこで寝起きしているのかは知らないけれど、あの〈トニトゥルス〉の屍が横たわる駅まで戻りたかったのだ。巨大で孤独な輪郭を見上げて「また後で」と言いたかったのだ。あの平和な軌道庭園でそうしていたように。

けれど彼は違った。ボクとは決定的に違う、人間という生き物でしかなかった。

たったそれだけの事実を否応なく突きつけられて、失望していたのだ。ボクは勝手に、神条は機械しか愛せない男なのだと思い込んでいた。星しか愛さないボクと同じ非人間性を期待して、彼に垣間見えた人間性にショックを受けている。

その程度には、神条はボクの内を占めていた。半身をもぎ盗られた気分だ。ボクは力なく、幽霊に導かれるまま、引き返す地下鉄の箱へと閉じ込められる。


地下鉄で引き返したのは、一駅だけだった。相変わらず大気が黄色く煙っている。当然、ボクの駅じゃない。〈トニトゥルス〉だってない。

幽霊は慣れた様子でゲートを抜けて、ボクを連行していく。人の多い駅だ。雑談を交わしつつ駅へと向かう一団とすれ違った。終業時間なのかもしれない。何人かが幽霊に手を挙げて挨拶をしていたけれど、ボクを連行することに夢中の幽霊は無視していた。

いくつかゲートを抜けて、病院めいた建物に到達する。何重もの感応ドアと白衣を着た人々が満載されている。それなのに患者らしき人は見当たらなかった。

きゅるきゅると靴を鳴かせる廊下の先で、何ケタも番号を打ちこまないと口を開かないタイプのエレベータに乗り込んだ。

誰の目もなくなったことに安堵したのか、ようやく幽霊がボクを見下ろした。狭苦しい箱が億劫そうに上昇を開始する。その唸りの中で「あなたは」と幽霊の質問だ。

「どうして神条シヅカに……たかが整備工に、自分の眼を任せていたのですか？」

「……どうしてあんたが、それを知ってるの？」

「有名ですよ」

規律違反を犯しているという自覚は、薄いけれど確かにあった。だからハヤトが寄越されたのだとも理解している。けれどそれは、こんな得体の知れない幽霊にまで広まるほどの噂だろうか？　もしボクの規律違反が広く知られているのなら、神条の評価を落とすことになる。それだけは避けたい、と反射的に考えたボクは、まだ神条に幾ばくかの期待を寄せているのかもしれない。

「……彼に眼を任せているのは、ボクのわがままだ。彼に責任はない」

「この期《ご》に及んでまだ、あの男の心配ですか」

幽霊は一呼吸してから「違いますよ」と勝手に訂正を入れた。

「有名なのはあなたでも神条シヅカでもなく、あなたの眼だ」

そういえば以前、軌道庭園で遭ったときも、この幽霊は正しくボクの眼のヴァージョンを言い当てていた。ボクの眼が有名だというのは嘘じゃなさそうだ。

「今の医者が、十七世代を診られるとは思えない」

「そうですね。その点だけを考えるなら、あなたの人選は正しかった。実に、これ以上ない人選だ。あなたは森田ヒカルの最後の子供で、神条シヅカは森田式の開発チームにいたのですから」

知らなかったでしょう？　と幽霊はわざわざ身を屈めてから、酷薄な笑みを浮かべた。

衝撃は穏やかだった。

神条が、ボクの眼の開発にかかわっていた。なくはない話だ。だって彼は自前でボクの眼を診る機械を有していた。勝手に設定を変えて破綻させることなく稼働させていた。なによりもついさっき、彼の口から研究者であった過去をきいた。基本的に彼は嘘をつかない。話したくないことは、黙っておく性質だ。

だから幽霊が語った内容を精査する。触れていいほうと、触れないほうがいい話題に選別する。

「確かにボクは森田ヒカルに憧れて、誘われて、〈スナイパー〉になった。森田ヒカルはボクの恩人だ。それを、彼の子供たちというならそうだろう。でも、その理屈でいけば、森田ヒカルの子供はボクだけじゃない」

「もう、あなただけなんですよ。第十七世代の、霧原アキラさん」

森田ヒカルの成績と視線移動を参考に組み上げられた機械の眼は、第十五から十七世代にわたって支給された。システムプログラムはその都度更新されているけれど、装備している眼それ自体の型でいえば、確かにボクは森田ヒカルの技術を継ぐ最後の世代だ。ボクの代を最後に森田式の眼球は製造を終了し、今は誰とも知れない奴の成績を下敷きにした眼が開発普及しているはずだから。

「……あんたも、森田ヒカルの子供だったんじゃないの？　〈スナイパー〉はみんな、あの人に憧れる。あの人の眼を継ぐことを希望する」

以前は十七世代の〈スナイパー〉だった、と言っていた幽霊を皮肉ってやる。でも幽霊はボクの挑発には乗ってこなかった。頬を引き締めて、「今」と内緒話でもするように声を低める。

「森田ヒカルがどうなっているか、ご存じですか？」

ずっと、彼の名前を成績表に探してきた。けれどもう長い間、彼の名前を新聞に見ていない。それでも確信がある。

「あの人は、〈スナイパー〉であり続ける」

ボクがまだ生身の眼球を有して、たくさんの兄弟姉妹《きょうだいたち》と一緒くたに育てられていたころ、森田ヒカルが〈スナイパー〉候補生を選びにきた。何度も世界を救った最高の〈スナイパー〉が、ボクに手を伸べてくれた。「いつか一緒に星を撃とう。それまで、わたしも星を撃ち続けて、君たちを待っている。約束するよ」と誓ってくれた。

だからボクは、たとえ神条に呆れられたって、彼を諦めなかった。

「〈スナイパー〉の寿命は」幽霊もまた、呆れを滲ませて鼻を鳴らす。「平均二十五年です。森田ヒカルはもう二十四歳になりますよ。現役であるはずが」

「ボクもそう教えられてきた」

けれどあのカラフルな町で、老人に会った。老いた元〈スナイパー〉がボクを抱きしめてくれた。それに。

「あんただって、二十五歳以上なんだろ？」

「今年で三十になります」

少しだけ落胆した。最も長生きした〈スナイパー〉の公式記録は三十八歳だ。幽霊はまだ、ブレイクスルーを果たしていない。

「僕はもう」幽霊はエレベータの扉に呟く。「肉体という軛《くびき》から解かれることはない」

クビキってなんだ？　と考えたとき、ぽん、とエレベータが軽快な到着音を立てた。反射的に階数表示を探したけれど、どこにもない。乗り込む前に幽霊が打ちこんでいた番号に合わせて、行先が決まっているのだろう。

もったいをつけてドアが開く。眩しい光の奔流がボクの眼を刺激する。回転数を誤った眼が微かな軋みとともにピントを合わせていく。

エレベータホールの向こうに、〈トニトゥルス〉が座っていた。思わず幽霊の拘束を振り切って、足早に近付く。けれど〈トニトゥルス〉はボクの到着を待たず搔き消えてしまった。代りに濃紺の宇宙を漂う緑の大地が映る。ボクらがいた、全天開放型の擬似大地だ。次いで鈍色《にびいろ》の隔壁を指向性高エネルギー兵器の砲門で固めた、閉鎖型の軌道庭園が表れる。背後にある惑星の色と形から考えて、土星の衛星軌道に配置されている無人迎撃艦だ。そしてまた、今度はうっそうと茂った森が、跳ねまわる小動物たちが、絵の具をぶちまけたような空が、目まぐるしく表れては消える。

巨大なモニタだった。どうやら流星から地球を守る設備を紹介しているらしい。拍子抜けして、拳を当てる。仄かに温かかった。稼働する機械の熱だ。

ふっと画面が黒くなって、手を伸ばせば触れられるんじゃないかと思う程近く、モニタの中に顔を歪めたボクが立っていた。泣きだしそうな自分と額を合わせる。もう一人のボクが向こう側から星たちの傍まで導いてくれるんじゃないかと期待したのに、モニタに映り込んだボクは薄情にも一人、木々の映像に呑まれてしまった。

慌ただしい足音が大きくなる。顔を向ければ、大柄な警備員を従えた白衣の女が小走りに近付いてくるところだった。女のハイヒールが尖った音を立てて、ボクは思わず廊下に同情する。

「霧原！」女が——ハヤトが、まだ遠いところから叫ぶ。「どうしてここに！　どうやって！　〈スナイパー〉は移動を制限されてるはずでしょ」

まるでボクが規律を犯したみたいな言い様に、さすがにむっとする。今朝は眠気で死相すら浮かべたボクらを式典に連行したくせに、という不平を呑み下す。同時に悟りもした。

地下鉄の中で幽霊がボクの頭を布で覆ったのはきっと、額の傷痕を隠してくれたのだ。〈スナイパー〉が制限区域外にいると、周りの人たちに気付かれないように。けれどボクらは移動範囲を制限されなければならない生き物だっただろうか？

警備員をほどほどの距離で制止して、ハヤト一人がボクの前に立った。強く両腕をつかまれて、体を揺さぶられる。

「霧原、どうしたの？　星の庭の〈スナイパー〉はまだ待機中でしょう？」

「食事を」と応じたのは、なぜか幽霊だった。「していて迷子になったらしいですよ。あなたの、旦那さんと」

確かに迷子だったけれど、ハヤト相手にそれをばらされるのはなんとなく面白くなくて、ボクは八つ当たり気味に腕を振りほどく。あっさりと、ハヤトの腕は落ちた。仰げば、神妙な表情のハヤトが幽霊を見詰めている。

「どうして、霧原を連れてきたの？」

「どうして、あなたは平気なフリをしているんですか。あなたの旦那は、〈スナイパー〉を食事に連れ出すような」

「どうして、連れてきたの？」

叱られた子供の表情で、幽霊が俯いた。その顔に、ボクは至極単純な答えに辿りつく。

「あんた、ハヤトが好きなの？」

「は？」ととぼけた幽霊の声は、かわいそうなくらい裏返っていた。対照的にハヤトの視線は磨《と》がれる。空気が乾いて緊張を孕む。大気中の湿度調整機能を過剰に働かせてしまった軌道庭園の閉鎖区画みたいだ。誰もが静電気の刺激を恐れて他人に触れることに躊躇っている。

それを壊したのは、ハヤトだった。「もう一度だけ訊くわ」とため息とともに告げる。ボクと幽霊の問答など聞こえていなかったような振舞だ。

「どうして、霧原をここに連れてきたの。彼女をここに連れてくる意味を、わかっていないわけじゃないでしょう」

幽霊は拳を握って、覚悟を決めたように顔を上げた。けれどハヤトの顎先を捉えるのがせいぜいらしい。気弱な男の、ボクを怯えさせた幽霊の本質が、露呈している。

幽霊は、ハヤトに見放されることを恐れているのだ。ボクが、神条の言葉や変化を恐れたように。

「彼女は、森田ヒカルの最後の子供です。リストの、一番目です」

「ならばなおのこと、それをここに連れてくる危険性を、理解しているでしょう」

「彼女はっ！」幽霊が悲鳴のように声を荒らげ、萎《しぼ》ませる。「彼女は……きっと拒まない」

ボクの話題だ。それなのに二人ともボクには一瞥もくれず、お互いを睨んでいる。だから
ボクは静かに「ねえ」と、この場において一番効果的な話題転換を図る。

「森田ヒカルは、森田さんは元気なの？　ずっと成績表に名前がなくて心配してたんだ」

案の定、二人ともが同時にボクを見た。幽霊は薄笑いとも苦笑ともつかない顔で、ハヤトはこれまでに見たどの表情よりも頬を強張らせて、迷っている。

ボクは一歩、踏み出す。警備員たちの巨体が塞ぐ廊下の先を指差して、ハヤトを促す。

先に応じたのは、幽霊だった。警備員たちに指示を出して彼らを壁際に並ばせる。廊下を塞ぐかたちで、何枚もの扉が設置されているのが見通せた。

「森田ヒカルは最重要機密ですから……」

閉じ込められているわけだ、とボクは頷く。もう、迷いはない。ハヤトに手を伸べる。初めてボクから、彼女を誘う。「行こう」と告げる声は、音にはならなかった。それでも彼女は、夢遊病めいた足取りで先導してくれる。ハヤトを先頭に、幽霊、ボクの順で番号入力式の扉を抜けていく。二人ともが、以前会ったときよりも身長が縮んでいる気がした。地球の

重力やこの施設での立場に圧し潰されているのかもしれない。

四つ目の扉を抜けたとき、壁がガラス窓になった。軌道庭園の、〈トニトゥルス〉が並ぶ芝を見渡せるラウンジみたいだ。けれど窓の奥を埋めていたのは、複雑にパイプが絡み合った機械だった。計測器が所狭しと詰め込まれている。

その中央に、液体の満たされたガラス筒が突き立っている。ボクの眼を整備する装置よりずっと大きい。だってその中に浮いているのは白い、脳だ。

装置が何かはわからない。でもあの脳が何なのかは、理解できる。〈スナイパー〉としてのボクの本能が、正体に辿りついてしまう。

人間の脳と、そこから生えた神経の束。何十本ものコードが人間を構成する筋肉繊維よろしくそれを取り巻いて、突き立って、筒の外へとつながっている。

——あれが、森田ヒカルだ。

誰に教えられるまでもなく、悟る。森田ヒカルの、脳だ。

「彼は」いつの間にか、ハヤトが隣にいた。「三年前から、あの姿よ」

三年前、彼の名前が成績表から消えたころだ。

「……生きてるの？」

「ええ、意識はまだあるわ。そしてとても悔いている」

「あんな姿になったことを？」

「いいえ。先日、星の庭を襲った星を撃ち墜とせなかったことに対して、とても責任を感じている」

窓に両手をついて、額を当てる。冷たいガラスがボクの傷痕越しに、機械の眼をつなぎ留める神経を刺激する。

ガラスの奥に、温かい命の残滓を感じた。まだ柔らかい眼球を持っていた子供のボクを撫でてくれた、森田ヒカルの手の温度だ。いや、仕事を待つ〈トニトゥルス〉の温度かもしれない。

ふっと、地球の大地に一基きりで置き去りにされた〈トニトゥルス〉がよぎる。ボクが部屋を与えられている駅の、あれだ。寂しい輪郭が、全然似ていないのに、森田ヒカルを取り巻く装置と重なった。

「彼は、まだ星を撃ってるの？」

「肉体の……脳の限界を超えて星を撃つために、彼はあの姿を選んだのよ」

「……彼の〈トニトゥルス〉は、どこ？」

ハヤトの手が、ボクをガラス窓から引き剝がす。肩を抱いて、ともすればボクを支えるように、ハヤトはゆっくりと廊下の奥へと向かった。

滑稽だ、と思う。彼女はボクが、森田ヒカルの姿にショックを受けて倒れそうになっていると勘違いしている。そんなわけがない。彼がまだ星を撃てているなら、星を撃つことに執着しているならば、こんなに嬉しいことはない。

そう思っているのに、ボクは確かにハヤトに支えられていた。

だからこそ、察した。どうしてハヤトが、ボクを人間だと言い続けたのか。あれはテストだったんだ。人間だと暗示をかけて、ボクがその気にならないかというテストだ。

ハヤトは、幽霊がボクをここへ連れてきたことに動揺していた。つまりボクはハヤトのテストに合格してはいなかったのだ。ハヤトの目にはボクが、森田ヒカルの姿に耐えられず星を投げ出すような〈スナイパー〉に映っていた。その事実が腹立たしい。腹立たしい、はずなのに、ボクは頬の辺りに寒気を覚えている。血の気が引いているのだ。口腔までひどく乾いている。

「ボクらは、星を撃つための機械だ」

ハヤトの判断ミスを教えてあげる。自分にも言い聞かせる。

ふふ、と誰かの吐息が笑った。相手を求めて首を廻らせる。

幽霊だ。摩耗した記憶から表情という概念を引き出して、無理やり唇を歪ませているような笑みを浮かべていた。

だからボクは訊いてやる。本心からの疑問をぶつける。

「嫉妬、してるの？」

瞬間的に幽霊の形相が無に帰した。彼は三歩でボクの前に回り込み、手を振り上げた。

ハヤトがボクらの間に体を入れようとして、それより早くボクが彼女を廊下の壁へと突き飛ばす。ハイヒールの踵が廊下で滑る音と、目の眩む衝撃とが一緒くたに届く。

じわりと左の頬が温かくなった。平手で叩かれた。ついさっき、あの地下街で、同じように神条を叩いた。これはその報いだ。

叩いた幽霊のほうが驚いたように、掌を見下ろしている。対照的にボクには血の気と冷静さが戻ってきた。

「よく、わかるよ」ボクは幽霊に同情すら覚える。「あんたも〈スナイパー〉だったんだろ？　なら感情が乱れる自分なんて存在するはずがないんだ。ボクだってそう思ってた。だから君はハヤトに執着する自分が許せない」

あ、と唇を半開きにした幽霊の横で、ハヤトが立ち上がった。ハイヒールの片方が脱げていたけれど、彼女は履き直したりせず、幽霊の前に勢いよく立ち塞がる。彼女の腕が振り上げられた。

ぎゅっと幽霊が目を閉じた。ボクは素早く、ハヤトの腕を捕える。

どうして！　と怒鳴りたそうなハヤトに微笑みかけてただ、「早く」と促す。

「森田ヒカルの兵器を、見せて」

だってボクの答え合わせは済んだ。幽霊はハヤトが好きで、星を撃っている森田ヒカルを嫉《ねた》んでいて、感情に任せて人を叩くことだってできる。

彼は幽霊なんかじゃない。〈スナイパー〉でもない。ただの、人間だ。

「帰りなさい」

ハヤトが抑えた声で、幽霊に命じる。反論なんて許さない、従わないのならば警備員を呼ぶ、そう言外ににおわせる事務的な声だった。こんなハヤトを、ボクは知らない。

幽霊は機械仕掛けの茶色い瞳にボクを映して、森田ヒカルにつながる装置を横目に見て、最後にハヤトを正面から見据えて、頷いた。夢へ戻る足取りで、廊下を遮断する扉をすり抜ける。

幽霊を追い出して口を閉ざす自動扉に、ボクは腕を噛ませていた。不満そうにレールの上を戻っていった扉の向こうでは、幽霊が不審顔だ。ボクだって、ボクの行動に疑問を覚える。

「どうしました？　第十七世代の、〈スナイパー〉」

振り返った彼の、人間らしい黒い眼がひどく濁っている。擬似大地から星を求めて仰いでいた夜空とは似ても似つかない、孤独な色だ。地球の、展示されているだけで星を撃てない〈トニトゥルス〉の黒だ。

星を、撃たなきゃ。

星を撃つことだけが、〈スナイパー〉で在り続ける方法だ。ボクがボクである証明だ。

星を、撃たなきゃ、いけない。

体を走った衝動を殺すために、咄嗟に唇を噛んだ。甘い。今朝の式典でハヤトがボクに仕込んだ口紅の名残なのか、神条と一緒に食べたピンクの家への未練なのか、どちらにしろ〈スナイパー〉にとっては有害な味だ。

ボクは星を求める指先で余所行きの黒い服に触れて、瞼越しの瞳を探って、ボクを構成するものが幽霊とは違うってことを確かめる。鼓膜の内側でうるさく拍動する心臓が、実は星の欠片だったら幸せなのにと考える。

「名前を」ボクは喘ぐ。「教えて」

「霧原！」ハヤトが叫ぶ。「かかわってはダメ」

「一場《いちば》」幽霊が名乗った。

三人ともが、ほとんど同時に声を発した。不協和音がボクの傷痕に熱を宿す。

ボクは腕を引く。解放された扉が役目通り、幽霊を――一場を、切り離す。その隙間に、ボクは囁く。

「一場さん。また、いつか」

一場はただ薄く笑っていた。いつかなんて永遠に来ないよ、って顔だ。ボクも心のどこかで感じている。

扉が完全に閉ざされた。命の残量が少ない〈スナイパー〉に、また、なんてあやふやなものはない。

カコン、とハヤトの靴音を背中で聞いた。ボクの一部が巻き込まれて、引き剝がされて、施設に滞留する澱んだ空気へ落ちて逝く。

それはきっと、神条とも決別する道だ。なぜだか、自分がとんでもないことを仕出かしたのだという気になる。もう戻れないところまで来てしまったのだと宣告されたようだ。

深呼吸を二度。ボクは踵を返す。一場を忘れる。

だって森田ヒカルの、ボクの終着点ともいえる森田ヒカルの、エネルギー兵器が待っている。その期待感だけで〈スナイパー〉としてのボクは逆上《のぼ》せていく。

最奥に隠されていたのは、モニタばかりだった。軌道庭園の施設で気象技官たちが詰めていたコントロールルームみたいだ。無数のモニタが広域レーダーや光学望遠鏡、電波望遠鏡や宇宙望遠鏡の画像ばかりを示している。星を撃てそうな兵器なんて画像すらない。

騙されたのだろうか、と訝ったとき、部屋の隅でハヤトが手招きした。

ハヤトの前にはガラスケースが設置されていた。中に、一抱えほどもある黒い箱が吊るされている。四方にマニピュレータを持った宇宙作業用ポッドだ。

「これは、彼が用いている高エネルギー兵器の二十八分の一の模型よ」

は？　と間抜けに問い返すしかなかった。ボクらが知る指向性高エネルギー兵器《トニトゥルス》とは全然違う。せいぜい軌道庭園の外殻を整備するポッドだ。こんなもので、どうやって星を殺そうというのだろう。

モニタが並ぶ壁越しに、ボクが寝泊まりしている施設がある駅前に放置されている〈トニトゥルス〉の幻影を眺める。あの膨大な質量こそが星を熱し、焼き砕き、軌道を逸らせるのに必要なエネルギーを生むのだ。そのために擬似大地の施設は太い電源ケーブルを伸ばし、〈トニトゥルス〉の腹を満たすための節電に勤しんでいた。

どう考えたって、どれ一つ、こんな箱に納まるような機能じゃない。

それなのにガラスケースの前に立つハヤトは、自信に満ち溢れていた。

「地球との通信を担う底面には通信アンテナしかないけれど、その他の五面には各七門ずつ高エネルギー砲が装備されているわ。発射角度を調節することによって七門すべてが一つの目標を撃つことも、三十五門それぞれが別の星を撃つこともできるの。彼は一人で〈スナイパー〉三十五人分の働きをしているのよ」

「それは計算がおかしいよ」と指摘したボクの声は、たぶんハヤトには届いていない。彼女は両腕を淡く広げて、無数のモニタを抱き寄せんばかりだ。

「彼は肉体の軛から解き放たれ、コンピュータと融合することによって永遠に星を撃ち続ける存在へと進化した。彼はその在りようも成績も、何もかもが特別で素晴らしいわ。従来の〈スナイパー〉という概念を破壊してしまうくらいにね」

でもボクらの軌道庭園は落ちた。その身を盾にして地球を守った。やっぱり、最後の砦は軌道上の、生身の〈スナイパー〉たちだった。その言い訳すら、ハヤトは滔々と語る。

「星の庭を落とした流星を迎撃できなかったのは、彼の責任ではないわ。言ったでしょう。彼は特別なの。いろんな国が彼の遠隔型迎撃衛星を、知りたがっている。そのための情報戦が、今だって繰り広げられているのよ。彼ほどの迎撃衛星を入手できないならば、いっそ壊してしまおうと考える、愚かな国もある。あの日はちょうど、そんなバカな国が彼の情報を盗もうとこの施設に攻撃をかけていたの。物理的な攻撃じゃないわよ、プログラムへの攻撃よ。そのせいで通信が阻害され、彼は迎撃衛星を操作できなかった。あれは彼ではなく、この施設の脆弱性が招いた悲劇よ」

ハヤトが語る物語は早口過ぎて半分くらいしかきちんと聞き取れなかった。

それでもこの箱が、遠隔型迎撃衛星と呼ばれているらしいことはわかる。遠くの惑星の衛星軌道に就いている無人迎撃艦と同類なのだろう。無人迎撃艦は予め与えられたプログラムによって自動的に星を撃つ。けれどこれは地球からの、森田ヒカルの操作によって星を撃つのだ。

なぜ無人迎撃艦隊だけでなくボクたちのような〈スナイパー〉が配置されているかという問題と論点は同じだろう。無人迎撃艦に搭載されているプログラムでは星を効果的に撃てないのだ。星を発見し、軌道を計算し、撃つ。それだけの作業を繰り返すプログラムだ。

対して〈スナイパー〉はほとんど一撃で、効率的に星を仕留める。鉱物や氷でできた星の弱い部分を的確に見抜いて瞬時に狙い、最小エネルギーで星を殺す。それは星を愛する〈スナイパー〉だけが有する才能だ。

「つまり将来的には〈スナイパー〉から、眼を取り上げるってこと？」

眼だけじゃない。〈スナイパー〉には、脳以外の何もかもが要らないということだ。

ハヤトは、ボクの問いには答えなかった。急に自信を漲らせていた両腕を力なく垂れ、表情を消す。ややあって薄桃色に塗られたハヤトの爪が、ボクの眼球を突き刺したそうにもたげられた。

「森田式の星の眼が廃番になったことは、知っているでしょう」

ハヤトに気圧されて、ボクは黙って顎を引く。ボクこそが森田式の眼を装着した最後の世代なのだから、当然知っている。以降、森田式の眼を診られる技師はどんどんと減っていった。だからボクは、神条に眼を任せていたのだ。正規の手続きでの診察と整備は、換装を意味する。ボクは、恩人から継いだ眼を手放したくなかった。

「どうして廃番にしたか、知ってる？」

「より優秀な眼が」

「欠陥があったからよ」ボクを無視して、ハヤトは語気を強める。「森田式には、決定的な欠陥があったのよ。今でこそ、〈スナイパー〉は星の眼を装着した瞬間から寿命を削られていくと、誰もが知ってる。星の眼を装着し脳内チップを埋め込むことは、命を縮めることになるって誰もが信じているわ。あなただって、そうでしょ？」

ハヤトは同意を求めていない。赦しを乞うているわけでもない。だからボクは彼女をただ見詰めていた。

「でもね、本当は違うの。あれは森田式の、森田式の眼を応用してしまった十七世代以降の星の眼全ての、欠陥なのよ。でも今さら森田式の眼から抽出したデータを破棄するわけにはいかないでしょう。だって、森田式を採用することによって狙撃成功率が飛躍的に高まったのよ。限りあるエネルギーで地球を守るためには、森田式の眼が弾きだす迎撃効率は不可欠なの。流星が止まないのだから仕方ないでしょう？〈スナイパー〉たちの寿命と地球の安全とは並び立たない。そうでしょ？」

憑かれたように、ハヤトは瞬きすらせず一息に言い切った。そして、喘ぐ。嗚咽だったのかもしれない。

「ねえ、そうだと言って。わたしたちは間違っていないと、〈スナイパー〉であるあなたが、肯定して」

　ボクは唇を結んだまま彼女を見返す。それが気に食わなかったのだろう。

「わたしもあの人も、ずっと〈スナイパー〉たちの安全を第一に考えて研究してたのよ！」

激昂と悲鳴の境で、ハヤトは声を甲走らせる。「だから森田ヒカルが狙撃成功率を劇的に上げたことに縋ってしまった。勘違いしてしまった」

　あの人——神条は今でも、ボクの命と感情を諦めてはくれていない。それを知ってか知らずか、ハヤトはボクの頬を両手で包む。鼻先にその甘ったるい吐息が触れた。

「森田ヒカルはね、自分の脳内チップに星の眼の制御を割り当てたのよ」

　何を言っているんだろう？　と首を傾げたかったけれど、ボクの顔はハヤトの掌に挟まれて固定されていた。

「まるで、森田式以前の眼は〈スナイパー〉の自前の眼球だったような言い方だ」

「本来、脳内チップにはヘッドフォンからの情報を視覚的に受け取る機能しかなかったのよ。星の眼は、脳内チップがもたらす情報をノイズなしに視界に表示するために開発されたインプラントにすぎなかった」

　初耳だった。そんなこと、〈スナイパー〉教育では習っていない。第一ボクらは機械の眼を照準用の〈ライフル〉や観測衛星と同期させて、はるかな遠方を翔ける星を捉えている。データを表示する機能しか持たない眼で、どうやって星を狙うというのだろう。

　そんなボクの訝しみに気づいたのか、ハヤトは軽く唇を歪めた。

「森田ヒカル以前の〈スナイパー〉たちの射程は、あなたの半分にも満たないのよ。そんな世代にあって、森田ヒカルは非凡だったわ。星を撃つことに異常なまでの執着をみせたの。より遠くの星を、誰よりも早く撃つことに全てをかけた。その執念が、彼に脳内チップの使用方法を誤らせたの。彼は脳内チップの演算機能を星の眼に割り当てることによって、人間が視える以上の広さと距離を、到底人間が判別できない速度で視始めた」

「……彼は、誰よりも優秀な〈スナイパー〉だ」

決して撃ち漏らさず、精確に、誰よりも多く星を撃った伝説だ。

「彼が優秀だったために、彼に続く〈スナイパー〉たちの寿命が縮められたのよ」

憤りを孕んだ、静かな声音だった。押し殺した抑揚が、ハヤトの感情の激しさを表している。彼女は本気で〈スナイパー〉たちの命を守ろうとしていたのだろう。

「森田ヒカルの成績を基に、彼の脳内チップの使用方法を参考に、第十五世代から十七世代までの眼が改良された。たった三世代で、森田式の眼の理論が完成してしまった。動かし難い成果が上がってしまったのよ。……もう以前の射程には戻せない。たとえ脳内チップの過負荷が〈スナイパー〉たちの脳を破壊していくのだとわかっていたって、地球を守ることの前では些事なのよ」

「なら、ずっと森田式を名乗ればよかったんだ。廃番にする必要なんてない。彼の名は、遺されるべきだ。それに足る偉業を、彼は成し遂げた」

「それは」ハヤトは短く息を漏らす。「星に殉ずることを人生の目的と定めている、あなたのような〈スナイパー〉だから言えるセリフよ。わたしは、わたしたち研究者は違うわ。まだ、そこまで狂えていないの。〈スナイパー〉の平均寿命を十代後半にまで縮めてしまった罪を、その元凶の名を、いつまでも眼前に吊るしておきたくはないのよ」

「……公式記録じゃ、ボクらの平均寿命は二十五歳程度だったはずだよ」

「それはね、その前の世代が五十年ほど生きていたからよ。普通の人間より少しばかり短い人生だったの。でも決して、星の眼が死因ではなかった」

ボクは改めて自分の年齢を考える。擬似大地で星を撃ちながら死んだ仲間や、いつのまにか姿を消していた同期生たちを、思い出す。

ボクらは、星を撃つ〈スナイパー〉たちは、それでも確かに自分を幸福だと感じていたのだ。噛みしめるように、自分の裡《うち》を確認する。

「わたしたちは、結果的に森田ヒカルに担がれたの。だからたぶん、あの人は自分を赦せなかったのね。研究、それ自体を諦めてしまった。逃げ出してしまった。でもね、霧原。わたしは、森田ヒカルを使って新たな可能性に到達したのよ」

「それが、これ?」

「いいえ」ハヤトは即答した。そして再び、「いいえ」と呻く。「これは通過点よ。だって森田ヒカルは迎撃衛星を操作できなかった。欠陥があったのよ。たとえ地球との通信が途絶えても、磁気嵐の直撃を受けたとしても、星を撃てるようにしなければ意味がないわ」

ハヤトはあっさりと前言を翻して森田ヒカルを否定する。彼女はもはや自分を見失いつつあるのだろう。森田ヒカルを心の底から憎み抜いているのかもしれない。その感情の延長として、ボクをはじめとする〈スナイパー〉の全てを、呪っているのだ。

ハヤトの両手は、ボクの頭を砕かんばかりに締めつける。

「それが、リストの一番目とどう関係するの？　森田式の眼を装着していることがリストの条件ってこと？」

「ええ。リストにはね、森田式の脳内チップによって脳を破壊されてもなお生き続けている〈スナイパー〉の名前が連なっているの」

「その一番目が、ボク？」

「いいえ、もう、あなたしか残っていないの」

「一場さんは？」

ハヤトは不思議そうにゆっくりと瞬きをした。

「どうして彼が出て来るの？　彼はそもそも、〈スナイパー〉として脳が損傷することに恐れを抱いて、早々に〈スナイパー〉を辞めたのに」

「……同じ、森田ヒカルの子供たちなのかと思って」

「そうだけど、彼は装着期間が短すぎたのか、森田式脳内チップとの親和性が低かったのか、とにかく損傷度が足りないの」

「何、その不吉な響き。損傷度？」

「星の眼が脳をどれだけ壊しているか、よ」

そんなわかりきった説明は要らなかった。問題は、その不吉な度合がどう関係しているのか、だ。

「……ボクの脳の壊れ方が、君が理想とする度合なの？」

「それは調べてみないとわからないわ。でも希望はある。だって森田ヒカルの脳に適合するように、設計したのだから。十八世代以降は、脳への損傷が軽減されているの。わたしたちが、軽減してしまったの。だから、ね、もうあなただけ。他の子はもう全部、使ってしまったの」

ボクはモニタルームの壁を睨む。その向こうの、ガラス筒に封じられた森田ヒカルの脳を、想像する。

「彼以外にも、ああなった〈スナイパー〉がいるの？」

ハヤトは静かに微笑んだ。

「この計画を、神条は知ってるの？」

はっとハヤトの瞳が正気の輝きを取り戻した。爆発物から手を引く速度で、ハヤトはボクを手放す。ついさっき、一場にぶたれた頬が血流を思い出して痺れた。

彼女の反応だけで、すべてを察する。

ハヤトの研究は〈スナイパー〉の脳だけを重要視するものだ。ボクを人間のように扱っていた神条に、耐えられるはずもない。だから彼は研究者を辞め、ハヤトの元を去ったのだ。

そして森田ヒカル以外の〈スナイパー〉は、彼女が望む成績を出せなかったのだろう。結果を得るために何人もの、何十人もの〈スナイパー〉が脳を摘出された。その事実に一場は怖気づき、ハヤトはボクが怯むことを危惧した。

星を撃てない〈スナイパー〉に存在価値はない。それは〈スナイパー〉の共通認識なのに。

熱っぽい自分の頬に触れて、「君は」と呟く。

「君はボクを理解できないと言ったけど、ボクには君のほうが理解不能だ。どうしてボクをここに連れてきたのかと、一場を詰《なじ》ったよね。どうして？　ここに来た〈スナイパー〉は、森田ヒカルの子供たちは、あの装置を恐れた？」

ハヤトが唇を開いたけれど、彼女の呼吸が言葉になる前にボクは続ける。

「ボクらはみんな、星が全てだ。少しでも長く星を撃っていたい。自分の寿命が短いことを嘆くのは、星が撃てなくなるからだ。〈スナイパー〉はね」

ボクはハヤトを真似て、彼女の頬を両手で包む。顔を引き寄せて、ボクの機械仕掛けの瞳がよく見えるように角度を調節する。

「死ぬ瞬間まで、星を撃っていたい。星を愛したい。それだけだ。それが〈スナイパー〉って生き物だ。どうしてそれが理解できないの？　〈スナイパー〉の研究をしていたくせに、どうしてまだボクを信じられないの？　まあ、無理もないか。ボクはそこに、もう一つの望みを抱いている」

ハヤトの眼球が痙攣している。困惑と不安とが混在した息がボクの顎を掠める。

「でも、教えてあげない。今はまだ、この望みはボクだけのものだ」

ハヤトを挟む両手の力を緩めて、首筋に滑らせて、襟に絡んでいた彼女の髪を解いてあげる。彼女は身震いした。つられて、ボクも首筋がむず痒くなる。

モニタの一つが、映像ではなく数列を表示していた。森田ヒカルの意志だ。星を砕くための演算を繰り返している。

ボクはその精密さに見惚れながら、自分の右手の人差し指が反応していることに気付く。星を殺す〈トニトゥルス〉を起こして、〈ライフル〉越しに狙いを定めて、トリガーを引きたがっているんだ。

ボクの芯に刻まれた、星を愛する本能が疼いている。

眼球が星を求めて回転数を上げていく。レンズを絞って、開いて、けれど脳に送られてくるはずの星の軌道データが見当たらない。

「星が、来る」誰かが恍惚と告げた。森田ヒカルの脳波を拾った電子音声だったのか、ボク自身の声だったのかも曖昧だ。

全身が歓喜に震えて、眼球が極限まで熱を上げる。

「ボクは、星が全てなんだ」

そう音にすることでボクがまだ〈スナイパー〉であろうとしていることを、確認する。

インターミッション　砂

順番を間違えた。そう気付いたときにはもう、霧原を見失っていた。失敗した、と神条は自らの衝動的な言葉を呪う。

そもそもなぜ結婚などという選択肢にいきついたのだろう。神条は目抜き通りの雑踏を眺めて己の愚行を考える。

初めて霧原と会ったとき、すぐにわかった。これは第十七世代だと、自分の研究が生み出した生き物だと。人間扱いをしたのは、実験の延長線上だった。星を愛する〈スナイパー〉に愛情を注いだならば、空白化していく脳を人間への興味で埋められたならば、ひょっとすると彼女の死を遠ざけられるのではないかと夢を見た。

けれど、だからこそ、霧原への情は「結婚しよう」などと口走る類のものではなかったはずだ。

脳裏にハヤトの顔が浮かぶ。あの計画はどこまで進んだのだろう。機械の眼に食い荒らされた〈スナイパー〉の脳を、コンピュータと一体化させて流星迎撃衛星と接続する研究だ。ハヤトは、〈スナイパー〉たちの望みに沿ったのだと主張した。彼らの真の願いを叶える形での生存手段なのだと言った。

それに反発して研究室を、ハヤトとの生活を、捨てたのだ。それなのにまだ霧原を通して過去の自分が絡みつく。

空っぽの掌を見下ろした。霧原の熱はもう失せている。雑踏の脇に佇む神条を、通行人は気に掛けるでもなく通り過ぎていく。

もしここに立っていたのが霧原なら、と想像する。通行人たちは横目で、それでもはっきりと奇異の視線を寄越すだろう。多くの〈スナイパー〉が自らの命を犠牲にしてまで地球を守ったことが報道された直後だ、物わかりのいいふりをして声をかけてくる奴がいるかもしれない。だが平時であれば？　おそらく誰かが通報する。ここは〈スナイパー〉の生活圏ではない。逃亡か迷子か、どちらにしろ見逃されることはない。

――ボクは〈スナイパー〉で、星が全てだ。

霧原の、強固な意志の宿った声が耳朶に甦る。

「知ってるよ」

霧原だけではない。〈スナイパー〉の誰もかれもが、星を愛している。星と自分を、同一視している。

そう、教育されるからだ。わざわざ地球の戦場で人間を撃っていたスナイパーを講師として招くのも、その一環だ。人間《敵兵》を撃つ人間《兵士》は人間《味方》を愛している。そう刷りこむことにより〈スナイパー〉は、星を撃つ自分は星であり、星を愛しているのだと思い込む。

霧原には特に、その洗脳が強く効いている。

――もう、あなたはこの子を手放すべきときにきているの。わかるでしょう。

ハヤトの、駄々っ子を諭す幻聴に、いまさら「わからない」と呻く。霧原の〈ライフル〉を、霧原の眼を、脳内チップに干渉する設定すら、神条は自分に馴染むように変更した。もともと霧原が装着している眼の開発は神条のチームが請け負っていたのだ。

アレは、神条が完成させた〈スナイパー〉だ。壊れるまで、いや、壊れたとしても、他の誰にも譲る気はない。

霧原は欺瞞に気が付いただろうか。給与だの控除だのの優遇措置に惹かれて、いわば金のためにハヤトと結婚したと告白した。それは嘘ではない。

けれど、ハヤトと結婚したのは当時、自分の手で造れるモノがなかったからだ。研究を進めていた機械の眼はすでに基本形があり、現状の物を用いていかに性能を上げるかが要だった。神条の理論や理想を付加することも一から形にすることも、厳しく制限されていた。

神条は、自らが手を加え、変更し、造り上げられるなにかがほしかった。

だから言い寄ってきたハヤトを拒まなかった。

別れたのは、ハヤトは神条が何かを付加できるような相手ではないという確信を得たからだ。ハヤトはむしろ、神条を自分の理想の男に仕上げようとすらした。研究方針の違いによる感情の衝突もあったが、そちらは別段どうでもよかった。

　ハヤトが好きかと問われたならば、嫌ってはいない、としか答えられない。ともに暮らしていたときも今も、神条の答えは変わらない。

「だってあいつは、俺のものじゃない」

　ハヤトは別の生き物だ。人間という種族の括りが同じでも、思想も信じるものも違う。決して神条の望む形を理解し、そこに嵌ろうとはしない生き物だ。

　そんな相手と、打算で一緒に暮らした。結果として『家族』という単位に収束した。それを霧原は『家庭』だと勘違いしている。〈スナイパー〉の地位に留まりたいのだと言いながら、〈スナイパー〉には無縁であるべき家庭というものに興味を示した。子供に興味を持たれて浮かれていたようにも思う。子供の母親に拒絶されて、たぶんあれは傷付いていたのだろう。それくらいの機微がわかる程度には、霧原との付き合いは長く深い。

　随分と人間らしい反応をするようになったじゃないか。

「俺なんかよりずっと……」

　はっ、と短く息を吐く。嗤ったのかもしれない。頭がぼうっとして、思考が鈍っていた。酔っているのかもしれない。アルコールに、地球に、霧原が口にした家庭というものの濃度に、悪酔いしているのだ。

　ここは宇宙《ヌスクァム・アレナ》ではない。ハヤトが揶揄した神条の城ではない。

「どこにもない、砂……」

星に撃ち貫かれた軌道庭園の正式名称を、自嘲気味に口にする。その名に反して、あそこには神条が望む全てがあった。霧原を自由にできる、霧原はどこにも行かない、神条の手に馴染む形となった霧原の最期を平穏に看取って、彼女の眼の一対でも手元に遺しておこうと思っていた。

それを星が奪った。いや、ハヤトが来たことでおかしくなったのだ。

神条のすぐ脇を子供が駆け抜けていく。両手を胸の前で握り合わせて、大切な何かを守るようだ。

「駄目よ、それ、ポイしないと家に入れないからね」

ゆったりと子供を追う女が、声を張る。

「やだぁ、ポイしない！」

子供は肩越しに振り返り、舌を出し、足を速めて通りの向こうへと消えていく。

「ヤだって……」嘆息と苦笑を混ぜて、女が神条の脇を通り過ぎる。「それ、もう壊れてるじゃない」

「シヅくん、駄目よ」母の声が、どこからともなくした。「そんなもの、要らないでしょ。壊れてる玩具なんて、ゴミよ」

「霧原は」ハヤトの幻聴すらする。「切り捨てるべきなのよ。次の、新しい〈スナイパー〉を担当すればいいわ。死期の迫った〈スナイパー〉なんて、あなたの人生には」

——要らないでしょう。

首の後ろを掻き毟る。母の、そしてハヤトの、妄執を振り払う。

「要るんだよ」余所行きの黒い革靴の先に唾棄する。「霧原は、要るんだよ。霧原が、要るんだ。俺が、あいつを造ったんだ。俺のものなんだ。だから」

最期まで自分のものなのだ、と主張した神条を、通行人の誰もが見ていなかった。

第四段階　風に游ぐ爪

〈11〉

施設の中の扉はたいていが感応式で、ボクが入れる場所であれば手を触れるまでもなく勝手に道を開いてくれた。逆にボクに入られたくない場所ならばどれだけ叩いても無視を決め込んでいる。

ただ一ヶ所だけ、ボクが手を触れなければ開かない扉があった。屋上の、ドアノブがある鉄扉だ。軌道庭園の自室を思い出す。あの空っぽの部屋は地球の大気圏で燃え尽きたか宇宙と同化したか。どちらにしろ二度と戻ることはないのだ。そんな感傷に打たれながら手をかけた鉄扉はひどく重たくて、最初にこの扉を見つけた日は数センチ押し開けただけで、挫折した。

ボクがこの施設の上階三フロアを自由に歩けるのは、ハヤトの計らいだ。一番下の階には図書室があって、二階目には研究設備、最上階には森田ヒカルの脳と、彼が宇宙に浮かぶ高エネルギー兵器を操作するための設備とが据えられている。

あの日、幽霊改め一場にここへ連れてこられて以来ずっと、ボクはこの施設にいる。神条には会っていない。そもそも星によって軌道庭園を砕かれてしまった日から、ボクは還る場所を失っていたのだ。

陽のあるうちはハヤトや他のスタッフにいろいろな検査をされ、眼や脳や肉体の状態を調べられる。夕食のあとは自由時間だ。暇に飽かせて図書室に通ったりするけれど、夜がくるとボクは決まって屋上の鉄扉の向こうに行く。

血の臭いのする扉を押し込む。いつだって鍵はかかっていなかった。ふわりと滞留していた空気が身を翻して、空を晒す。本物の空だ。風の匂いが雨を予言していた。軌道庭園になかった匂いが判別できるのは、それだけボクが地上に馴染みつつある証拠だ。

重たく垂れこめた雲が星を隠している。こんなに分厚い雲も、ボクは地球に来て初めて見た。擬似大地を覆っていた雲はもっと低くて、密度が低かった。

地球には、初めてがたくさんある。惑星の自転速度、天候、におい、そしてひどく厄介なボク自身の、感情。

ボクを押し潰さんばかりに堆積した雲の下に、今夜は先客がいた。

作業着じゃなく、夜に溶けそうな紺色のシャツを着ている。柵を乗り越えて飛び降りようとしている人みたいな諦めが、背中にへばりついていた。

ひどく懐かしい気分になる。喉の奥から温かいものがせり上がる。呼吸すらできなくなりそうだ。ボクの眼が勝手に先客を拾い上げる。とても鮮明に孤高に、ボクの世界は彼だけになる。

——神条だ。

精一杯の理性で、駆け寄りたい衝動を殺す。屋上を踏んだ素足にコンクリートの感触と冷やかさが刺さる。それすらどこか遠い。ボクの全神経が、神条に向けられていた。

嗅ぎ慣れた優しい煙草の匂いが白く、彼の肩口から立ち昇っていた。そっと彼のシャツを抓んで、額を預ける。傷痕を通して、彼の鈍い体温がボクの脳を侵した。思考すらその温もりの前では散漫になっていく。

「君が煙草を吸ってるところ、初めて見る」

「軌道庭園では大気管理の面でうるさかったからな」

「でも水野だって吸ってただろ」

「ああ、喫煙者二人で狭いポッドに隠れてこそこそ吸ってたな」

「そこまでして吸いたいものなの?」

「さあ?」神条の吐息が笑う。「寿命を縮めたい願望でもあるのかもな」

「それでもボクよりは、長生きするだろ?」

お互いに、誰かに聞かれることを恐れる囁き声だ。

「……だろうな」

神条の声はボクの頭の中に直接入ってくる。頭蓋骨で幾重にも反響して、ボクの神経といわず細胞といわず、機械の眼と脳内チップ以外の血肉に刻みつけられていく。不機嫌そうな低音だ。きっとそう装っているだけだろう。だって彼の背中はこんなにも温かい。彼の裡に隠れている感情まで聞こえるようだ。

「どうして、こんなところにいるの？　君は、ハヤトの研究から手を引いたくせに」

「あの日のことを」彼は半呼吸だけ言葉を探すように黙った。「詫びる気はない。ただもう一度ちゃんと話をしたかった」

「何度話したって同じだよ。ボクは〈スナイパー〉で、〈スナイパー〉は星が全てだ」

「ここにいたらどうなるのか、わかってるのか」

「わかってるよ。だから、ここにいる」

神条の呼吸が肺の底で潰れた気配がした。彼はそれきり沈黙する。

ボクを構成する細胞の一つひとつが神条を追っている。彼の背に押し当てた耳朶が感ずる熱、鼓膜の内側で爆《は》ぜる鼓動、煙草の下に潜む彼の服の匂い。全部が懐かしくて、ボクとの境目がわからなくなる。

彼との境界を明確にするために深く夜の空気を吸って、吐く。

頬の下で神条の背中の筋肉がうねったことで、ボクは彼が煙草をもみ消したことを知る。

「眼は？」

「悪くないよ。ボクの眼が珍しいのか、いろんな人が見学にくる」

「十七世代は骨董だからな」

神条の背中が離れた。でも距離は変わらない。ボクと向き合っただけ。視界の端から真新しい銃器オイルの匂いのする指が伸びてきて、でも触れる寸前で戸惑ったように震えて、留まった。

彼は手を落とす。投げ捨てられたヘッドフォンみたいに体の横で小さくバウンドして、指が宝物を諦めた子供みたいな曲線を描く。

ボクは半歩だけ踏み出した。今度は背中じゃなくて、彼の心臓の上に額をつける。彼は半歩踵を擦って下がりかけて、けれど踏み止まってボクを受け止めてくれた。

「何しに来たの?」

「会いに来た」

「どうやってここまで入ったの? 割と厳重なセキュリティだよね」

「吉田のパスコードを使った。あいつが出勤してきたらバレる。何年も同じパスを使ってるのは愚の骨頂だな」

「他人のパスコードなんて、よく覚えてたね」

「あいつのは一番ダメな設定で、自分と親の誕生日の最大最小公約数の組み合わせだ」

なにがどうダメな設定なのかはよくわからないけれど、神条がハヤトと彼女の親の誕生日を覚えていることだけはわかった。

「ハヤトに成りすましてまで来てくれたことは、ありがとう。でももう会えた。帰って」

突き放したつもりだったのに、仔猫が甘えているような声音が出た。我ながら意志の弱さに吐き気がする。

「霧原」ひどく掠れた声で、彼が夜を響かせる。「お前に嘘を言ったことはない」

「でも隠してた。ボクが〈スナイパー〉として生き残れる方法を、君は知ってた」

「あれは……生き残るとはいわない」

神条がボクの肩に手を置いた。病室の臭いが染みたジャージの上から、彼の熱がじわりと浸透する。薄い布だけがボクと神条との均衡を保つ最後の砦みたいだ。いや、ボクの〈スナイパー〉としての冷静さを、保障してくれる砦だろう。

「俺は」彼はボクを引き剝がしも引き寄せもしない中途半端な力加減で、ゆっくりと屈んでくる。「お前を喪いたくない」

ボクに頭を預けて、懺悔する罪人みたいに一度だけ肩を震わせた。

泣いてるのかな？　と思ったけれどボクの肩は濡れていなかった。

神条は、はっと短く息を吐いて、彼はすぐに顔を上げた。片頰を歪めた、いつもの彼だ。

「なんで裸足か、お前は」

ボクの白い爪はコンクリートに溶け出しそうなくらいあやふやだ。指を曲げてみる。薬指の爪が金属にでもなったみたいにむず痒くなった。

クッと神条が喉で笑った。そしてボクから離れる。ボクも彼を放す。澱んだ無がボクらの間に流れ込んだけれど、ボクも神条も見ていなかった。

腰まである柵に背中を預けた神条の隣で、ボクはそれを乗り越えて遮るもののない建物の端へと出る。後ろ手に柵をつかんで勢いをつけて柵に腰掛けた。ボクの体重に辟易したらしい柵の軋みを無視して、宙へと投げ出した足をばたつかせてみる。ボクの、幽霊みたいな色合いの指の間で、ぶつ切れになった建物の屋上や大地が眠っていた。灰色の雲のせいか、いつもより滲んでいる。

「何時かな？」

この施設に入ってから生活リズムが強制的に変更されていたけれど、ボクの体はまだ体内時計で時間を把握できるほどこの生活に馴染んではいなかった。四年も夜に星を撃つ生活をしていたんだ。簡単に朝型生活になったりはしない。

「〇二四四時」

「星はどう？」

「さあ？　俺も配属先の連絡を待ってるとこだから、せいぜいニュースで知る程度だ。お前のほうが詳しいんじゃないのか？」

「そうだね、今は周期から外れてるよ。もう一週間くらいで、次の流星群が来るって。君ならもっと凄い情報を手に入れてるんじゃないかと期待したのに」

「凄いって」神条が小さく噴き出す。「具体的には？」

「さあ？　そこまでは考えてなかった」

「なんだそれ、いい加減だな」

「そうだね」

ボクらに降り注がない星を求めて、手を伸ばす。もちろん見えはしない。地上の雲は雨の日の擬似大地よりずっと厳重に、星を隠している。

「落ちるぞ」

ボクのジャージの裾を、神条が抓む。でも本当に落ちたら、あっさりと手放してしまうだろうとわかる一抓みだ。

ボクの手は星に届かない。たとえ晴れ渡っていたとしても、絶対に届かない。視えているのに触れ合えない距離っていうのは、確かに存在する。星と〈スナイパー〉みたいな、ボクと神条みたいな、そんな絶対的で変えてはいけない距離が、あるべきなのだ。

「神条」

「ん？」

「ここは暇なんだ」

脈絡を探ってか、神条は無言だ。

「だから図書室なんてところで本を読んでみた」

本来、ボクらの眼は動かない小さなものを捉えることには向いていない。だから本なんてものは機械の眼を得てから読むことなんてなかった。必要に迫られることもない。

「軌道庭園で、ハヤトがボクの部屋に家庭訪問なんて仕事で来たけど、〈スナイパー〉にはそもそも家庭なんてものが存在しなかったんだね。ボクの記憶にある母親も、別に母親ってわけじゃなかった」

本によると〈スナイパー《ボクたち》〉は人工授精によって発生し、宇宙の無重力を利用した人工子宮の中で発育し、誕生する。ファクトリー・オートメーションによって四歳まで育てられ、あとは〈スナイパー〉候補生ばかりが詰め込まれた施設で一斉に教育と管理を受ける。

神条の部屋でハヤトが食事を作ってくれたときに感じたむず痒さとは相容れない環境だ。

「それだけじゃない。ボクは森田ヒカルに選ばれたんだと舞い上がっていたけど、本当はあそこにいた全員が〈スナイパー〉になるべく生み出された子供たちだった。彼に選ばれたわけじゃない。彼はランダムに子供たちに声を掛けて、自分の名がついた自分と同じ型の眼を普及させようとしていただけだ」

神条は、黙ってボクの話に耳を傾けている。ボクのジャージを抓んでいた指先は、いつの間にか掌になっていた。彼がボクに縋っている錯覚を抱く。

「本を読んで、わかった。ついでにどうして君が、いきなり結婚しようと言ったのかも、理解したよ」

〈スナイパー〉として生み出されたボクらには、人間として国に認められるための番号が割り振られていない。あるのは星を撃つ機械の一部としての管理番号だけだ。国に対してなんの義務も負わない代りに、権利も得られない。ボクらに与えられるのは、星を撃つために必要なものだけだ。それが、〈スナイパー〉という生き物だ。

でも結婚すれば扱いは変わる。人間と結婚した〈スナイパー〉は人間として扱われる。人間としての番号が与えられ、様々な義務を課せられる代りに権利を得る。離婚したとしても一度得た人間としての番号は剝奪されない。

「君、ボクを人間にしたかったの？」

「そう、ともいえるが」神条はため息の延長みたいに力のない声で呟く。「たぶん、違う。ただ、お前といたかった。もう少し、長く。お前に生きてほしい」

「〈スナイパー〉の担当整備工としての覚悟が足りないんじゃない？」

ははは、と声をあげて笑ったのに、神条は短く息を吐いただけだった。自嘲したのかもしれない。

「ねえ、神条。たとえ今、ボクがこの眼を外して〈スナイパー〉を辞めたとしても」

神条が顔を上げた。曇天の空から一筋の光が差したような反応だ。けれどボクは残酷に事実だけを突きつける。

「ボクは君より先に死ぬよ。ボクの脳はもう不可逆なダメージを負ってる」

ハヤトが開発した迎撃衛星の操作システムは、損傷して空白化した脳の部位に寄生して死滅した脳神経と融合し、再生し、迎撃衛星を自分の身体のように動かすものだ。神条はそれを生存と言わないと主張するけれど、ボクにとってはただ死して廃棄されるよりよほど希望に満ちている。

神条は被害者に赦しを乞う加害者みたいに項垂れた。ボクの足先で煙る町並が死臭に呑まれつつある。〈スナイパー〉としてのボクの、死臭だ。

「ボクには初めから星しかない。ハヤトの研究はそれをわかってる。君がボクを人間として扱ったりボクから星を奪ってまで生かそうとするのは、〈スナイパー〉になるために生まれたボクを、〈スナイパー〉として生きてきたボクを、否定することなんだよ」

「かもな」彼は柵の隙間から町を睨み下ろして、目を伏せた。

「君さ、ボクの何に執着してるの？　眼？　脳？」

「……お前は、お前だろう。確かに研究者としての俺は〈スナイパー〉の眼に執着して、〈スナイパー〉の脳をいかに保全するかに執着してた。でもお前は、眼も脳も全部ひっくるめてお前だろう」

「眼も脳も、〈スナイパー〉を構成する要素だ。ボクの全部は〈スナイパー〉なんだ。なのに君はボクに、〈スナイパー〉を辞めろと言う。〈スナイパー〉でないボクは、生きているとはいわないいんじゃないの？」

これはボク自身に対する問いでもあった。神条の動向を推測していくうえで一番わからなかったことだ。〈スナイパー〉でないボクには生きている意味がないんじゃないだろうか。

その一点がどうしても引っかかる。〈スナイパー〉と人間は別の生き物だ。〈スナイパー〉でなくなったからといって、ボクが人間になれるわけじゃないだろう。

だからボクは神条を選べない。神条を求める、人間的な自分を否定するしかない。自分を、騙す他ない。

でも誰かが答えをくれたら？

　神条は数秒黙り込んだ。ころころと空の奥が鳴いている。雲を転がす音だ、と数日前にハヤトが教えてくれた。全天開放型の擬似大地がそうであったように、空を管理するのには結構なエネルギーが要るらしい。

「俺は」ともすれば聞き逃してしまいそうな、神条の呟きだ。「自分の研究に挫折した。だから、もしかしたら、自分でも気付かない範疇で、星に全てを捧げるお前を挫折させたいと思ってたのかもしれない」

「君と同じように？」

「俺とお前は、共犯だからな」

　ドクリと心臓が大きく喘いだ。夜風が首筋を冷やして、ボクが冷静さを欠きはじめていることを教えてくれた。

　ボクと神条は何に対する罪を一緒に背負っているのだろう。これから同じものを背負えるというのだろうか。

　それは、少し素敵なことかもしれない。

　熱に浮かされたボクは柵から降りる。屋上の内側に、じゃない。一歩踏み出せば夜の町に転落してしまえる屋上の際に、素足で立つ。

「霧原」

　焦るでもなく、神条がボクを呼び留める。

「ボクは、星を愛してる」

「わかってる」

「星を愛するために、君が必要だった。でも、今はわからない。君が必要だったのか、優秀な整備工が必要だったのか。星を愛するために君が必要なのか、君を手放さないために星を愛するのか」

「それは……たぶん、俺も同じだ」

ボクは両腕を広げて、ゆっくりとつま先で回る。神条と対峙する。

ボクらの間には白く立ち枯れた柵がある。ボクの背中を受け止めてくれるものはない。このまま身を投げ出せばすべてが終わる。最期に見るのは星ではなく、雨を呼ぶ曇天だ。

きっとボクらは決定的にどこかを踏み外している。なくてはならない何かを初めから持っていない。

「霧原」神条が手を伸べて、懇願する。「一緒に、行こう」

「……どこに？」

「どこでもいい。ここじゃないところに」

「そこに行けば、ボクは〈スナイパー〉じゃなくなるんだろうね」

「それでも。頼むから」

一緒に来てくれ、と神条の唇が動いた。でも声は聞こえない。風が、背中からボクを抱きしめたそうに騒いでいるせいだ。

神条が一歩、近付いてくる。柵が彼の腹に当たっている。お互いに体を伸ばせば容易くキスできそうな距離だ。

　半歩下がる。踵が死の縁を踏む。

　神条の顔が強張った。彼はボクの足元を見て、何かを期待するみたいにボクの唇に視線を彷徨わせて、「頼む」と囁く。

　銃器オイルの香りが、雨の匂いをくぐってボクの瞼に触れた。

「一緒に墜ちよう」と誘えば来てくれるだろうか？　と考えて、あまりのバカらしさに笑ってしまった。頬が引きつれたのを自覚する。

「霧原……」

　あの夜みたいだ。星に撃たれる寸前の擬似大地で、泣きだしそうな神条と話した。あのときと同じ静かな声が、ボクの好きな真剣な顔と真摯な指が、近付いてくる。

　ああ、ダメだ、とボクはまた、笑う。どうしようもない。星に感じるのとは違う、制御の利かない熱の塊が喉の奥にある感じだ。

　ボクは、神条と一緒に墜ちたいと、願ってしまった。衝動的に、けれど言い訳の利かない強さで。諦めよう。認めてしまおう。

　星の見えない地表で、ボクは神条を求めている。

　彼の指が、掌が、ボクの胸に触れて、広がる。心臓の上、ボクに吸いつくように彼の手は馴染んでいる。

　彼はボクを突き落としたいのかもしれない、と感じる。ボクたちが星を殺すように、星々がこの惑星を破壊しかねない速度で迫るように。

その一点だけで考えれば〈スナイパー〉も人間も、星たちですら同じ生き物に分類できる。

ボクらは星を愛しているからこそ星を撃つ。ハヤトだって〈スナイパー〉を愛しているからこそ、〈スナイパー〉の命を吸い盗りながらも星を視る眼を開発しているのだろう。だって彼女の情熱は、方向性はともかく、本物だ。

「神条」

「ん?」不安そうに首を傾げる彼は整備工としては、とても頼りなさそうに見えた。

「いいよ」

ボクの命を預ける。〈スナイパー〉としての命、人間としての命、ボクを構成する全てを、奪えばいい。

神条は端的極まりないボクの言葉を受けて、いっそう不安そうに眉を寄せた。優秀すぎる彼は余計なことを考え過ぎるのかもしれない。

「先に謝っておくよ」指を伸ばす。熱だけが、指先を掠めた。「ごめん。でも」呼吸に言葉を紛れ込ませて、祈る。「ボクも君の傍に行きたい」

神条は呼吸を喘がせて、素早く顔を伏せた。そして長い、内臓ごと吐いてしまうんじゃないかと思えるくらい長い、息をつく。

「そこは、謝るところじゃない」

「謝るところなんだよ」また、今度は四分の一歩下がりながら、笑う。「君は全然わかってない」

瞬きの時間で彼がボクとの距離をゼロにした。抱き寄せられた腰が熱くて、彼との間に挟まった白い柵が腹に食い込んで痛い。

温かかった。

耳元に掛かる彼の髪に触れる。彼の体がボクを融かす温度だったから髪だって熱いのかと思ったのに、ひどく冷えていた。彼の髪に指を絡める。髪の下、頭皮をかき乱して、脈動する耳の後ろに口付けた。優しい煙草の香りがボクを満たして、血液に溶けていく。

間近に神条の黒い眼があった。柔らかくて繊細で、美しい瞳にもキスを贈る。

神条の呼吸がボクの唇に触れる。

バーで交わした優しいキスじゃない。怒りとか憎しみとか、そんな激情をぶつけられているみたいだと感じて、すぐに違うとわかる。

ハヤトの口紅を借りればよかった、なんて今さら思う。

彼女の甘い毒を塗っておけばよかった。そうしたら今この瞬間に一緒に死ねたかもしれないのに。

軌道庭園と心中した〈スナイパー〉たちも、こんな気持ちだったのだろうか。愛する星に撃たれ、一緒に大気圏に墜ちて、燃え尽きる。相手と同時に息絶えたいと願うのは、相手を愛しているということだ。なんて幸せな最期だろう。

神条の呼吸を呑み下しながら、神条に呼吸を奪われながら、どうしてこんな行為を契約だなんて思えていたのか、もうわからない。これは、相手との心中を願う行為だ。彼の硬い指先がボクの眼の上を、首筋を、心臓、髪、ボクを彷徨って、かき乱した。吐息の隙間で彼が懇願する。

「逃げよう」

何から？　会社？　国？　星、眼、それとも生命から？　いろいろ思い浮かんで、でも薄く開けた視界の端で弱く輝く雲間の星を捉えた途端に悟る。

彼とボクを隔てる絶対的な距離を、思い出す。ボクらは肌で完全に隔離された、絶対的な数ミリの距離を持った個々人だ。一つになるには、降り注ぐ星とこの青い星みたいに、どちらかが何かを諦めて、壊れて、砕いて、溶け合うしかない。

肌なんてなければいいのに、って思いながら、ただ頷いた。星を撃ち墜とすみたいに、本能的な動きだった。

「逃げよう」

ハヤトのパスコードを使って侵入したという神条は、出ていくときも同じ手を使って扉を開けていった。あちこちに設置された監視カメラには、堂々とハヤトのコードを打ちこむ神条とジャージにスリッパというだらしない格好でついていくボクとが映っているはずだ。なのに誰も出てこない。神条は「映った人間の行動パターンを解析して、怪しい動きをした奴だけをチェックするコンピュータプログラムだから」と自信満々だったし、実際に見咎められることも警報が鳴ることもなかった。人間の眼で監視していれば結果は違っただろうに、とボクは最先端施設の脆弱性に憐みを覚える。

確かに、これでは森田ヒカルが遠隔型迎撃衛星を操れなかったことを責められやしないだろう。

いくつかのゲートを抜けて、けれど駅ではなく、神条は土の匂いが満ちた外の世界へとボクを導く。屋上で感じていた涼しさは少しだけ緩んで、代りに湿気が増した。軌道庭園ならシステムの異常を考えるほどの湿度だ。

地球生まれの神条は涼しい顔をして、眠っている町を歩く。ボクはといえば、いつ建物から人間たちが出て来るのか気が気じゃない。

だって〈スナイパー〉を無許可で連れ出すのは、重罪だ。〈スナイパー〉の体は国の、眼や脳内チップは民間会社の持ち物であり最重要機密だ。ボクはその罪の重さを図書室の本で知ったけれど、神条ならば当然もっと前から知っているはずだ。

それでも彼は、ボクを連れ出してくれた。

神条に手を引かれるままに町を抜けて、大通りに出た。大通りといっても軌道庭園やこれまでの町のように人間専用じゃなかった。教育課程のデータや本でしか見たことのない、〈トニトゥルス〉が横たわれるほど広いものだ。

驚くべきことに、神条は停まっていた自動車の扉を平然と開ける。

「え、なんで？」

「なにが？」

「だって、自動車……」

「この時間だからな」神条は腕時計を一瞥する。「〇三三五時。地下鉄はまだ動いてないし、始発列車に乗れば施設の連中とかち合う」

「ボク、自動車って初めてだ」

「そりゃよかった」

何がどういいのか皆目わからないけれど、神条は嬉しそうだった。ボクは恐るおそる神条が示したシートに座る。軋んで硬い。軌道庭園に置き去りにしたボクのベッドマットに似た座り心地だ。苦く煙草の匂いが染みついている。運転席にある灰皿に盛られた吸殻のせいだろう。

運転席に納まった神条が、両の掌を擦り合わせた。不安を抱くに足る沈黙が流れて、神条はようやくエンジンを始動させる。風邪をひいたときの咳が数度、きゅるきゅると甲高い音が夜を驚かせた。

「君、これ、動かせるんだよね？」

「ここまで運転してきたから大丈夫だ」一息で言い切ってから、神条は「たぶん」と付け加える。「いや、大丈夫だ。横に誰かを乗せるのが久し振りだから緊張してるだけで」

「軌道庭園に自動車ってあった？」

「……エレベータ移動がせいぜいだな」

「君さ、一番最近地球に降りたのって、いつ？」

神条の答えは、急発進だった。頭がシートに押し付けられて、頸《くび》が折れるかと思った。声も出ない。ボクはシートの縁を握り締めて耐える。

しばらくすると、ようやく自動車が安定してきた。横を見れば、神条がハンドルに齧りつかんばかりに前のめりになっていた。こんなに必死な彼は初めてだ。

急におかしくなった。重要機密を連れて逃げているはずなのに、当の重要機密であるボクは笑いを噛み殺せない。くふくふ、と喉を鳴らしていると、神条の舌打ちがした。それもすぐに含み笑いへと変わる。

ボクらはバカみたいに大声を上げながら夜明け前の町を疾走する。砂埃が自動車の軌跡を空へと示していたけれど、追跡者は現れない。雨もまだ降ってこない。星もない。

ボクらは二人きりで真っ直ぐに、どことも知れない逃亡先を目指す。


結局、自動車の燃料が尽きたところで地下鉄に乗ることになった。駅のある町で、神条が上着とジーンズと靴、それにキャスケットを買ってくれた。ボクはキャスケットの短いつばの下に額の傷痕と機械の瞳を隠して、人間に成りすます。

ゴトン、ガタン、と愚鈍な振動がボクらを運んでいる。神条に触れた肩が温かい。皮膚が緩んで溶け出しそうだ。眠っていないせいか、気怠さがボクたちを覆っていた。

高速地下鉄道は完全自動運転だから運転手も車掌もいないのだと教えてくれたのは、神条だ。ボクには、運転手はともかく車掌がどんな仕事なのかわからない。それでも神条が向かい合った四人掛けのボックス席じゃなくて最後尾の壁に面した二人席を選んでくれたのは、人間に擬態したボクへの配慮だということはわかった。

周囲には誰もいなかったけれどボクは慎重に、熱っぽい額をキャスケットに仕舞い直す。

「空いてるね。これが普通なの？」

「まあ、こんな時間から長距離に乗る奴はあんまりいない」

「どこに行くの？」とは訊かなかった。ききたくなかった。たぶん、これが恐怖って感情なんだろうと自己分析をする。

「神条は地下鉄に詳しいの？」

「まあな、研修中は地球にいたんだ。いろんなところに行かされた。研究者も整備工も、意外と忙しい」

「それは君が優秀だから？」

「そう、優秀だから」

くっ、と二人して笑いを喉で潰す。〈スナイパー〉を連れ出す整備工なんて不良もいいところだ。

ボクらはひとしきり肩を震わせると、収束した笑いの続きを求めて浅い呼吸を繰り返す。でも言葉を探すには狭すぎるボックス席で選べたのは、沈黙だけだった。どちらからともなく手をつなぐ。

神条の手は掌だけが温かくて指先はとても冷たかった。星を砕く前の〈トニトゥルス〉と同じ、何かを期待しながら恐れてもいる温度だ。

星は降っているだろうか。

見上げたけれど、斑《まだら》模様の天井が阻んだ。どうせ車両の屋根がなくても分厚い地下構造がボクと星を隔てている。ボクと神条を別っている肌みたいに。

地下鉄は重たい足枷を引きずる囚人に似た揺らぎを繰り返す。二時間くらいして、終点のアナウンスで乗りかえた。やっぱり進行方向に背中を向けて神条と並ぶ。結局ボクらはそれを二回繰り返して、終点で降りる。


神条に手を引かれて駅から出た。でも外には出ず地下街を這うように移動する。列車で随分と眠ったせいで今が昼なのか夜なのかわからない。

町には浄化装置が壊れているとしか思えない黄色い空気が漂っていた。ハヤトの研究施設があった駅と同じだ。低い天井に空は描かれていない、コンクリートがむき出しになっている。灰色の天井がゆっくりと墜ちてきている気がした。壁の中に無理やり世界を突き刺したような道、というより通路にはショー・ウィンドが並ぶばかりで人間がいない。マネキン人形だけが物珍しそうにボクらを観察している。ひょっとしたらガラス越しの人形たちこそがこの町の住人なのかもしれない。

「ここは」と神条がボクを横目で見下ろしながら言った。口元が緩んでいるから、きっとボクが何を不安に思っているのか気づいているんだろう。「臨海都市だから地表には観測施設と放棄された町の残骸しかない。地下にあるのはそこの職員の居住と娯楽スペースだけだ」

「観測って何を観るの？」

「星が着水した場合、津波が地上を襲うことがある。津波って、知ってるか？」

「知ってるけど、知らない」

いささか拗ねた調子になった。〈スナイパー〉は星を撃ち逃す前提で仕事をしない。だから地球に星が墜ちることなんて考えない。海が地表を洗う現象だということは知っているけれど、具体的に想い描くことはできない。そもそもボクは、海すら情報として理解している程度だ。

神条は「ああ、まあそうか」と一人で納得して、掌をひらひらと上下させる。

「地球が大量の水に覆われた惑星だって話はしただろ」

「毒の海、ね」

「そうだ。そこに星が墜ちると波ができる。宇宙から降ってきた星だ、衝突の衝撃は凄まじい。当然、波も大きくなる。それが海の中で納まってくれればいいんだが、大きすぎる波が陸に到達する場合もある。星が島を洗ったって話なら習ったか？」

「ああ、流星雨初期の、あれ？」

町と島が一つずつ、そこに棲む生き物ごと薙ぎ払った星のおかげで、〈スナイパー〉が生み出されるに至ったのだ。

「あれが再び起こった場合、つまり俺たちが地球に叩き落とされた今回みたいな事態に備えて、星の起こした波が何時にどれくらいの規模で地表に到達するかを計算して、事前に人間を避難させる。そういう施設だ」

「神条は、そういう計算もできるの？」

「まさか。それを計算するのはコンピュータであって整備工じゃない。ここには私用で何回か来てるだけで、誰かを連れて来たのは初めてだ」

「また地下鉄に乗るの？」

神条はボクの言葉を何パターンにも理解したような複雑な表情で「いや」と首を振った。

「陸伝いに来られるのはここが終点だ。次は……海を渡る算段でもするか」

「海が近いの？」

「五キロメートルくらい先にある。明日にでも見に行くか？」

うん、と弾んだ声で応じた途端に、明日、という単語が怖くなった。明日までボクらが一緒にいられることを、神条は疑っていない。

ボクは明るい調子を保ったまま「そういえば」と未来から眼を逸らす。

「施設のスタッフしか住んでない町にいられるの？　ボクらは部外者だよ」

「私用の延長だがな、俺は完全な部外者ってわけでもないんだ。まあ、すぐわかる」

深く考えるな、と言って彼はキャスケットごとボクの頭を掻き撫でる。揺れる頭で神条のことを考えようとするけれど、ボクの中にあるのは星にかんする情報だけだ。せいぜい神条が研究者であったこと、ハヤトと結婚していたこと、酒と煙草を嗜むことができて、ついでにいえば自動車の運転が苦手なこと。その程度だ。星の見えないこの場所で考えられることなんて、ほとんどない。

ボクらは逃亡者らしく、濁った色の町に不釣り合いな白いエレベータを避けて、灰色の汚れがこびりついた階段を上る。一段ずつがとても低くて疲れたけど、軌道庭園のボクの部屋は十二階にあったから苦痛を感じるほどじゃない。どちらかといえば、馴染みのある疲労感が心地好い。

でも神条には違ったみたいだ。三階ほど上ったあたりから浅い呼吸を短い間隔で繰り返し始める。足取りも鈍くなって、ボクとは半階分の差ができた。

神条を待つ間に、壁に埋め込まれた金属扉の脇に掲げられている数字を読む。5――地下五階ということだろう。階段の手すりから顔だけを出して、「ゴールは何階？」と問う。喘ぎで肩を上下させる神条の指が三本立った。

「もうすぐだよ」

足音を響かせて、ボクは一足先に三階フロアに到達する。重たい鉄の扉を押し開けて真っ先に空を仰いだ。

期待に反して、布張りの天井がボクを睥睨していた。

「さすが現役〈スナイパー〉」ようやく階段から解放された神条が呻いた。「鍛え方が違う」

「退役済みだよ」とは言いたくなくて、しばらく考える。彼と並んで歩き出すころになって、思いついた。

「年の差じゃない？」

「お前、いくつだったっけか？」

「十……七か八。まだ十七かな？」

「なんで疑問形なんだ」

「君、いくつ？」

「二十き……いや、たぶん三十」

「君だって怪しいじゃないか」

「俺くらいの歳になると年齢なんか数えないんだよ」

拗ねた調子で言ってから、神条は「そうか」と呟いた。

「十七」

神条がボクの年齢を復唱した理由を、ボクは容易く理解する。

〈スナイパー《ボクたち》〉は子供ばかりだ。機械の眼がゆっくりと脳を壊していくから、大人になる前にボクらはいなくなる。それが当然だと教えられてきたし、信じてきた。そのくせボクは、新聞から森田ヒカルの名が消えても、あの人が死んだとは思わなかった。思いたくなかったのかもしれないけれど、少なくともボクは森田ヒカルが生きていると心の底から信じ切っていた。

だって彼はボクの指針だった。決して撃ち漏らすことなく星を愛する〈スナイパー〉の背を追って、ボクは生きてきた。

ああ、でも彼は星を撃ち損ねたんだった。そのせいでボクらは地球へ落ちた。地球にこなければ、ボクはボクの裡に潜んでいた感情にも神条への執着にも気づかずに済んだ。そうすればきっと、死の間際まで星を撃っていられた。

ボクの人生の分水嶺にはいつも、森田ヒカルその人がいる。まるでボクを導く親のようだ。ボクは家庭も母親も持っていなかったけれど、森田ヒカルがいた。

もちろん完璧な〈スナイパー〉である森田ヒカルの名は会う前から知っていたし、憧れてもいた。

けれどボクが彼の生存を信じ、執着していたのは、彼が特別な相手だったからだ。〈スナイパー〉候補生ばかりの施設を訪れた彼はボクの前で膝を折ってくれた。ボクと視線の高さを合わせて、他の子供たちと一緒くたにすることなくボクだけを見て、語りかけてくれた。

ボクにとってそれは、何よりも特別なことだった。あの刹那、ボクは初めてボク個人というものを認識したのだ。

布が波打つ空の下、ボクの手を引いて歩く神条の背を仰ぐ。彼は、今のボクの特別だ。ボクだけを見て語ってくれる、たった一人だ。

汗に湿った神条の手から、逡巡や哀しみといった重たい感情が伝わってくる。ボクの杞憂かもしれない。それでも確かなことがある。

彼は、ボクの命の残量について考えているのだ。ひょっとしたら後悔し始めているのかもしれない。死の縁にある〈スナイパー〉を連れて逃げていることを、下手をすれば処刑されかねない重罪を犯していることを、ここにきて自覚したのかもしれない。

　でももう少しだけ、とボクは彼の手を強く握り返す。もう少しだけでいいんだ。ボクは彼といいたい。彼を感じられる肉体に、執着していたい。

　人間が死に絶えた町の細道を三ブロック歩いて、淡いカーブを描く道の先で猫が踊っている看板をくぐった。ハヤトの爪みたいに、とても女性的で媚びた色をした猫と眼が合う。

　鉄格子が嵌った受付には老婆が座っていた。この町で初めて出会う人間だった。子供を食べてしまうんだろうと思える風貌だったから、ボクはキャスケットの短いつばの下で身を竦める。

　でも大人である神条は臆することなく格子に顔を寄せて、少し張った声で「こんばんは」と挨拶をした。

「ご無沙汰してます、シヅカです。部屋を貸していただきたくて来ました。ムシがいいとは自覚していますが、どうか、匿ってください」

　舌を噛みそうな言葉遣いだ。大人っていうのはこういう話し方もできるものなんだ、と新鮮な気持ちで彼の横顔を眺める。ボクには生涯縁がないだろう。

　老婆は黙って首を振る。拒絶されたのかと危惧したけれど、老婆は格子の隙間から長い棒がついた鍵を差し出してくれた。彼女が囚われているのかボクらが捕まったのか、わからなくなる。

神条は鍵を受け取ると、かわりに札を二枚差し入れた。

老婆は神条とボクを交互に見て、札を睨んで、神条を眼球だけで見上げ直した。料金を受け取ることを渋っている様子だ。神条は札に指を添えて、改めて格子の下に押しやった。老婆は再び首を振って、節の目立つ細い指で札を鷲づかみにする。

神条に背を押されて受付を抜ける。ふわふわとした絨毯が敷かれた短い廊下の先に、金色の金網を持つエレベータが待っていた。

「知り合いなの？」

「俺のばあちゃん」

「え？」

「祖母だ、母親の母親」

振り返ったけれど、老婆はちょうど黒い鉄格子に隠れてしまっていた。

ボクには母親がいない。卵子提供者としては存在するのだろうけれど、顔も知らない。それなのに神条は母親を生んだ人と知り合いで、こうやって頼ることもできるのだ。とても不思議な感じがした。これが〈スナイパー〉とは違う、人間という生き物だ。

神条の世界は、広い。

「あの人が私用の正体だ。疎遠だから必要最低限しか会わない」

「仲が悪いの？」

「悪くなるほどの仲が存在しない。俺が逃亡するとして、ばあちゃんは捜査網の端っこにしかからない。時間稼ぎの隠れ家にはちょうどいいさ」

神条は「気にするな」と短い呼吸で笑って、エレベータの金網を手で引き開けた。

物凄く気になったけど、照れているときに神条がする顔を背けた笑い方だったから、触れないでおく。

煌《きら》びやかな黄金で装飾された扉同様、箱の中も賑やかだった。壁一面の鏡や天井に張り付いたくすんだシャンデリアといった内装もさることながら、ギシギシじゃなくてギチギチと鉄製のワイヤーが解《ほど》けていく音が響いている。ボクらが軌道庭園で使っていた汚い箱のほうがはるかに安全性は高かったらしい。

幸いにもワイヤーが解けきる前に目的の階に着いた。最上階の、四階だ。

乾いた血色をした細い廊下の両側に並んでいるドアプレートと、鍵にぶら下がった棒のナンバを見比べながら歩く。

非常階段の前がボクらの部屋らしい。

狭い部屋だった。大きな二台のベッドがほとんどを占拠している。壁際にささくれの目立つデスクがあったけれど、なぜか対になるはずの椅子がない。きっと狭すぎて椅子が引けないから捨ててしまったのだろう。もしくは搬入できなくて諦めたのかもしれない。

ベッドに座ってみた。しなびた外見に反してスプリングは優秀だ。ボクの体を絶対に床に近付けるものかと反発している。壁とベッドに挟まれたシーツが引きつって、柔らかい波を描いた。枕を抱き寄せて顔を埋めると古い布の匂いがした。でもカビや埃のそれとは違って、穏やかな気持ちになる。

行儀悪く枕に顔を埋めたまま、手探りでキャスケットを脱いでヘッドボードに乗せる。解放された髪の間に入り込んだ空気の温度で、この部屋が快適に暖められていることがわかった。仏頂面をしていた老婆は、内心では神条の来訪を喜んでいるのかもしれない。

傷んで土色になっているカーテンを摘んで窓から外を覗いてみる。でも、窓は飾りだった。窓ガラスの向こうには壁が迫っている。人間の姿を認めることは叶わない造りだ。

ベッドサイドの電子時計を見ると、〇〇五二時を指していた。ボクらにとっては勤務時間帯だけど、この町にとっては違うみたいだ。そういえば、軌道庭園のボクらの町だってボクらが働いている間は大半が眠っていた。町が起きていなくてもあまり困らなかっただけだ。いや、本当は必要だったし、どこかの町が起きていてくれたはずなのだ。ボクが、星を撃つのに夢中で他の全部を見ようとしていなかっただけで。

神条はデスクに凭れて、オーバーワークをさせて焼きつきを起こした〈トニトゥルス〉を直せと命じられたときの顔で、ベッドに転がるボクを見下ろしていた。

ひょっとして、こういう大きなベッドには相応のマナーが求められたりするのだろうか？

と、投げだしていた足を回収して座り直してみる。

「えっと……なにか、マナー違反をしたかな？」

「いや」彼は目を逸らしてドアの方を顎で示した。「お前、先に風呂使え」

「え、いいよ。神条が先で。疲れてるだろ」

「いいから」

苛立ちも露わに言われて、首を傾げる。彼の機嫌を損ねた要因が皆目わからない。

神条は自身の感情に煽られたのか、顔を掌で覆ってため息をついた。

「違う。悪かった。勘ぐるなよ。別にお前に対して苛立ってるわけじゃない。こういうところの風呂は後から入ると水になることが多いんだ。だからお前、先に入れ」

それは少し困る、と思ったことを悟られないように注意を払って、「じゃあ」と努めて平静な声を出す。

「やっぱり神条が先に入ったほうがいいよ」

「お前、俺の話きいてたか？」

「水になるんでしょ？　冷たいシャワーって好きだよ、雨みたいじゃないか」

神条は呆れたのか諦めたのか、短い息を吐いて出口の横にあるバスルームに消えた。しばらくして水音が響いてくる。

安堵した途端に、ハヤトの傘が浮かんだ。擬似大地に雨が降ったときに彼女が傾けてくれた、あれだ。目が回るくらいに咲き誇った花。あれが人間の持ち得る色だというなら、神条にはどんな色が詰まっているんだろう？

ゆらゆらと不安定にたゆたうベッドに背中を預けて、眼を閉じる。

閃く残光が視界を染めた。〈トニトゥルス〉の轟音を思って、芝と夜の香りを胸の底に感ずる。右手の人差し指が跳ねてから、腕に伝わった振動でボクの手が勝手に動いていたことに気付いた。

遠くで雨音、鼓膜の内側では残響、瞼の内に星を描いて、不意にあの夜を思い出した。絶対的な星々の力によって軌道庭園が落ちたあの夜、ボクは神条からたくさんの生き物を育む毒の海の話をきいた。

見たいな、と思う。いつかこの眼が機能しなくなっても、とボクは固い眼球に触れる。神条の顔は描ける。ボクが愛した星たちも、思い出せる。でも海は、この惑星の命の青さは見たことがない。

見てみたい。

神条に言ったら、どんな顔をするだろう。面倒臭そうに顔をしかめるだろうか、それとも不審な顔を？　わがままを言えば彼を困らせるだろうか？　それとも嫌われる？　そんな粘着質なことを考えるボクはまるで、人間の女だ。少し笑う。喉から漏れた呼吸の音は神条が降らせる雨の音に消えた。

その不確かさで自分が微睡《まどろ》んでいたことを悟る。危うく夢に埋没してしまうところだった。手の甲を抓《つね》って、自分を叱咤する。

耳を澄まして神条のシャワー音が続いていることを確認してから、部屋から滑り出た。足音を立てないように廊下を走って、エレベータに乗り込む。軋んだワイヤーが、そうでなくとも急いているボクに焦りを募らせる。

ようやく受付に辿りついた。鉄格子の中の老婆は、ボクらが来たときと同じ姿勢と表情で座っている。

「あの」と控えめに声を掛ければ、じろり、と視線だけが寄越される。忘れていたけれど、ボクはまだ子供と呼ばれる年齢だった。この老婆が魔女だったら、喰われてしまう。そんなバカな妄想が浮かぶ程度には、鋭い眼光だ。

それでもボクには、彼女の協力が必要だった。臆しそうになる自分を極力無視して鉄格子に顔を寄せる。

「お願いが、あります。神条を助けるために、協力してください」

そう告げたボクから、老婆は顔を逸らした。入口を向いて無言を貫くつもりらしい。それでもボクは言い募る。「神条を、助けたいんです」と一方的に話すことにする。

老婆は聴いているのかいないのかわからない無反応さだったけれど、最後には黙ってボクの願いを叶えてくれた。やっぱり神条の身内だ。最終的には、優しい。


大慌てで部屋に戻ると、ちょうどシャワー音が止むところだった。どっと冷や汗をかいて、そんなボク自身の動揺に笑いがこみ上げる。足音を殺してバスルームの前を抜けて、ベッドに身を投げ出した。最初から一歩もそこを動いていない風を装う。

神条は、薄いタオルをかぶってジーンズを穿いただけの格好で出てきた。紺色のシャツは腕に引っかけている。

雨の軌道庭園で幽霊と会って最悪な気分だった日に、同じ格好の彼と会った。あのときは彼の部屋だった。彼の部屋にあったたくさんの本たちは、あそこでボクらが過ごした時間ごと、地球の大気圏で燃えてしまった。

「そろそろ水になりそう?」

「そもそも湯を出す気がないらしい」

タオルを首にかけて苦笑する神条の、目元のクマが少し濃くなっていた。肉体的にだけでなく精神的にも、彼は疲弊している。平気なフリをしているだけだ。

「霧原」と呼ばれて顔を上げた。神条の、苦笑しているのに眼が笑ってない、ちぐはぐな顔が近い。短い外出がばれていたのか、と頬が力む。

「何考えてる」

幸いにも、神条はボクの反応を誤解してくれていた。

「霧原」

「何も考えてないよ」

「後悔、してるのか?」

神条の瞳は美しい。焦げた色合いの虹彩も、漆黒の瞳孔も、生来のものだ。それが全てボクに注がれている。彼のこんな眼差しを知っているのはボクだけだ。ハヤトの眼では捉えられないくらい小さな反応も、ボクにはわかる。機械の眼でよかったと、素直に感ずる。

「後悔してるのは」いつもの彼の笑みを真似て、唇の端を持ち上げた。「ボク? それとも神条?」

彼は微かに目を瞠って、すぐに眇めた。

怒ったわけじゃないことはわかる。けれど彼の真意を問いただきないほうが、ボクにとっても神条にとっても都合が好い。だから彼の唇が解ける前に、ベッドから立ち上がる。

でも、バスルームに逃げる前に肘をつかまれた。

ボクは笑みを作ったまま振り返る。

自分で引き留めたくせに、神条は驚いた様子だった。

なんだその顔、と笑いが本物になる。ふっと悪戯を思い付いた。つま先で伸びあがって、彼の首に腕をまわして、湿った肌に触れて、彼の耳朶に吹き込む。

「後悔、してもいいよ」

肘が痛い、と思ったときには体が跳ねた。遅れて、柔らかくたわむベッドを背中に感じる。呼吸の欠片だって拾える距離に、神条の顔があった。感情が読めない。眉根を寄せて、困っているようにも怒っているようにも見える。そのくせ、彼を取り巻く空気は柔らかいままだ。

「痛いよ」

ボクの肘を圧していた力が少しだけ緩んだけれど、彼はボクを放さなかった。

降ってくる視線がボクの胸を抜けて背中を刺す。擬似大地に植えられていた芝生みたいにチクチクと、軌道庭園を襲った星たちに似た獰猛さで、彼はボクを睨んでいた。神条の唇が細く解けて、歯が覗く。その白さが新鮮だった。

衝動的に手を伸ばした。星を愛するための、〈トニトゥルス〉のトリガーを引く指が、神条に届く。指の腹で彼の唇を辿る。呼吸に湿った表面を撫でて、柔らかい粘膜へと侵入する。爪が彼の舌を刺して、それすら彼の熱に包みこまれた。

神条は弱くボクの指を噛む。意思を帯びた舌がボクの爪から指の腹から、付け根にまで絡みつく。

「君に、触れたい」

告げた刹那、神条の歯が強く食い込んだ。

「痛いよ」

苦笑で咎めれば、神条は凄く心外そうな顔をしてボクの指を口腔から追い出した。

仕方なく、ボクは彼の頬を引き寄せる。神条の冷たくて柔らかい髪が、鈍感になったボクの傷痕を撫でた。背中を持ち上げて首を伸ばして、彼に口付ける。触れるだけ。

そっと視線を寄越した神条が笑った。そしてボクの唇の上で、彼の唇が蠢く。

「お前がせめて十八ならな」

ベッドに沈みながら囁き返す。「どういう意味？」

彼はボクを追ってベッドに落ちてきて、キスをした。声が直接皮膚を通って、血を振動させて、ボクに浸透する。

「図書室で勉強したんじゃないのか？　結婚できるのは十八から。お前相手じゃ、まだ犯罪なんだ」

揶揄したようにも彼自身に言い聞かせたようにも聞こえるのに、どちらともつかない語調だった。

〈スナイパー〉を攫う以上の犯罪なんてないだろ、と胸中で応じながら、ボクは彼の重みに意識を集中させる。

星を砕くことしか知らないボクの腕が彼を壊してしまわないように、神条の機械にも優しい腕の中で息を潜める。

明日、海を見よう、と口走ってしまわないように。


〈12〉


〇六三〇時というのは夜間組であったボクらにとっては眠っているべき時間だ。だから神条がベッドの中で身動《みじろ》ぎ一つせず、ともすれば呼吸を確認したくなるくらい静かに眠っているのは、当然といえば当然だった。

臆病なボクはデスクに凭れて、しばらくの間、彼の寝顔を観察する。深い眠りの中にあっても、目元にはクマが健在だ。嫌な夢を見ているわけでもなさそうなのに、唇は欲しいものを我慢する子供のように結ばれている。

神条の寝顔を見ていたら、ボクの瞼まで落ちそうになった。首を振って眠気を払ってから、ベッドの脇に立つ。気配を極力削いで、ボクの呼吸を空調設備の呻きに同化させる。触ろうとは思わなかった。彼に触れて、起こしてしまうことが怖かった。ボクの心が鈍ってしまうことを、何よりも恐れた。

数秒、ひょっとしたら数十秒、ボクは彼の顔を目に焼きつける。機械の網膜ではなく、脳の深いところに刻みつける。

そのまま踵で床を擦って、物音を立てないように扉まで後退る。扉の錠を外す音がいやに大きく響いた。しばらく神条の呼吸を数える。大丈夫、起こしてない。

最小限の隙間から廊下に出た。扉を閉ざして、冷たく沈黙する戸板に額を当てる。自分の息が湿っていた。

大丈夫、と自分に言い聞かせる。ボクは、間違っていない。

がしゃがしゃと喧しいエレベータの扉を開けて、金網に捕われた箱で一階を目指す。でもそこは、この町にとっては地下三階だ。地球に降ってくる星を恐れて、人間たちが築いた閉鎖的な町だ。ボクたちがいた軌道庭園に似ている。

一階に到達すると、外から誰かが金網を開いてくれた。いや、ボクは誰かが開けてくれることを、知っていた。

黒いベストを着てライフル銃を持った兵士が二人、エレベータの両側に立っている。ボクらが使う玩具の〈ライフル〉の生き別れの兄弟みたいな銃は、けれど星ではなく人間を殺すために、ケーブルを排した野暮な造りをしていた。つまりこの兵士は、人間を愛する者たちなのだ。

エレベータから伸びる絨毯敷きの廊下の先に、ハヤトと水野がいた。

兵士に促されるより先に、廊下を進む。ハヤトも水野も、何も言わなかった。ボクは二人の間を抜けて、黒い鉄格子が嵌った受付を覗き込む。

やっぱり老婆は、昨夜と同じ姿勢と表情で座っていた。

「ありがとう」と告げてから、言い直す。「ありがとう、ございました」

返事がないことはわかっていたので、すぐに体を伸ばして出ていく。はずだったのに、「あんた」と風音がした。幻聴かと思ったけれど、一応振り返る。

老婆が真っ直ぐにボクを見詰めていた。慌てて引き返して、鉄格子に顔を近付ける。

「〈スナイパー〉、だろう？」

「……はい」

キャスケットを置いてきたボクの額には、しっかりと一文字の傷痕が刻まれている。昨夜、老婆に頼みごとをした折、ボクはすでにそれを晒していた。今さら隠すことでもない。

「ありがとうねぇ」

どうしてお礼を言われたのかわからなくて、呼吸が止まりそうになった。彼女の血縁者である神条に罪を犯させて、ハヤトや水野だけでなく兵士まで呼び込んだのに、どうして感謝されるのだろう。本当は罵られるべきなのだ。神条に内緒で電話を借りに来たボクを拘束して、通報すればよかったのだ。老婆の腕でも、ボクを鉄格子につなぎ留めることはできたはずだ。けれど彼女は施設の人間が――ハヤトが迎えに来るまで黙って待っていてくれた。

瞠目するばかりのボクに、老婆は格子の隙間から枯れた手を伸ばした。まるで人間の子供にするように、ボクの短い髪をかき回す。人間のための町でレストランの老人がしてくれたように、この人もボクを撫でてくれる。けれどこの人は、元〈スナイパー〉じゃない。れっきとした人間だ。どうして、と困惑するボクを老婆は優しく撫で続ける。

「あんたたちが地球を命懸けで守ってくれてるんだろう。ありがとう」

ありがとう、ありがとう、と老婆は繰り返す。頭を、髪を、額の傷を、労るように躊躇なく触ってくれる。星を迎撃するための軌道庭園では倦厭《けんえん》され、この惑星の地下街では男の子の母親に否定され、移動すら制限されるボクの全部を、受け入れてくれている。

はあ、と熱い息が漏れた。喉が引きつる。頰がむず痒くなった。顎先から水滴が伝うのを、感ずる。〈スナイパー〉は泣けないはずなのに。

老婆の手をつかんで、引き剝がす。格子の中に丁寧に老婆を戻して、もう二度と彼女がこちら側に出てこないように祈りながら、背を向ける。

ボクの選択は正しいのだ。神条は、本気でボクと心中してくれる気でいたのかもしれない。ボクも、彼とならば死んでもよかった。でもボクには先がある。ハヤトはボクの脳を、どんな状態であろうと利用するだろう。ボクは死んでも星を撃ち続ける。ならば神条にも、続きがあってしかるべきだ。彼の続きを、大切にしたい。

ハヤトがボクの背に手を添えた。押し出されるように踊る猫の看板をくぐる。その途端に、一歩も進めなくなった。

「霧原？」と気遣わしげなハヤトの声すら、ボクを前に歩ませてはくれない。

「霧原、あなたは正しい選択をしているのよ」

わかってるよ、と頷く。わかっている。それなのに、脚が震えている。この先に往くことが怖いわけじゃない。ただ、後悔が、ある。

そう理解した瞬間、ボクは踵を返していた。ピンク色の猫にせせら嗤われながら、鉄格子をつかむ。老婆は、静かに座っていた。

「ボクはっ」喉が閊《つか》えた。それでも伝える。「ボクは、神条の前から消える。彼はたぶん自分を責めるけど、これはボクが決めたことなんだ。ボクは神条の誘いに乗るべきじゃなかった。彼に、とてもひどいことをした」

鉄格子をつかむボクの指に、老婆の手が重なった。ついさっきボク自身が拒んだ温もりが、ボクを勇気づけてくれる。

「これはボクの我がままだ。ボクは彼の前で無為に死にたくはない。ボクは〈スナイパー〉だから、星が全てだ。星を撃つことだけが存在意義だ。このまま彼といたら、ボクは彼の傍で幸せに死ねるだろう。でもそれじゃダメだ。そんなのは、彼が整備したボクじゃない」

老婆の萎《しな》びた唇が解けた。ほう、と吐息がボクの顎先を掠める。ふわりと、神条と同じ煙草の香りがした。

「ボクは彼に誇れる〈スナイパー〉でありたい。ボクは神条を守りたい。神条のいる星を、守りたい。たとえ彼が先に死んだとしても、ボクはボクとして存在する限り彼を、彼の星を、彼の遺伝子を守り続ける」

息が切れた。老婆も、呼吸を荒らげていた。嗚咽だ。皺に埋没した老婆の目から、涙があふれている。

今度こそ、ボクは鉄格子から離れる。血色の絨毯を踏み締めて、猫のダンスに見送られて、神条に背を向ける。

ボクを惑わす曲線の通路も昨日は使わなかった白いエレベータも、静かにボクを見送ってくれた。いつのまにか兵士がボクらの後ろに陣取っていた。

エレベータで最上階に昇る。外へ出る耐爆ドアを肩で押し開けたのは、兵士だった。滑り込んだ光に、ボクは息を呑む。

光の奔流だ。全てが白と黒の明滅に塗り潰される。眼底が鋭く痛んだけどかまわなかった。稼働域ぎりぎりまでレンズを絞る。滲み出すように世界が形を現しはじめた。

ここは、世界の果てだ。青い星を周回するばかりの軌道庭園と宇宙を望む擬似大地、絶対的なエネルギーで星を穿つ〈トニトゥルス〉と整備工や技官たち。それらがボクの世界の全てだった。

でもここには、終りがない。白い砂が広がり、その先には輝く青が、仄かな曲線を描いている。水平線が惑星の丸さを語っている。

「これが、毒の海……」

「毒？」不思議そうにハヤトが問い返したけれど、無視した。あのときの会話は、ボクと神条だけのものだ。

皮膚の内まで燃えてしまうんじゃないかってくらいの熱と光が降ってくる。調整された機械の眼が、それでも輝度に耐えきれずノイズを走らせる。

空を仰げば、世界が光だけに満たされて、ホワイト・アウトが三秒。でも全然怖くない。だって包んでくれる光はどこまでも、このまま呼吸を止めたって生きていられるんじゃないかと思うくらい、温かかった。ゆらりと幻みたいな彩度で世界が戻ってくる。

吸い込まれてしまいそうな空が広がっている。ボクの眼球と同じ色だ。横合いから殴りつけるように射し込む陽光は苛烈な白に染まっていた。ボクの虹彩もこんな風に輝いていればいいのに。

永遠を形にしたみたいだった。

「すごい」

いろいろな言葉とか思いが胸の中に溢れて呼吸を圧迫していたけれど、ボクが音にできたのはそんなちっぽけな一言だけだった。

バラバラと妙な羽音が降ってくる。空の高いところ、ちょうど頭上に黒い虫がいた。どんどん大きな影になってくる。背中に二つの回転式プロペラを背負った、羽虫だ。長い胴の内にボクを攫う乗り物だ。空を飛ぶ乗り物があるなんて、本には書いてなかった。

ぽかん、とバカみたいに口を開けていたら、砂が喉に張り付いた。咳き込むために丸めた背に、ハヤトがかぶさってきた。

「約束は守るわ」

どの約束だろう。昨日、ボクは老婆に電話を借りてハヤトの施設にかけた。少しでも早くかけないと決心が鈍ってしまいそうだったし、何よりも事態が大きくなることが怖かった。ハヤトはボクが居場所を報せてきたことにひどく驚いていて、信用できない様子だった。だからボクらはいくつかの約束をした。これは一方的な譲歩ではなく取引なのだとわかってもらったほうが話がスムーズに進むと思ったからだ。

ボクを施設から連れ出した犯人は、ハヤトにすること。これは神条がハヤトのパスコードを使っていたおかげで頼むまでもなかった。二つ目は、神条を罪に問わないこと。これは死期が迫った〈スナイパー〉の願いを一つだけ叶える、という規則に則ることでなんとかなるはずだ。そして、神条が眠っている間に、ボクを迎えに来ること。

どれも、ハヤトは了承して約束してくれた。

ボクは、ハヤトの研究材料となる。森田ヒカルとは違って、ボクの脳は迎撃衛星に内蔵される。ボクは迎撃衛星と一体化して星を撃ち、役割を終えれば〈スナイパー〉の誰かに撃たれて残骸の一片すら地球の大気層で燃え尽きる。

星、そのものだ。ボクは星になる。

「霧原」

水野に呼ばれて振り返ると、彼の沈痛な面持ちがあった。叱られた子供みたいに項垂れている。襟に輝く星と光線のバッヂが、彼を励ますためか、ひときわ太陽光を反射している。

「霧原、残念だ」

何が残念なんだろう。問題児の部下が手を離れることは歓迎すべきだろう。ボクの逃避行を嘆いているならば正解だけど。

ボクが返答を迷っている間に、水野は両腕を広げて、ボクの肩を抱き寄せた。予想外すぎて立ち尽くしてしまう。ふっと神条と同じ煙草の匂いがした。

「遺書を、書くかい？」

「そう、だね」彼の肩に応ずる。「ああ、でも、字を間違えるかもしれない。誰かへの手紙なんて初めてなんだ。字だって、教育課程以来初めて書く」

「大丈夫、教えてあげるよ」

ああ、とボクは理解する。この上司を尊敬していなかった。今だって尊敬なんてしていない。でも彼はたぶん、不器用なだけなんだ。

「堂々としていればいいんだよ」

「うん？」

ボクを離した水野が首を傾げた。

「上司らしく、堂々と振る舞えばいいんだよ。変に気を遣わずにさ」

「うん、わかってはいるんだけどね。どうも、命を削って星を守ってる君たちを見ていると……自分が情けなくてね」

「そんな風に思わなくていいんだよ」

ボクらは星が撃てれば幸せなんだから。

そう言った声は、ボクを迎えるために舞い降りた乗り物の羽音にかき消されて、ボク自身の耳にだって届かなかった。

「ボクらは星のために生きて、星のために死ぬ。
星を撃ちながら死ねるなら、他の何も望まない」

デブリーフィング　宙の眼

〈13〉

施術室の寝台に横たわったボクの周りにはたくさんの人がいる。みんなマスクと帽子をして同じ服を着ている。見分けがつかない。見分ける必要もない。

ボクは星になるんだ。

「気分はどう？」

スタッフの一人が、ハヤトの声で問う。

「悪くないよ」

「言い遺すことは、ある？」

はは、と失笑した。誰が誰かもわからないこの状況で、何を言えというのだろう。

ボクは目を閉じる。

ほう、とハヤトの嘆息が聞こえた。ボクの沈黙に意固地だと呆れを抱いたのかもしれない。けれど。

「ようやく」と続いたハヤトの声は、少しばかり弾んでいるようだった。「あの人に成果をみてもらえる」

あの人――神条のことだ。目を開く。帽子とマスクの間からハヤトの、妙にきらきらとした天然の瞳が覗いている。

「あなたのおかげよ、霧原。あなたが、わたしの研究の正しさを証明してくれる。あの人にもう一度、認めてもらえる。わたしだけが……」

ハヤトは急に口を噤んだ。

君だけが？　と問い直すことはできなかった。

腕に小さな痛みが刺さる。ボクを眠らせる点滴だ。ボクの心音と脳波を測定する機械の音が規則的に響いて、眠気を増していく。自分が目を閉じているのかも判然としない。ハヤトに何かを言いたかったはずなのに、それも白濁していく。

ざわ、と意識の表層がささくれた。ボクの動揺じゃない。ボクの外。施術室が騒がしい。

「霧原！」

神条の、幻聴がした。

消えそうな意識を総動員して、瞼をこじ開ける。霞んでいる。見えない。

指先が温かくなった。誰かがボクの手を握ってくれている。神条だといいな、と思う。

神条がいてくれるなら、何も怖くはない。この眠りだって、幸せなものになる。ボクは幸せな、星になれる。

〈14〉

ざらざらと水音がしていた。神条がシャワーを浴びているのかもしれない。温もる気のない水に悪態をつく彼を思い描いて、けれど音が増幅していくにつれてシャワー音じゃないことがわかりはじめる。

雨、かもしれない。擬似大地を洗う怠惰なそれとは違う、滴の一つずつが確固たる意志を持って降り注ぐ、地上の雨だ。

だって雨粒がボクを穿つ感触がする。肩先から足先から、雨に砕かれたボクが容《かたち》を失い流れ出すのがわかる。

雨に洗われたボクはきっと、無に近しい濃度と化して星に融ける。

「楽しそうだな」と神条の、不機嫌な声がした。

そうかな？　と彼を振り返ってから、何も見えないことに気付く。真っ白だ。眩い光が世界を、ボクを染めている。自分の指先すら光に埋没して判別できなかった。それなのに、不思議議と恐怖心は湧いてこない。安らぎすら覚える。

これが死という感覚だろうか？

「霧原？」

彼の声が、ボクの輪郭を辿る。星を愛するボクの存在を認めてくれる、唯一の相手だ。起きなきゃ、と腕を広げた。脚を伸ばす。指先で、世界を探る。無限に広がる自己を、認識する。ボクはどこまでも、見通せる。

眼を、開いた。覚醒と同時に情報の洪水が起こる。慌てる必要はない。脳と直接つながった外部メモリが自動的にそれを仕分けてくれる。赤外線データ、光学データ、遠くの磁気嵐から電子、陽子、粒子までが判別できる。自分が世界の全てを、宇宙の全貌を把握できるのだという錯覚に、酔う。このままボクの思考を手放してもいいとすら思える。

でも。

『霧原』神条の声が、宇宙に埋没するボクをつなぎ留めてくれた。『起きてるか？』

――ああ、おはよう。

肥大化していくデータの中からたった一つ、オペレータの声を、神条を、求める。

『霧原、起きろ』

起きてるよ、と答える代りに、高エネルギー兵器が装着されたマニピュレータをスタンバイ状態に入れる。利き手を間違えたような違和感があった。まだ新しい体に慣れていないせいだろう。何しろ神経の通わない機械の腕だ。

『よし』と神条が笑う気配がボクの脳内で弾けた。耳朶や鼓膜を失ったおかげで、彼の存在をボクの裡で捉えることができる。彼の周波数は、ひどく心地好い。

地球の司令室は、彼はどこだっけ？　と考えると同時にボクの内のボクではないところから座標が送られてくる。これが脳とコンピュータを直接つなぐということだ。厖大な情報に基づく演算結果を、以前のボクはヘッドフォンを通して神条たちや気象技官、地球の管制から受け取っていた。それが今では直接、ボクの脳内で処理されていく。目覚ましい高速化だ。

刹那、膨張し続ける自分を把握し切れなくなる。ボクの輪郭が宇宙へ解けていく。ボクという意識が無数の雨粒と化して霧散する。

『霧原』神条の、笑いを排した低い声だ。

瞬時にボクはボクを思い出す。我ながらその現金さに苦笑が漏れた。もっとも肉体を持たないボクの苦笑は、ボクにだけ知覚できるものだ。神条には伝わらない。そう思ったのに、

『なにがおかしい』と不機嫌そのものの抑揚で窘《たしな》められた。

『いいか、俺はお前に言いたいことが山ほどある。が、まあ、こんなオープンチャンネルで言うことでもないんでいったん置く。で、だ』

惰性で地球へ向いていた光学カメラの一つが、それを捉えた。

即座にズーム・インをかける。同時に座標を最優先で記憶野へインプットする。大気を切り裂いて、雲間を貫いて、ボクは大地へ視線を落とす。

ヘッドセットをつけた神条が、片手を挙げていた。

——君、少し老けたね。

脈絡のない冗談に、神条が苦笑する。目元のしわとクマとが、はっきりとわかる。

神条は拳を握ってから、指を順番に開いた。

『引き続き、お前の……まあ、星を撃つ腕だけだが、担当整備工になった。俺が整備したのがどれか、わかるか？』

八から二十七番までの二十本だ、と閃くように思い至っている。マニピュレータをスタンバイ状態に入れたときの違和感はこれだったのだ。

——君が整備したやつだけスムーズ過ぎて、変な感じだよ。

『そりゃよかった。三ヶ月したらまた、整備しに行く』

——行く？　どこに？

『お前のところに決まってるだろ』神条は面倒くさそうな顔をして、そのくせ迷いなく人差し指をボクへと突きつける。『俺以外の誰がお前を整備できるんだ。今回、俺がかかわれなかった残り十五本の腕についても、次までに整備資格が取れるはずだ』

——君にも整備できないものがあったんだね。

少し意外に感じて素直に返答すれば、神条は舌打ちをしたのかもしれない。音は聞こえなかったけれど、ボクの優秀すぎる眼が、彼の苦々しい表情を捉えた。いや、あれは拗ねているのだろう。

神条はひらひらと手を振ると、ボク越しの宇宙を示す。

『準備しろ、来たぞ』

何が？　なんてバカなことは訊かない。必要もない。ボクを巡る情報と本能がそれを感じている。意識するまでもなく全データを統合表示し、感覚をそちらへと向ける。

赤く身を燃やす星たちが、氷のドレスで着飾った星たちが、ボクに愛してほしいと踊っている。命をかけた美しい旅だ。その終焉に、ボクがいる。

全マニピュレータにエネルギーを充塡する。全て異常なし。安全装置を解除、しようとしたら、地球の管制の承認が必要だった。緊急事態であればボクだけで解除できるようだけど、〈ライフル〉のように指先一つで安全装置を外せないのは少し面倒だ。

『あと十秒』

目標ボックスが二百八十三個表示された。今のボクにとっては冷静に処理できる数だ。距離と脅威別にソートして目標を絞る。

ゆるりと身をくねらせて、星々がボクを誘っている。

『初仕事だからな、撃ち漏らしたって咎めやしない。ただのテストだ。今回のデータを基に整備計画書を出す。まあ、気楽にいけ』

冗談じゃない。あんなに美しい星たちを、どうして撃ち漏らすっていうんだ。

エネルギーがボクを満たす。安全装置は全て外れた。

星が、来る。

神条が整備してくれた二十本のマニピュレータだけを制御して、星々に狙いを定める。マニピュレータはボクが見詰めた星を素直に、精密に指す。彼が整備してくれた二十本の腕と高エネルギー兵器、そして彼の声だけが、ボクをボクたらしめている。

一呼吸だけ、ボクは星を想って瞼を閉ざす。
さあ、撃って、と願う星の声に誘われて、ボクは彼らを愛する光を放つ。

本書は、書き下ろし作品です。

著者略歴　京都市生，作家　2017年に本書が第5回ハヤカワSFコンテスト最終候補となる

HM=Hayakawa Mystery
SF=Science Fiction
JA=Japanese Author
NV=Novel
NF=Nonfiction
FT=Fantasy

星《ほし》を墜《お》とすボクに降《ふ》る、ましろの雨《あめ》

〈JA1315〉

二〇一八年一月二十日　印刷
二〇一八年一月二十五日　発行
（定価はカバーに表示してあります）

著者　藍《あい》内《うち》友《ゆ》紀《き》
発行者　早川　浩
印刷者　矢部真太郎
発行所　株式会社　早川書房
郵便番号　一〇一 - 〇〇四六
東京都千代田区神田多町二ノ二
電話　〇三 - 三二五二 - 三一一一（大代表）
振替　〇〇一六〇 - 三 - 四七七九九
http://www.hayakawa-online.co.jp

乱丁・落丁本は小社制作部宛お送り下さい。送料小社負担にてお取りかえいたします。

印刷・三松堂株式会社　製本・株式会社フォーネット社

ISBN978-4-15-031315-9 C0193

本書は活字が大きく読みやすい〈トールサイズ〉です。